L'INSOUMISE DE CARENNAC

L'INSOUMISE DE CARENNAC

CORINNE JAVELAUD

City
Poche

Couverture : Shutterstock/Studio City

ISBN : 978-2-8246-1966-8
Code Hachette : 82 4003 0

Collection dirigée par Christian English & Frédéric Thibaud.
Catalogue et manuscrits : city-editions.com

Dépôt légal : Novembre 2021

Laver son linge sale en famille en utilisant pour la lessive les cendres des aïeux.

JULES RENARD

1

Les pèlerins s'étaient éloignés des toitures de tuiles brunes de Carennac en longeant l'ancienne voie romaine, ne laissant dans leur sillage que des rumeurs de conversations. Les chemins en lacet qu'ils empruntèrent d'un pas ferme leur étaient familiers, peuplés de rouges-queues et de geais, à l'instar des murets de pierres sèches des causses de Gramat parsemés d'une lumière vertigineuse. Peu à peu, les voix ne furent plus que chuchotements dominés soudain par les cris du pâtre appelant ses brebis. Lorène Desobières comprit d'instinct qu'il y avait à quelques mètres sur la droite un passage offrant l'accès au champ voisin où un lac empli d'eau de pluie permettait aux bêtes de se désaltérer. Elle se souvenait du vieux pigeonnier parce que les voyageurs avaient suivi un an plus tôt le même trajet pour se rendre au pèlerinage de Rocamadour. L'air était toujours aussi chaud, figeant la nature dans une sorte de mobilité ; pas même un brin de vent n'aurait pu rabattre un pan de la robe qu'elle portait. Son décolleté découvrait à peine sa gorge humide de sueur, révélant un joli grain de peau uniforme, dont le reflet du soleil faisait ressortir la blancheur. De son chapeau s'échappait une tresse dont les quelques mèches blondes rebelles adoucissaient son regard sombre et impénétrable.

En apparence, rien n'avait changé depuis l'année d'avant. Les parfums de sarriette et de sauge s'élevaient sous la prolifération de la reine-des-prés et de la primevère, tandis que la troupe hétéroclite des pèlerins suivait le même rythme cadencé de la marche, le bât chargé de toutes les besaces formant l'arrière-garde. Dans le peloton de tête, on comptait des fidèles comme le vieux Blaise courbant l'échine, le plus souvent crispé par les rhumatismes. Il était suivi par les sœurs Octavie qui chuchotaient sur un ton taquin. Le père de Lorène, Gilles Desobières, quant à lui, une moue de mépris sur le visage en partie dissimulé sous son grand chapeau à larges bords, ouvrait le cortège, appuyé sur son bâton de pèlerin. Il marchait tantôt en tête, tantôt dans la mêlée, occupé à surveiller le comportement d'Amaury Liféri, qu'il avait lui-même baptisé « le gandin de Carennac ».

Il le soupçonnait d'abuser du prestige qu'il avait acquis en voyageant vers les pays lointains pour épater la galerie avec ses beaux discours. Lorène, au sortir de l'institution catholique, était une proie facile face à ce mirliflore capable de toutes les entreprises de séduction. De son pas déterminé qui ne manifestait rien d'une expiation religieuse mais tout de l'impatience du guerrier, Amaury dépassa Lorène en esquissant un léger rictus à l'intention de la jeune fille, ce qui finit d'exaspérer son père.

Gilles n'était pas dupe du jeu qui se tramait dans l'ombre, justifiant à lui seul la présence du jeune Liféri à ce pèlerinage. Comment croire qu'il songeait à manifester sa foi envers la mère de Dieu face aux collines couvertes de genévriers ? À moins que ce ne fût pour expier ses péchés ? D'ordinaire, lorsque Liféri séjournait au pays, il s'adonnait davantage aux parties fines qu'au devoir du culte… Peu de chances qu'il fût animé d'une singulière piété, celle-ci même que Gilles Desobières exprimait en ce mois de Marie, face au panorama du val d'Alzou, qui hantait l'année durant ses rêves les plus enfouis. C'était le moindre des devoirs de prière de s'engager au fil des heures sur une plaine aride et accidentée, coupée par des ravins sous les parfums des chênes, afin de confier ses affaires intimes à la Sainte Vierge dans son sanctuaire, tout en sollicitant ses grâces. Sitôt qu'apparaissaient les remparts de cet antique castel au cœur de sa luxuriante végétation, s'ébranlait le doute pour mieux ranimer le souvenir des miracles passés. Cet engouement avait contaminé Lorène qui aimait ces chemins de traverse menant aux tours, aux fiers frontons en mansarde, surtout lorsque le soir adoucissait les contours des édifices sacrés de Rocamadour, les coiffant d'une variation de coloris pastel.

Bien que harassé, Gilles se sentit ragaillardi lorsqu'il atteignit la terrasse belvédère de l'Hospitalet, où le magnifique point de vue sur les fortifications le rapprochait déjà de la vierge noire. Depuis cet instant où ils avaient bu un peu d'eau fraîche à la régalade en pensant aux illustres pèlerins armés du bourdon et de l'escarcelle, qui, perdus dans la nuit des temps, s'étaient succédé sur ces mêmes chemins en tombant à genoux devant les sanctuaires, leur émoi grandissait. Ce rocher menaçant, comme jailli d'une gorge profonde et béante, sanctifiait le miracle de Rocamadour ! Tout rappelait la terre de Judée aride, dans une quiétude qui avait progressivement gagné les esprits.

Tandis que l'on se dirigeait vers l'antique escalier que la tradition imposait de gravir à genoux, un bras charitable se tendit vers le vieux Blaise, l'œil humide de larmes, ébranlé par le parcours. Les sœurs Octavie, quant à elles, jamais avares de démonstration de piété, récitaient l'*Ave Maria*, le rosaire à la main. Les pèlerins s'apprêtaient à toucher leur but. L'atmosphère était étrange ; des oiseaux tournoyaient autour de leurs têtes lorsqu'ils atteignirent le chemin de ronde où la foule s'était resserrée, pressée de franchir le seuil de l'enceinte sacrée. Les jambes rendues chancelantes par la fatigue, Lorène gravit difficilement les quelques marches la séparant de l'église Saint-Sauveur. D'une foulée fraternelle, accompagnée de son père, elle s'introduisit dans la chapelle miraculeuse, sanctuaire privilégié de Marie. Là, ils eurent à peine le temps de défiler et de prier devant les saintes reliques, qu'un bruit lourd semblable à la chute d'un corps suivi d'un cri étouffé sema l'effroi parmi les rangs, tirant les fidèles de leur méditation. Le bruit venait des alentours de la vierge noire, où la plus jeune des sœurs Octavie, Isabelle, venait de tomber en pâmoison.

— Isabelle ! Parle-moi ! À l'aide ! s'écria sa sœur d'une voix tremblante.

Un prêtre et quelques pèlerins se précipitèrent à leur secours au pied du bois noirci et vermoulu de la mère de Dieu où Isabelle se trouvait allongée. La pâleur livide de son visage et la plainte qui s'exhalait de sa poitrine comme une révolte impuissante firent frémir l'assemblée.

— Allez chercher un médecin ! Des sels ! ordonna Desobières à un jeune homme aux boucles brunes.

L'individu se faufila parmi la foule, tandis que, dans la consternation générale, des rumeurs circulèrent parmi les rangs serrés. « Elle se meurt », pouvait-on déchiffrer sur les lèvres. Un peu en retrait,

Lorène fut la seule à remarquer le manège d'Hermine Octavie qui plongea discrètement sa main dans la poche de la veste d'Isabelle pour en extraire une grande clé qu'elle camoufla aussitôt dans son aumônière. Lorène crut reconnaître cette clé ancienne au panneton ciselé comme étant celle de la bergerie de son père. Troublée d'avoir surpris le regard fixe de Lorène posé sur elle, Hermine se réfugia dans une attitude éplorée, les joues rougies de larmes. Elle se tourna vers Isabelle en étouffant un sanglot face à ce corps prostré dans un râle d'agonie.

Le médecin constata peu après le décès d'Isabelle. Le curé, quant à lui, ne put s'empêcher de penser que la défunte s'était endormie au cœur même du lieu où l'ermite Saint-Amadour avait rejoint la maison du Seigneur. Une belle mort peut-être, mais qui demeurait sordide. Hermine, appesantie par sa perte, resta prostrée, tandis que le corps d'Isabelle fut évacué sur un brancard, dans une scène digne d'un cauchemar. Lorène cherchait le regard de son père pour y puiser un peu de réconfort, mais elle n'y remarqua que froideur et embarras. La mort qui rôdait, ravivait d'autant plus ses angoisses qu'elle savait sa mère alitée depuis longtemps. Aussi se tourna-t-elle vers le vieux Blaise qui, très éprouvé, pleurait à l'injustice. Comment admettre que cette jeune femme fût fauchée si brutalement, alors que lui-même était en âge d'être rappelé à Dieu ? Il avait donc été inutile de gravir cet escalier à genoux en expiant ses péchés pour subir un tel mépris de la mort !

Dans une atmosphère lourde de tristesse, où il fallut faire preuve de force et de courage, les regards se tournèrent vers Gilles Desobières, qui en tant que puissant de Carennac devait montrer la voie de la dignité après le drame.

2

Sybille Desobières avait écarté le rideau de la fenêtre de sa chambre, afin d'observer le spectacle de la rue depuis son lit. En réalité, au milieu d'un tourbillon de coiffes aux rubans de velours et de visages familiers pour la plupart, elle cherchait celui de sa fille Lorène. Certes, ce n'était pas une grande foire au rythme trépidant qui se déroulait sous ses yeux. Si en 1904, à Gramat, les tramways électriques côtoyaient les omnibus à chevaux tandis que fourmillaient les voitures attelées et les premières automobiles pétaradantes, les bienfaits du progrès, en revanche, rechignaient encore à arriver jusqu'à Carennac, où le déballage demeurait plus restreint.

Lorène déambulait parmi les cages contenant des poulets et canards vivants que les marchands ambulants exposaient, les jours de foirail, sous l'œil furibond de sa mère qui se blâmait de ne pas avoir su affubler sa fille d'une dame de compagnie. Sybille était encore d'humeur acariâtre, déjà affectée, comme tous les villageois par la mort prématurée d'Isabelle

Octavie quelques jours plus tôt. Tout Carennac s'était assombri d'un nuage de deuil, que la lumineuse vallée de la Dordogne ne parvenait pas à effacer, depuis que le cortège funèbre s'était ébranlé lentement vers l'église Saint-Pierre, tout juste assez grande pour contenir la totalité des fidèles venus rendre leur dernier hommage à Isabelle. Sybille Desobières, qui avait perdu l'usage de ses jambes presque six ans plus tôt dans un accident de carriole, n'avait pu se joindre à la cérémonie.

Les ressorts du lit à quenouilles grincèrent lorsqu'elle changea de position ; ses doigts étaient crispés sur le rideau, les muscles de son cou tendus par une torsion afin de ne rien perdre de l'attitude de Lorène. Sa bouche sévère afficha un pli réprobateur sitôt qu'elle vit sa fille engager la conversation avec un pâtre, faisant commerce de ses cabécous parfumés des senteurs du causse. L'insolente n'avait pas froid aux yeux, se moquant de l'homme qui bataillait pour tenir ses chèvres occupées à brouter les feuillages envahissants des bords du pont. Loin de comprendre le bouillonnement intérieur de sa progéniture, la mère la jugea soudain trop loquace et curieusement effrontée à l'image d'une bohémienne, et cette constatation la terrifia. Sybille tenta de s'apaiser en imaginant le doux murmure du ruisseau face à l'île Calypso aux eaux dormantes de ce bras de la Dordogne. Un peu d'air frais aurait assurément amélioré son teint terreux et rétabli ses forces, mais elle était privée de ces petits bonheurs depuis qu'elle avait perdu l'usage de ses jambes.

Elle resta en proie à ses soucieuses réflexions. Sans doute Lorène n'était-elle pas faite pour l'éducation de jeune vestale qu'elle avait reçue. Mais les traditions auxquelles les Desobières étaient attachés jusqu'au scrupule prônaient la nécessité d'une éducation en institution religieuse catholique pour leur fille. Lorène avait quitté le couvent un an plus tôt, afin de contracter une union avec un riche négociant de Cahors, mais au grand dam de Gilles, le mariage n'avait pu être célébré en raison d'un désaccord sur le montant de la dot. Ces années passées loin du logis familial avaient de surcroît disloqué le lien affectif, brisant tout net la possibilité d'un dialogue. Désormais, la présence de Lorène devenait encombrante et, même si Sybille n'eût pas forcément apprécié de savoir sa progéniture transformée en bigote à l'instar des sœurs Octavie, elle s'irritait de son besoin brutal de liberté et implorait, par le biais de ce crucifix fixé au mur au-dessus de son lit, son Dieu de lui venir en aide.

Marions-la, doux Jésus. Marions-la au plus tôt !

Le Tout-Puissant entendait-il ses prières ou n'en faisait-il qu'à sa tête ?

Agacée par ces incertitudes, Sybille conclut qu'il serait judicieux d'expédier Lorène quelques jours à Sarlat, auprès de sa tante et de ses cousins. Le Périgord lui ferait le plus grand bien. De l'air…

Comme s'ils en avaient suffisamment vu, ses petits yeux gris se détournèrent des silhouettes de la rue pour se poser sur les vitres biseautées de sa bibliothèque, son seul refuge. Sur les étagères dormait une multitude de volumes, son principal viatique contre l'angoisse. Elle cala un oreiller dans son dos. Elle était sur le point de sonner Madeleine afin qu'elle lui apporte l'un de ces volumes de Cicéron, mais ce fut sans compter sur des éclats de voix venant de la rue, des mots inintelligibles qui titillèrent sa curiosité. De son meilleur angle de vue, Sybille aperçut Amaury Liféri sur sa monture, un bel étalon brun aux muscles apparents qui devait faire sa fierté. Avec une grande vivacité, le jeune homme conversait avec des paysans en jetant de temps à autre des regards furtifs vers Lorène qui poursuivait sa discussion avec le pâtre. La mère se surprenait que sa fille portât un quelconque intérêt aux aléas du métier de berger qui n'était pas de tout repos en raison de bêtes capricieuses. Même si plus d'une paysanne se serait contentée d'une vie simple dans l'une de ces caselles[1] du causse, accaparée par la traite des brebis et la confection des fromages, en compagnie de chiens qui jappent à tout va, sa fille ne pouvait y voir qu'une manière de tuer le temps. À moins que Lorène n'eût cherché à s'ôter de l'esprit ce drame qui revenait au cœur de toutes les conversations.

1 Cabane en pierre sèche du Quercy.

Amaury s'avança vers Lorène en tenant son cheval par le licol. De son poste d'observation, Sybille réprima un rictus d'agacement qui se mua en léger soupir, lorsqu'il salua sa fille avec courtoisie. Elle était habituée à se méfier des simulacres de l'esprit, et cet air de politesse l'horripila davantage. Ces bonnes manières laissaient planer une ombre qu'elle n'aimait guère. Il se dégageait de ce jeune homme l'éclat et la vitalité d'un beau parleur, aussi agile qu'une panthère, ce qu'il fallait pour éveiller chez sa fille un premier émoi, qui eût fait éclater son enfance comme une bulle de savon. Elle aurait rêvé de s'interposer entre l'éloquence d'Amaury et l'exubérance de Lorène, ce qui aurait, à coup sûr, coupé court au dialogue. Toutefois, de là où elle se trouvait, elle ne saisissait que les gestes sans même glaner une parole de leur échange. Seule la besace de pêche garnie qu'il portait en bandoulière, témoignait de ses activités récentes, tandis que l'ombre des bâtisses était sur le point de tourner. En réalité, à ce même instant, la lueur ardente des prunelles d'Amaury transperçait le regard de Lorène, parce qu'observer une jolie femme reflétait pour lui la source d'une lumière inextinguible. Il donnait l'impression de s'intéresser à elle, tout en abordant un sujet épineux.

— Mademoiselle Desobières, vous direz à votre père que je suis prêt à le rencontrer !

— Pourquoi me charger d'une commission que vous pourriez faire vous-même ? rétorqua insolemment Lorène, prête à sortir une flèche de son carquois.

— Parce que je crains d'être tombé en disgrâce à ses yeux. Vous êtes mieux placée que moi pour lui faire comprendre que notre différend repose sur un malentendu.

Amaury gardait le souvenir d'une jeune fille timorée, à l'air un peu gauche et sauvage qui, il y a peu encore, se serait contentée de hocher la tête en signe d'assentiment à sa demande. Lorène était pourtant entrée dans une phase de rébellion qui ne déplaisait pas à l'aventurier, dont les frasques collaient à l'habit. Liféri était loin de passer inaperçu aux yeux de tout Carennac, avec sa chemise relevée aux manches, son pantalon en batik, le même qu'il portait au Sénégal, où il avait débuté comme bon nombre d'affréteurs maritimes et de marchands de gros qui voyageaient en Afrique par le biais de la chambre de commerce de Bordeaux. Son visage, dont les quelques rides striaient le coin de ses yeux, retraçait les passions qui avaient agité sa vie, mais Lorène était bien incapable de se faire une idée claire du personnage qui lui faisait face, si ce n'est qu'elle redoutait d'être consumée par la flamme fiévreuse de son regard émeraude.

En réalité, elle ressentait cette présence teintée d'exotisme avec une acuité extraordinaire. La compagnie du berger atténuait son trouble tout en évitant que la panique ne s'empare d'elle. Lorène demeura de longues secondes silencieuse, incapable d'exprimer quoi que ce soit. Son père n'avait eu de cesse de la mettre en garde contre cet Amaury. Il le considérait comme un homme de bas instinct et avait probablement peur qu'il n'attente à sa vertu. Lorène en concevait un peu de gêne sans en comprendre la nature, sans doute parce qu'elle n'avait jamais encouragé Amaury à poser ses yeux sur elle, pas plus qu'elle n'aurait prêté attention à lui si son père n'avait émis tant de critiques à son endroit. La raison pour laquelle Gilles manifestait cette attitude belliqueuse à l'égard du fils Liféri puisait ses origines dans des rivalités parfois confuses et enracinées dans l'histoire familiale, dont certaines obnubilaient encore les esprits.

Les Desobières et les Liféri avaient débuté leurs entreprises à Souillac, en ce point stratégique de confluence de la Dordogne avec son affluent de la rive droite, la Borrèze, considéré de tout temps comme l'un des meilleurs passages de la Dordogne. Ce site attisait toutes les convoitises des négociateurs et commerçants-nés. Un engouement justifié pour cette vallée aux terres fertiles et boisées, dont la rivière facilitait les échanges entre Basse-Dordogne, une région viticole, et Haute-Dordogne, pourvue du bois manquant à la première. Les Desobières, propriétaires marchands, disposaient d'un entrepôt à Souillac, terminus de la navigation remontante. Ils travaillaient en étroite collaboration avec les navigateurs dont ils dépendaient, qui n'étaient autres que les Liféri.

Au port, s'était établie une grande activité, où les ancêtres des Liféri avaient été à l'origine de la mise en place du terminus de la navigation remontante par halage. La potentialité s'avérait énorme, car la Dordogne, ouverte en direction de la Gironde, avait incité la marine d'eau douce à la rencontre du flux salé. Le sel constituait le gros des cargaisons, mais également des produits agricoles comme le poisson séché ou la morue salée, le bois et les combustibles, vendus par les négociants bordelais et achetés par les Desobières qui, grâce au chemin de halage longeant la Dordogne, pouvaient, par traction humaine (vingt à trente tireurs), faire remonter une grosse gabare affrétée aux Liféri.

Plus tard, lorsque le halage par voie humaine fut interdit et remplacé par la traction animale conduite par les paysans, les Liféri avaient déjà, grâce à leurs profits, acquis une certaine assise de maîtres de bateaux sur le fleuve, où gabares et filadières, bateaux plus longs, étaient utilisés en raison de leur facilité à passer les rapides de la Dordogne. Amaury Liféri ignorait comment son grand-père avait su se montrer si habile à braver les courants et à enseigner aux hommes d'équipage son courage. Même si le lien du vieil homme avec le fleuve était resté assez mystérieux, il avait eu l'étoffe d'un maître, suscitant la dévotion de ses ouvriers et faisant bien des envieux…

De son côté, bien que ce ne fût pas par crime d'avarice, le grand-père de Gilles Desobières avait souvent dénoncé les tarifs abusifs pratiqués par les Liféri pour l'acheminement des marchandises. Il était du genre intraitable en affaires, mais pointilleux, raison pour laquelle il poursuivait sa collaboration avec les Liféri, des bateliers réputés pour avoir l'œil à tout et pour veiller sans relâche à assurer une bonne qualité de service. Mais plus d'une fois, les deux hommes avaient vu rouge, frôlant l'incident diplomatique dans leurs négociations. D'un côté comme de l'autre, l'audace ne faisait pas défaut, et bon an mal an les affaires se faisaient, engrangeant de véritables bénéfices pour les deux parties, ce qui finissait par les réconcilier jusqu'à la prochaine altercation...

Desobières stockait dans son entrepôt toutes sortes de marchandises comme du sel, conservé dans de grands sacs de jute, remonté par halage, du bois exotique en provenance des colonies qu'il avait négocié avec les Bordelais, et d'autres produits viticoles de Libourne qu'il vendait à ses clients attitrés jusqu'aux confins de l'Auvergne et du Limousin. À force de méthode et de rigueur, l'homme remarqué pour son habileté et sa prévenance, réussit à se faire une fortune honorable à Souillac. Toutefois, lorsque ses charrettes répartissaient les marchandises en partance pour les régions voisines où demeuraient ses clients, le patron au physique solidement charpenté savait écarter de sa route les indésirables. Il avait ses petites astuces, car il identifiait facilement les faiseurs de troubles. Pour calmer le jeu, il les employait en journalier, ce qui garantissait à ces individus un salaire fixe, car il lui en fallait, des préposés au mesurage du sel, des saquiers[1], des portefaix, des métiers protégés par des statuts et des garanties. Ces métiers étant pénibles, il avait souvent eu recours à des aventuriers du port prêts à remplacer l'un de ceux que la maladie contraignait au repos.

Ce fut pourtant l'assaut de la concurrence du chemin de fer qui changea la donne. La navigation marchande prit du plomb dans l'aile au tournant du vingtième siècle, et l'utilisation des gabares se fit plus restreinte en raison de la présence de ces nouvelles voies ferrées. Gilles Desobières changea son fusil d'épaule, et ses marchandises voyagèrent essentiellement par voie de terre. En revanche, chez les Liféri, la récession fut catastrophique, les bateliers étant directement impactés dans leurs fonctions premières.

Si Amaury Liféri avait été bercé par les exploits de ses pères, d'une grandeur à présent disparue, il était bien conscient que les gabares appartiendraient bientôt à l'histoire ancienne. Il lui avait fallu élargir son champ d'action pour accomplir son destin. À l'âge des culottes courtes, avec son petit béret à l'avant pour faire visière, une idée avait germé dans son esprit comme un bleuet parmi un champ de coquelicots. Influencé par certains récits des passagers des gabares, reconnaissables à leurs foulards autour du cou et mâchouillant la feuille de tabac, il avait commencé par se passionner pour la traversée de la

1 Préposés au ramassage du sel.

vallée, d'est en ouest, dont il avait connu très tôt tous les paysages. Ils avaient exercé sur lui une véritable fascination : du port d'Argentat aux toitures de lauzes où l'on chargeait carassonnes[1] et merrains[2] jusqu'au pont de pierre à Bordeaux, en assistant à l'ouverture de la Dordogne sur la Gironde, le trajet était jalonné de châteaux flanqués de tourelles aux noms évocateurs de Belcastel ou Lanzac, avant que ne s'étalent les coteaux de la plaine fluviale de Bergerac, puis les vignobles du Libournais…

Mais si belle que fût la vallée, elle ne lui suffisait plus. Il aspirait à sortir de ses étroites limites pour explorer des contrées lointaines, de celles que les négociateurs de Desobières évoquaient, réputées pour leurs marchandises à exporter. Sous peu, ce négoce battrait son plein en raison des matières premières exploitables de l'Afrique de plus en plus utilisées en Occident. Amaury se prit à rêver du Sénégal, placé sous protectorat français. Les négociants des Desobières mettaient un point d'honneur à décrire comment la gomme était recueillie au fond des forêts d'acacias aux écorces fendues par le vent chaud. Ils introduisaient avec beaucoup d'empressement des détails sur l'atmosphère des bateaux, où à leur bord gens de peine, griots ou pileuses de mil, personnages truculents, occupaient des fonctions incontournables, tandis que cette gomme était ramenée aux escales le temps de la grande traite.

1 Piquets de vigne.

2 Planche obtenue en débitant un billot de bois.

Ce fut une première subjugation des sens qui éveilla l'esprit pionnier du jeune homme. Par le biais de tous ces témoignages, il avait le sentiment d'assister au fameux commerce sous l'égide d'une commission syndicale au gouverneur. À Saint-Louis, au Sénégal, principalement, haut lieu des affaires, l'activité y était réputée entre deux coups de canon, et son désir le plus cher fut bientôt d'entrer lui aussi dans ce monde par le seuil ! Ce n'est pas que les hommes de Desobières lui tendaient une main généreuse, mais ils l'appâtaient à leur manière, faisant éclore en lui l'aventurier qui sommeillait…

Le déclin de la société familiale de gabares Liféri, première victime de la construction des voies ferrées et surtout la mort du père d'Amaury, bouleversa profondément le cours de son destin dans le sens de ses espérances. La première fois qu'il sentit la chaleur de la terre d'Afrique se dégager sous ses pieds, mille senteurs inconnues s'étaient posées sur lui pour ne plus jamais le quitter. Gagné par l'ivresse des sens, il voulut tout voir, tout entendre, ce qui lui permit de saisir combien la vie n'était que jeu, défi à relever…

À la lueur d'une lampe pigeon de la première case qu'il occupa, comprenant que personne ne lui ferait de cadeau, il crut indispensable de s'attirer la protection d'un marabout, dont les prétendus oracles tenaient lieu de boussole, même aux plus aguerris. À preuve, il était toujours escorté d'une suite de courtisans qui faisaient les louanges de ses guérisons. Le sage vêtu de blanc, indissociable de son chapelet et de son bâton, le mit en garde contre certains chefs qu'il devait éviter. Amaury, étonné de la protection divine qu'il lui accordait, voulut lui offrir de l'argent qu'il refusa en expliquant que cette faveur était désintéressée et que Dieu seul l'avait envoyé vers lui. Le Français n'eut d'autres choix que de suivre un interprète désigné par le marabout, qui lui garantissait son appui pour une première campagne. Il eut besoin de certitudes pour braver les dangers du Sénégal navigable, de tout savoir sur ses inondations désastreuses, son climat meurtrier et ses terribles épidémies.

Cette initiative fit d'abord sourire Desobières, qui jugea qu'Amaury s'abandonnait à une lubie et qu'il trébucherait au premier obstacle. C'était pourtant mal connaître Amaury, que l'enjeu du défi avait galvanisé. Il était doté de toutes ces qualités qui en feraient un concurrent redoutable, au point d'éveiller chez Desobières rivalité et jalousie. Gilles exerçait depuis suffisamment longtemps le monopole de ces produits africains sur le marché de Souillac pour se croire inégalable. L'intrusion d'Amaury Liféri dans le milieu des négociants aux colonies, fut bientôt jugée d'un mauvais œil, qualifiée d'illégitime, voire déloyale et malhonnête. En réalité, ce fut le début d'un long bras de fer entre ces deux tempéraments dominants.

Le père de Lorène était un homme influent, peu sensible à l'exotisme du tam-tam sur fond de sérénade des griots. Il donnait grande latitude à ses négociateurs, qui géraient les coutumes locales et s'entendaient avec les chefs afin d'obtenir le passage de ses embarcations de commerce. Le hasard ne tenait pas la moindre place dans ses affaires.

Toutefois, le marchand de Souillac dut constater que, dès son second voyage au Sénégal, Amaury avait eu une vision plus subtile des relations que devait avoir la France coloniale avec les populations locales, capables, selon lui, de l'aider à affûter son observation. Amaury avait appris on ne sait où, à instaurer un dialogue dans des zones où la résistance anti-française était la plus vivace, ce que les négociateurs de Gilles peinaient à mettre en œuvre. Là où les interprètes indigènes d'Amaury avaient su éclipser ses négociateurs sur certains marchés de la gomme, Desobières fulminait. Son concurrent lui menait la vie dure. Amaury avait simplement profité d'une guerre civile qui avait ravagé l'agriculture, contraignant par là même certains chefs à souhaiter une présence française renforcée pour garantir le pouvoir local. Un nouveau traité de protectorat avait été signé, et Amaury avait flairé le moment opportun en suivant la mouvance politique… Car le jeune homme s'était fait apprécier du gouverneur grâce à sa faconde extraordinaire, et il n'hésitait pas à retrousser ses manches.

Même si Desobières l'accusait de manœuvres malsaines afin de manipuler le nouveau pouvoir pour obtenir du soutien, il reconnut qu'il devrait compter avec un concurrent à l'habileté redoutable qui savait creuser son sillon. Ce jeu complexe déstabilisait le marchand de Souillac et ne manquait pas de mettre ses nerfs à rude épreuve.

3

Sous l'horizon brumeux du fleuve Sénégal, les caïmans flottaient, semblables à des troncs d'arbres, lorsque le bruit assourdissant du tir d'un chasseur embusqué dans les herbes hautes laissa place à un silence approximatif. Comme seule l'absurdité d'un rêve est capable de cette mise en scène, le ciel mélancolique hissa subitement ses couleurs orangées sous le cri sauvage d'un éléphant venu se désaltérer. Une pirogue accosta dans la fumée des cuisines en plein vent, où au milieu du vacarme se tenait un marché improvisé. Des chameaux chargés de gomme se tenaient loin des comptoirs français pour la troque. Trois ou quatre coups de canon annoncèrent l'arrivée prochaine d'un bateau à vapeur…

Amaury grogna dans son sommeil, puis il retomba inconscient, projeté dans ses rêves d'Afrique, au milieu des palabres et de la foule des curieux, massée par centaines, sous la lueur des étoiles. Le cliquetis des bracelets de corail des quelques danseurs aux cheveux mêlés de verroteries poussant des cris rauques en agitant une sorte de marotte, semblaient être la manifestation d'une tradition. Amaury s'éveilla brutalement et couvert de sueur. Ses doigts butèrent sur son gris-gris qu'un marabout lui avait donné contre les fièvres, mais il constata l'absence de son pistolet…

Il mit un petit laps de temps à réaliser qu'il n'avait pas dormi sur l'une de ces nattes disposées dans les cases rondes faites de roseaux et de terre rougeâtre, mais bien dans sa chambre à coucher de Carennac, entouré de l'opulent mobilier de sa maison en pierres blanches. Reprenant difficilement ses esprits, il se sentit oppressé, comme s'il affrontait encore les regards malfaisants qui peuplaient son cauchemar. Son lit lui parut aussi suspect qu'un champ de bataille. Le retour de ce voyage éreintant datait de quelques jours. Il lui avait fallu user de ruse et de stratégie à plus d'un titre, sur ces terres arides du Sénégal, sans jamais perdre de vue la présence des dangers.

Toutefois, il pouvait être satisfait, car il avait bien été le seul représentant français à assister à une assemblée de dirigeants locaux et y faire valoir ses arguments pour obtenir les meilleurs marchés. D'ailleurs, il savait précisément où l'on recueillait l'or et il fit miroiter à un chef de village les avantages de la présence d'un établissement français spécialisé dans l'extraction du minerai.

En réalité, si la population locale lui avait réservé un aussi bel accueil, cela relevait d'une méprise. Elle croyait avoir affaire à un lieutenant dont elle obtiendrait de nouvelles perspectives économiques après la période de grande répression qu'elle avait traversée. Or, Amaury était loin de détenir ces prérogatives. Il avait accompli un véritable tour de passe-passe grâce à quelques formules subitement sorties de son chapeau. Ses efforts avaient donc porté leurs fruits, puisqu'il avait à la fois élargi la zone d'influence française et initié de nouveaux marchés. De bonnes transactions pour l'ivoire, les épices et les poissons séchés s'étaient engagées, des marchandises qu'il était certain d'écouler facilement à un réseau de clientèle suffisant.

Amaury se félicitait de cette prise de risque ; il devait bénir son étoile avec ferveur. Même si ses ancêtres, de là-haut, lui reprochaient l'abandon de l'entreprise de gabares qui avait fait le renom familial, il s'était conduit comme sa conscience le lui avait dicté. Ses aïeux seuls disposaient des qualités requises pour manœuvrer les gabares en toutes circonstances, y compris les plus périlleuses. Ils détenaient cet instinct pour braver les crues qui modifiaient le lit de la rivière ou affronter le mascaret, lorsque la mer rencontre les eaux du fleuve, qui se meuvent en sens inverse.

Certes, il avait admiré leur bravoure tout en sachant qu'il ne deviendrait jamais l'un de leurs disciples. Au mieux, il aurait lutté toute sa vie pour maintenir la renommée familiale de cette entreprise, tout en exerçant le métier de charpentier à la saison où les eaux n'étaient pas navigables, mais cette théorie était loin de le satisfaire. L'histoire des gabares Liféri appartenait au passé, et le fait de s'extraire de ce métier lui permettait d'apprécier la vallée d'une autre manière, non plus en songeant aux dangers de ses eaux tumultueuses ni aux tempêtes fréquentes, mais en y savourant le bonheur de prendre le frais à l'ombre des frênes qui peuplaient ses rives, sans se soucier de mettre un équipage en péril.

Amaury avait hérité de la grande taille de son père, de ses larges épaules et de son fabuleux regard aux sourcils broussailleux, d'indéniables atouts évinçant bien des obstacles de son parcours solitaire. Toutefois, s'il savait tirer profit de son physique avec habileté, provoquant également la défiance en raison de cette liberté dérangeante qui faisait de lui un « défricheur de sentiers battus ». En fin de compte, tant d'audace lui valait beaucoup d'inimitié, et il ne pouvait guère compter que sur une alliée, sa fidèle gouvernante Evangelista, au service des Liféri depuis toujours, qui à cette heure-ci n'avait pas encore pris son service. Forcément, puisque l'aube pointait tout juste ses premières lueurs.

Sorti de son sommeil par la brutalité de ce cauchemar, Amaury éprouva le besoin de faire quelques pas en direction du petit pont qui enjambe le ruisseau Médéric, descendant depuis le causse. En renouant avec l'air frais du jour naissant, il poursuivit sa promenade vers le « bras mort » près du port. Une écharpe de brume subsistait sur l'eau, où le mystère des bords du fleuve lui faisait l'effet d'un vieil ami retrouvé. Il connaissait l'histoire de chacune des familles qui occupaient en contrebas les maisons à torchis et pans de bois aux toitures pleines de charme. Il s'imagina manœuvrer le gouvernail d'une gabare, comme à l'éveil d'une sensation renaissante. Puis, graduellement, l'impression dériva vers le paysage des vignes, des prairies, des clochers des églises et des coteaux de la Dordogne. Il n'effectuait ces voyages par voie d'eau que la peur au ventre, n'éprouvant du soulagement qu'à l'instant de nouer la barre du gouvernail à un anneau.

La brume dissimulait toujours les enseignes des frontons lorsqu'il abandonna le décor du fleuve pour remonter vers le bourg. Près des pruniers de Reine-Claude de son verger, les poules grattaient le fumier sous le cancan des oies de la grange voisine. En franchissant son porche, il distingua une masse immobile, déposée devant sa porte. La présence de ce mystérieux paquet qu'il définit de plus près comme un panier en paille tressée, l'informa sur le fait qu'Evangelista n'avait pas encore pris ses fonctions. En se penchant sur son contenu, il faillit perdre l'équilibre tant sa surprise fut de taille. Un bébé ! La panique l'envahit. Qui avait pu déposer ce nourrisson devant chez lui ? Si c'était une blague, il la jugea de fort mauvais goût. Tandis que ce petit être dormait paisiblement, Amaury jeta un regard inquiet alentour afin de vérifier que personne ne l'observait, puis il s'empressa d'entrebâiller la porte et de glisser le panier à l'intérieur sur les grosses dalles de pierre du corridor. À l'abri des regards, il souleva l'enfant dans ses bras, un petit être de quelques jours, visiblement bien portant et soigneusement emmailloté, dont le duvet de cheveux blonds recouvrait à peine le crâne. Amaury le regarda à l'instar d'un extraterrestre et se hâta de le remettre à sa place initiale, sans se départir de son air contrit.

— D'où vient ce bébé ? s'exclama Evangelista quelques instants plus tard, le visage empourpré comme une pivoine, ses cheveux roux ébouriffés, un sourire ému aux lèvres.

— Si je le savais ! répondit Amaury qui riait jaune. En d'autres circonstances, il aurait été tenté de lui demander d'où elle sortait, dans la mesure où elle semblait essoufflée, affublée à la va-vite d'une robe qui comprimait ses formes rebondies, mais il se contenta de lui résumer les faits au sujet de ce nourrisson. Elle flaira sa mauvaise humeur tout en jetant un regard attendri vers le bébé. Puis, les rouages de sa cervelle établirent des suppositions. Ce n'est pas qu'elle détînt sa petite idée sur la question, mais le fils Liféri pouvait être victime d'un tour pendable de la part de l'une de ses maîtresses... Les frasques du galant homme n'étaient un secret pour personne à Carennac. Il courait le guilledou ! Qui sait ? L'une de ses conquêtes avait peut-être décidé de lui donner une bonne leçon en abandonnant ce nourrisson sur son perron.

Tandis qu'Evangelista s'extasiait devant les gazouillis du poupon qu'elle avait pris dans ses bras, Amaury fouilla de fond en comble le panier sans y trouver le moindre indice. Le mystère restait entier.

— Qu'allons-nous en faire ? interrogea-t-il en regardant Evangelista, naïf au point de croire qu'elle allait lui fournir une réponse.

Embarrassée par cette question saugrenue, elle l'observa un instant en silence avant de dévier ses yeux vers l'enfant :

— Pauvre petit ! Tout juste né et déjà séparé de sa mère !

— Bon, je compte sur vous, Evangelista ! formula Amaury sans trop s'émouvoir. Je dois partir en Auvergne ce matin même ; les affaires m'appellent.

La gouvernante bondit, indignée.

— Mais enfin, qu'est-ce qui vous prend ? Parlez-vous sérieusement ? Ce n'est tout de même pas à moi de…, entama-t-elle, la voix chargée de reproches.

— De quoi ?

— Eh bien, de prendre une décision à votre place !

— Oh ! je sais ce qui vous traverse l'esprit ! Toutefois, il y a neuf mois de cela, je me trouvais au Sénégal pour une perspective de commerce à me donner des ailes ; aussi, je me demande quelle femme sans scrupules aurait pu céder à une pulsion malhonnête qui consisterait à laisser penser que je suis le père de cet enfant !

— Mais… je n'ai jamais eu l'intention de vous dire des choses pareilles…, bégaya-t-elle d'émotion, par crainte de trahir sa pensée.

De son côté, Amaury songeait forcément à Sonia, la chevrière du causse, longiligne, avec son indomptable chevelure et qui ressemblait à une diseuse de bonne aventure. Malgré sa mauvaise réputation, il n'avait pas résisté à son charme piquant, un plaisir d'un soir jugé ridicule dès que la voix de la raison s'était imposée à lui. Pourtant, il ne pouvait exclure qu'elle se fût sentie spoliée, victime d'une trahison et qu'en guise de vengeance, la chevrière lui ait collé ce nourrisson sur le dos. À moins que ce ne fût Éliane de Vayrac, qui avait espéré un mariage… Comme bien des femmes de ce pays, elle était capable de raconter des histoires à dormir debout… Il s'agissait sans doute de la plus virulente des amantes épinglées à son tableau de chasse, bien que loin d'être la seule qui eût pu se trouver potentiellement suspectée d'abandon d'enfant.

Même si un peu plus tôt, il aurait pris parti d'en rire, Amaury semblait à présent exaspéré. Aussi, toisa-t-il Evangelista en lui intimant d'accomplir son devoir, ce qui sous-entendait de trouver une solution.

— Vous prendrez bien une prune à l'eau-de-vie avant de partir ? s'adoucit-elle, emportée par sa fibre maternelle, tout en berçant l'enfant.

Au moment où il acquiesçait, elle se dirigea vers les crédences emplies de vaisselle, et de sa main vaillante lui servit une bonne rasade d'alcool fort.

Il but sans un mot et conclut dans un hochement de tête :

— Faites ce que vous voulez. Moi, je m'en vais !

Comme s'il avait le diable aux trousses, il enfila une vareuse, ajusta son chapeau à larges bords. Il était fin prêt pour cavaler vers les confins de l'Auvergne.

— V'là qu'il part ! bredouilla Evangelista.

Elle haussa les épaules en observant le manège. Il se rendit à l'écurie. Peu après, elle l'aperçut talonner son cheval avant de s'engager sur le chemin, dégageant derrière lui un nuage de poussière.

Les Liféri avaient la réputation d'être des gens têtus. Amaury confirmait la règle. C'était peine perdue que de vouloir le faire changer d'avis lorsqu'il avait décrété quelque chose. Evangelista se tourna vers le nourrisson, dont elle caressa la petite joue potelée, sentant fondre son amertume au fur et à mesure qu'elle s'attendrissait devant tant d'innocence. Les yeux nimbés de douceur, elle s'adressa au petit d'une voix haut perché qui contrastait avec sa plantureuse constitution. Au fond, Evangelista était touchée en plein cœur, car ce n'était un secret pour personne qu'elle adorait les enfants, mais que sa destinée ne lui avait jamais donné la chance de devenir mère.

Aussi demeurait-elle toute chamboulée par la présence providentielle de ce nouveau-né qui s'éveillait au monde et ne demandait qu'à être aimé. Elle se hâta de lui préparer un biberon qu'il engloutit tout rond. Puis, elle prit mille précautions afin d'envelopper l'enfançon dans un grand lange, de ceux qui dormaient au fond d'une armoire. Elle l'emmaillota en évitant de trop le serrer. Tandis que ses doigts avaient œuvré habilement sur sa peau douce à l'odeur subtile, une bouffée d'émotion lui parcourut l'échine, son cœur se gonfla d'amour, comme un signe pour celle qui, quelques mois plus tôt, avait cherché un enfant à adopter… Le ciel l'avait-il entendue ? C'était peut-être l'occasion rêvée de devenir enfin mère ! Elle sentit peu à peu le poids de ses frustrations et de ses doutes se transformer en un regain d'espoir et de joie. En conséquence, elle se mit aussitôt en quête d'un prénom. Elle en passa plusieurs en revue qu'elle prononça à haute voix avant de s'arrêter par enchantement sur Louis. Quelle belle résonance musicale ! Au moins, avec ce prénom aussi respectable que joli à l'oreille, il gagnerait les faveurs du plus grand nombre.

Tout au fond d'elle, une petite voix parlait déjà d'avenir. Il fallait bien le déclarer, cet enfant ! Et qu'allait-elle dire à son sujet ? Evangelista approchait de la quarantaine ; elle aurait pu mettre au monde un retardataire en accouchant chez elle, sans tambour ni trompette, à l'instar de la plupart des femmes de petite condition en 1904. Pas de médecin, pas de déclaration ! Il suffisait de mettre au point une histoire plausible et de s'en persuader, afin d'être assez crédible face à l'officier de l'état civil. Elle pouvait avoir été victime d'un viol et, affligée de honte, s'être renfermée dans son mutisme. Personne n'allait l'obliger à s'expliquer…

Stimulée par la présence de ce bébé aux joues roses qui semblait si bien portant, elle se donna du courage. Même si elle savait à peine signer son nom, l'aplomb considérable qui la caractérisait lui fit oublier qu'elle risquait d'être condamnée pour fausse déclaration si toutefois la supercherie était découverte.

— Que dois-je déclarer ? s'enquit un peu plus tard l'officier les yeux braqués sur la plantureuse rouquine.

— Louis, fils légitime d'Evangelista Dalery.

— Et de… ?

Face au mutisme de la mère, il insista :

— Cet enfant a bien un père ?

— De père inconnu, triompha-t-elle.

Tandis que l'officier portait sur l'acte de naissance le prénom Louis, son jour et lieu de naissance établis à la fantaisie d'Evangelista, elle constata que son bébé lui souriait. Lumineuse et satisfaite de ce bon présage, la mère irradiait de joie, ce qui lui accordait toute la crédibilité et la confiance de l'employé.

Une fois son devoir accompli, elle traversa le bourg de Carennac à une heure d'affluence. Elle prit soin d'éviter le regard des femmes affairées aux étals des vendeurs ambulants en bifurquant dans une ruelle. La coïncidence la mit pourtant face à Hermine Octavie, qui sortait de l'église. Bien qu'un voile de dentelle noire obstruât ses yeux rougis, la dévote interpella Evangelista à voix basse, d'un air faussement ingénu :

— Bonjour, mademoiselle Dalery… Quel bel enfant vous avez là !

Hermine se pencha vers le poupon aux cheveux hérissés, qui gesticulait. Ses mains minuscules cherchaient à s'agripper à son corsage.

— C'est mon petit Louis ! gloussa la mère, emplie de fierté.

Des traits anguleux d'Hermine émanait une intense tristesse qui fit frémir Evangelista et coupa tout net son élan d'optimisme. Elle aurait préféré se limiter à un salut respectueux, mais la conversation s'était déjà engagée, et les yeux d'Hermine avaient accaparé le bébé.

Sous peu, tout Carennac serait au courant de son statut de fille-mère, car la sœur Octavie, sous ses airs de gentillesse, avait la langue bien pendue et n'épargnait personne. Cependant, en ce jour, rien n'aurait pu entacher la joie d'Evangelista, dans l'impossibilité de se sentir coupable d'aimer et de protéger ce nouveau-né. Aussi, la gouvernante d'Amaury rebondit-elle sur une formule de politesse afin de dévier la conversation. Elle fit ensuite aimablement savoir qu'elle était pressée et s'engagea vers l'une de ces ruelles qui embaumaient l'odeur suave des premières giroflées.

Les jours suivants, la jeune femme couva son enfant comme la plus dévouée des mères. Profitant de l'absence de son maître, elle installa le petit berceau de type "Moïse" sur le tapis ancien d'une chambre inoccupée, meublée de style Louis Philippe, sachant qu'il y serait bien mieux que dans sa modeste bicoque du causse qu'elle occupait rarement. Amaury ne lui avait-il pas dit « Faites ce que vous voulez » ? Ces mots résonnaient encore dans ses oreilles, telle une récompense céleste. Elle s'assit un instant dans le fauteuil à dossier sculpté et eut un sourire à l'apparition, face au miroir, de son visage transfiguré par l'ardente émotion de se sentir mère.

Son maître ne saurait lui refuser ce bonheur.

En dépit de ses retours à l'improviste, le fils Liféri était toujours servi comme un prince, dans une maison impeccablement encaustiquée, aux dorures brillantes, aux étains lumineux grâce aux bons soins de sa gouvernante. En échange, il se montrait reconnaissant ; aussi fut-elle persuadée qu'il ne saurait la blâmer d'avoir choisi d'accueillir Louis sous son toit pentu. Cette maison à bolet[1], aux savantes pierres taillées, flanquées d'une tour et d'un pigeonnier, richement meublée de tradition, aspirait à du sang neuf ! Ce n'était pas une bouche supplémentaire à nourrir qui poserait problème ; il possédait bien plus que n'en réclamait l'éducation d'un enfant. Et puis, la présence de Louis inciterait peut-être Amaury à se soucier lui aussi de sa descendance…

Evangelista se réduisit elle-même à une portion congrue afin de gagner du temps sur les tâches domestiques qui lui restaient à accomplir avant le retour du maître. Une soupe refroidie, un tourin blanchi[2] prêt à être trempé avec du pain rassis ainsi qu'un peu de fromage de pays firent l'affaire pour son déjeuner avant de se hâter pour briquer les sols. Même si elle n'acceptait aucune critique, et difficilement les ordres, ce qui lui avait parfois valu d'être à couteaux tirés avec Amaury plusieurs jours d'affilée, elle n'avait jamais renâclé devant l'effort et cultivait le sens des responsabilités. Si elle s'avérait capable d'abattre à elle seule une somme de tâches domes-

1 Terrasse.

2 Soupe du Sud-Ouest.

tiques revenant à deux femmes, c'était aussi pour mieux faire entendre à son maître ses quatre vérités en cas de nécessité. Et elle ne s'en privait pas ! Ces deux tempéraments à l'emporte-pièce avaient toutefois réussi à s'accorder. En réalité, ils formaient un tandem complémentaire. Au respectueux service des Liféri depuis plus de vingt ans, Evangelista, expérimentée, appréciait l'autonomie que lui concédait Amaury ; c'est pourquoi sa conscience puritaine lui laissait penser, encore une fois, que son jeune maître ne saurait lui refuser le seul droit au bonheur qu'elle revendiquait depuis si longtemps.

Elle manquait pourtant cruellement de sagacité. Si Amaury sembla prêter une oreille attentive à sa gouvernante à son retour d'Auvergne, alors qu'elle dévoilait en détail ses exploits quant à l'adoption de Louis, ce fut pour mieux fustiger sa décision.

— Si c'est une plaisanterie, elle est de fort mauvais goût ! conclut-il froidement.

— Rien ne vous touche ! s'emporta-t-elle, la larme à l'œil.

— Soyons sérieux ! Vous dépassez les bornes en m'imposant sous mon toit un enfant qui n'est pas le mien.

— Ce petit a besoin d'être rassuré, et puis, il se fera discret..., supplia-t-elle, souffrant déjà dans sa chair de devoir perdre la partie.

— Je ne sais pas où vous avez la tête, Evangelista !

Si elle avait accepté cette lubie un peu excentrique d'emménager chez Liféri pour faciliter le service, il allait bientôt le lui faire regretter. Cependant, elle préféra garder pour elle le fond de sa pensée en se mordant les lèvres. Le soleil ne brillait plus.

Alors qu'il fulminait tout seul, elle se dirigea vers la cuisine, où régnait une négligence étudiée. Son maître se montrait si injuste que cela la mit dans une humeur noire. Sa bouche s'était aigrie. Comment pouvait-il se camper autant dans ses certitudes ? Comment aurait-il pallié les contraintes et les difficultés des travaux domestiques que nécessitait sa propriété durant ces absences, si elle n'était plus là à veiller ? Qui d'autre qu'elle connaissait tous les rouages de cette maison dont elle avait gagné la confiance des propriétaires, après avoir repris le flambeau de sa mère ? C'est simple, elle aurait pu décrypter le subconscient d'Amaury ! Bien qu'il revendiquât ses origines lotoises, il connaissait peu les travaux de la terre, qu'il aurait eu vite fait de qualifier de « travaux de bagnard ». Pourtant, les Liféri n'avaient jamais badiné avec les valeurs ancestrales, mais lui… À peine avait-il pris le temps de planter un lilas une fois dans sa vie ! À croire qu'il était sorti de la cuisse de Jupiter !

Face à tant de désinvolture, il fallait bien que quelques journaliers aux coudées franches fussent dévoués à sa cause sur ses terres labourables…

Mais la seule intendante de ses plaisirs gastronomiques, celle qui ne déméritait jamais de ses aïeux, c'était Evangelista ! Elle avait mis au point une technique sûre pour découper les rôtis qui le ravissait lorsqu'il rentrait, impatient de se mettre sous la dent sa viande préférée. Car c'était un insatiable carnassier, qui puisait sa force parmi les morceaux choisis, avec toutefois une prédilection pour le canard arrosé de pécharmant. Cet appétit n'avait d'égal que l'ardeur qu'il déployait pour ses conquêtes féminines, sans jamais s'encombrer de vieux principes de morale. Evangelista différait à peine d'une épouse, si ce n'est qu'elle ne jouait pas dans le registre de la chair. Elle était bien heureuse qu'il s'abandonnât dans d'autres bras, car, en dépit de ses atouts, sa gouvernante n'aurait de toute façon plus été de taille à rivaliser en jeunesse et en beauté. Si une barrière avait malgré tout subsisté entre eux, plus infranchissable que celle de la différence d'âge, c'était celle du respect. Cet ordre social demeurait presque inviolable, d'autant plus qu'Amaury s'était façonné un personnage suscitant l'admiration, à l'abri des routines accablantes, jamais fort en gueule, mais capable d'en imposer par ses silences, ce qui cultivait une certaine distance. La complexité de leurs rapports n'avait encore jamais démenti cette règle.

Maintes fois, elle aurait pu rendre son tablier, mais elle avait toujours pris un malin plaisir à suivre la fresque palpitante des épisodes de sa vie à mi-chemin entre arrogance et provocation. Elle égayait secrètement son quotidien en écoutant aux portes lorsqu'il invitait certaines de ses conquêtes au déduit. Evangelista restait au bord de l'évanouissement en suivant l'effervescence de ses ébats par le trou de la serrure. Ainsi, par ce feu qui consumait les amants, elle avait découvert avec stupeur toutes sortes de jeux libertins, des attitudes alanguies et provocantes qu'une femme prude n'aurait jamais soupçonnées.

De son côté, elle vivait par procuration, peaufinant son apprentissage sur un sujet qu'elle connaissait bien mal. Elle n'avait guère fréquenté qu'un berger sous une guérite du causse, à l'abri du soleil lorsqu'il surveillait ses moutons. Leurs quelques ébats entre une étable et un séchoir à tabac ne l'avaient jamais enivrée d'effervescence passionnelle. Peut-être n'avait-elle jamais su susciter le désir d'un amoureux transi ? Toujours est-il que toutes ses tentatives pour tomber enceinte étaient restées vaines.

À présent qu'elle étudiait un moyen d'amadouer Amaury pour qu'il revienne sur ses paroles blessantes, il la devança :

— Vous avez déjà embobiné l'officier de l'état civil ?

— Je suppose qu'il ne sert à rien que j'ajoute quoi que ce soit, je n'aurai pas voix au chapitre.

Il eut un long soupir de sous-entendus, sans se départir de cet air sévère qu'il affectait lorsque cela l'arrangeait, mais il ne revint pas pour autant sur l'enfant. De son côté, Evangelista s'apprêtait à cuire les écrevisses fraîchement pêchées dans la Borrèze, en s'intimant de tenir bon.

Que devait-elle en déduire ? Qu'il fermerait les yeux ? Une façon de faire comprendre qu'il tolérait le choix de sa gouvernante puisqu'il l'avait laissée décider du sort de ce nourrisson. Ne semblant pas s'en soucier outre mesure, il se remplit un godet de vin, en but une gorgée qu'il fit rouler dans sa bouche avant de reposer son verre. Elle se sentit soudain mal à l'aise, comme si une terreur inconnue s'emparait de sa poitrine. Puis, elle se demanda où cet homme plaçait ses espoirs… Seule l'aventure comptait donc à ses yeux…

4

Même si Gilles Desobières accusait sa belle-sœur de vivre comme une paysanne à l'esprit borné, il accepta que sa fille passe quelques jours à Sarlat chez sa tante au cours de l'été qui suivit. Cette petite grignotait du bout des lèvres ; peut-être que l'air du Périgord noir la remettrait d'aplomb.

Le voyage en carriole était sûr entre Carennac et Sarlat. Grâce à des chevaux convenablement maîtrisés, Lorène eut l'agréable sensation d'un dépaysement qui la détournait d'un quotidien pesant. Sous le cahotement du véhicule hippomobile qui frôlait les branches parmi des clairières inondées de soleil, la passagère se sentait heureuse de respirer l'humus. Les plus humbles masures et les gentilhommières aux toitures grisées par le temps la rapprochaient du dynamisme de la cité de La Boétie, édifiée dans l'esprit des humanistes de la Renaissance, bien connue pour les subtils arômes de son marché.

À quelques pas de ses corps de logis aux toits prononcés couverts de lauze, dont la maçonnerie en pierres apparentes en complétait l'élégance, Doris, souriante et enjouée, semblait pressée d'accueillir sa nièce.

— Viens que je t'embrasse ! Je suis si heureuse de te savoir parmi nous ! s'écria une voix féminine profonde, tandis que se révélait le remarquable visage de Doris, sous sa quichenotte qui la protégeait du soleil.

Lorène fut ravie de constater que le surcroît de travail de la ferme dû à son veuvage ne l'avait pas enlaidie. Au contraire, elle paraissait rajeunie depuis qu'elle décidait et ordonnait. Sa silhouette harmonieuse aux jupons de percale blanche sous son tablier à points de plumetis soulignait sa taille menue, son petit corset de chanvre très ajusté valorisant son élégance naturelle. Peut-être s'était-elle mise en beauté pour les retrouvailles avec sa nièce ? Car Lorène incarnait un peu la fille qu'elle n'avait jamais eue, et ses sentiments à son égard étaient purs et délicats. Cette affection paraissait réciproque, à en juger la manière chaleureuse que Lorène mettait dans le verbe. Toutes les deux cherchèrent un endroit ombragé pour profiter d'un instant d'intimité, tandis que du côté de la basse-cour, une oie qui devait sentir le danger pour sa progéniture, se mit à siffler comme un serpent dans l'écho de ses congénères qui cacardaient à tout va. La jeune fille jeta un coup d'œil vers les volatiles en clôture : un jars râleur battait des ailes. Elle se tourna vers sa tante d'un air interrogateur. Comment imaginer les délicates mains de Doris en train de glisser l'entonnoir dans le grand cou tendu de l'oie pour procéder au gavage ? Quant au massacre du volatile et aux différentes étapes avant la plumée, cela dépassait l'entendement de Lorène, qui préférait s'attendrir devant les boules de duvet des oisons…

Tous ces rituels faisaient partie intégrante de la vie familiale. Sa tante préparait également les pâtés truffés et les cous d'oies farcis. Doris ne laissait d'ailleurs jamais passer une occasion d'offrir l'une de ses terrines parfumées aux baies de genièvre à ses cousins de Carennac.

— Les frères sont dans le coin ? s'enquit la vacancière pour désigner les deux fils de Doris.

Bons vivants et travailleurs, Basile et Hypolite, d'un an plus âgé que son frère, n'allaient jamais l'un sans l'autre. La plupart du temps, tous deux se comprenaient à demi-mot, comme si une forme de connivence avait déjà fait ses preuves. Doris leur confiait peu à peu les rênes de la maison afin d'établir quelques améliorations foncières du domaine depuis la mort du père. Ils s'adaptaient au mieux aux exigences de l'environnement. L'éducation des jeunes oies réclamait de leur tenir tête, et ils s'en tiraient plutôt bien pour engraisser la brune cendrée ou la blanche.

Basile était à présent habilité à la découpe des foies, un rôle de tout temps réservé au père de son vivant, qu'il avait pourtant fallu apprendre à maîtriser en pratiquant les premières incisions dans l'incertitude du résultat. Il avait eu beau voir maintes fois son père détacher le foie de sa cavité armé de son couteau à fine lame, ses premiers pas lui avaient coûté de peur de blesser le foie. Doris en avait également pris de la graine, si bien qu'elle aurait pu découper les carcasses si Basile ne s'y était finalement attelé avec conviction. Outre les oies, ils récoltaient les noix en famille dès la saison venue, au début de l'automne. Durant les veillées, on se consacrait à l'énoisage au coin du cantou[1], un travail délicat nécessitant là aussi un véritable savoir-faire, qui consistait à casser les noix et en extraire les cerneaux à l'aide d'une pierre plate et d'un maillet. Hypolite n'avait pas son pareil pour séparer le cerneau de la coquille sans le casser. Il tenait ça du père ! Il vendait une partie de sa production au boulanger et emportait une autre partie de ses cerneaux à broyer, pour en faire de l'huile. Dans des toiles de jute, on stockait les cerneaux destinés à la consommation familiale. Cette récolte représentait des revenus assurés. Il ne restait plus à espérer que l'automne fût riche en cèpes…

Lorène se perdit un instant dans la contemplation du domaine, où l'on accédait à la ferme par un porche surmonté d'un toiton de lauzes. Le puits, la grange, le cellier, l'étable et la longère formaient un harmonieux décor qui lui était familier, bien qu'elle n'y eût pas grandi. Sa tante, qui avait toujours contribué à rendre le monde un peu plus beau, cherchait à lui donner confiance au sortir de la stricte éducation qu'elle avait reçue.

1 Cheminée du Sud-Ouest – « coin du feu ».

Éclairée par une petite ouverture en saillie, sa chambre aménagée sous les combles était toujours prête à la recevoir. D'anciens oripeaux et autres pantalons en velours et chemises en percale pendaient encore au milieu des armoires au discret parfum de lavande.

Au-dessus du lit bateau, un brin de buis béni coincé derrière une croix, parlait religion. Sur la commode, trônaient des cadres ovales argentés, où les portraits d'ancêtres restaient les principaux témoins de ce monde qui leur succédait. Lorène s'estimait protégée de toutes les agressions de la vie, et le simple fait de retrouver au sol ces vieux magazines jaunis fit jaillir ses souvenirs de l'été précédent. Il lui semblait apercevoir du coin de l'œil cet article, à propos des squelettes des premiers chasseurs à l'aube de l'humanité, récemment découverts tout près des Eyzies…

Elle demeura un instant songeuse, déconcentrée de sa lecture par le chant des oiseaux dans les arbres, et ne sortit du silence de ses songes qu'à l'arrivée de ses cousins qui riaient et parlaient fort en langue occitane. L'intonation chantante de Basile, surtout, était reconnaissable entre toutes. Lorène dévala l'escalier et se retrouva soudain au beau milieu de la salle à manger, au cœur d'un halo de lumière, tout près des silhouettes costaudes de ces deux grands bruns aux prunelles douces et claires, semblables aux croquants qui avaient, en leur temps, tout fait pour revendiquer leurs droits. Une chaleureuse embrassade trahit la joie certaine de se revoir, et l'émotion joyeuse de Lorène se manifesta par des étincelles dans ses yeux. Ce repaire familial respirait la joie de vivre, et la jeune fille envia un instant ce bonheur qui émanait de leur foyer.

Les deux frères au teint buriné par le soleil, songèrent qu'ils retrouvaient leur cousine plus belle encore que dans le souvenir qu'ils en avaient gardé. L'éclat de Lorène les empêchait de voir rien d'autre qu'elle.

— Eh bien, ne restez pas plantés là comme des benêts ! dit Doris, consciente du trouble de ses fils devenus étrangement calmes.

Et d'ajouter :

— Tu devrais venir plus souvent…

Ce sourire attendri avait tout pour plaire à la nièce, qui aurait effectivement aimé venir plus souvent à Sarlat si elle n'avait été privée de toute autonomie.

— Je suis parmi vous et ne nous plaignons pas ! plaisanta la jeune fille en voulant conserver l'illusion de sa liberté, même momentanée.

— Je conçois que ce n'est pas facile d'être la fille unique de Gilles Desobières, concéda Doris en devinant que sa nièce désirait momentanément oublier Carennac.

Sans plus attendre, chacun prit place autour de la grande table rustique pour aborder mille autres sujets sous le beau linteau de chêne. Il faisait bon derrière les murs épais qui isolaient de la canicule déjà installée depuis quelques jours. On distinguait le jeu d'ombres et de lumière sur la longue allée bordée de cyprès sous un ciel uniformément bleu. Lorène se sentait comprise, déjà loin de la solitude qu'elle avait traversée, et cette sensation lui donnait probablement le loisir de parler en confiance sans être jugée.

— J'aimerais enseigner, confia-t-elle à la tablée, ravie de ne plus garder pour elle pareil secret. Bien sûr, mon père a fait la moue lorsqu'il fut question que je passe le brevet de capacité. Puisque le mariage qu'il avait tant espéré est tombé à l'eau, il aurait pu concéder à ce que sa fille entre à l'École normale… Je devrais peut-être insister, mais comment évaluer mes chances sans les compromettre ?

Une pointe d'admiration dans le regard de Basile incita la jeune fille à décrire la joie qu'elle éprouverait à faire don de son savoir aux enfants.

— Quelle chose étrange que l'on puisse se mettre en travers d'une vocation ! Si j'avais eu une fille, j'aurais pourtant été fière qu'elle fasse ce choix, avoua spontanément Doris.

Les garçons n'en éprouvaient aucune jalousie, au contraire. Ils ne pensaient qu'à encourager leur cousine dans son projet. Les femmes de leur entourage n'étaient pas si nombreuses à revendiquer des ambitions au-dehors du nid familial.

— J'espère que tu sauras lui tenir tête. Le progrès lui fait peur ! Il ne faut pas sacrifier une tête bien pleine au nom de l'égoïsme de mon beau-frère, soutint la tante, non sans une certaine ironie.

Se fiant à sa propre expérience, Doris regrettait d'avoir été mariée trop tôt pour finalement souffrir des meurtrissures d'un veuvage précoce. Résultat :

elle avait dû tôt faire face aux exigences du domaine, seule avec ses deux enfants. Bien que ses deux fils fissent toute sa fierté, elle n'aurait pas menti en affirmant qu'elle avait suivi une voie toute tracée, et, sans surprise, c'est pourquoi elle aurait été heureuse que sa nièce prît le chemin de son indépendance, à l'instar de quelques femmes passées entre les mailles du filet de la tutelle paternelle ou maritale. Elle aurait ainsi été la première de la famille à s'émanciper vraiment.

Le lendemain matin, après avoir suivi de loin les prouesses de ses cousins avec les oies écervelées, lorsque le brouillard fut tout juste levé, Lorène tressa ses cheveux avant de les glisser sous un léger fichu. Elle ajusta des jupons de dentelle de calicot blanc sous sa jupe de cotonnade à rayures, comme le voulait la tradition. Basile et Hypolite, vêtus de la redingote et de la chemise sans col des jours de foire, furent également fin prêts pour se rendre au marché de Sarlat.

Sur le parcours, les bâtisses enchevêtrées et autres constructions chapeautées de pigeonniers s'emboîtaient jusqu'aux ruelles étroites aux toitures grisées de la cité. La brume avait fondu, et le paysage se révélait plus largement au fur et à mesure que les papilles sollicitées par le délicieux fumet des victuailles rendaient le pas plus allègre. Au cœur de cette agitation, Lorène eut le tournis ! Elle était incapable de se concentrer sur ce qu'elle voyait, tant les gens s'emparaient avec frénésie des spécialités les plus appétissantes pour les tenir bien serrées dans leurs pannetons d'osier, sans se soucier de la cohue. Les légumes frais cueillis du matin, l'odorante gariguette ou les cœurs-de-pigeon embaumaient les étals du marché. Au milieu de cette bousculade aux rituels codifiés, elle entendit, provenant de l'entrée de l'un de ces édifices cossus près de la place Royale, une voix rude, mais familière qui couvrait les conversations. Elle leva la tête pour essayer de la capter. De ces petits porches qui d'ordinaire paraissaient hantés par quelques revenants jamais résolus à quitter ces lieux enchanteurs, il n'en sortait qu'un brouhaha animé. Tous les sens de Lorène s'aiguisaient devant cette réussite sociale inscrite dans la pierre qui ricochait à travers les saveurs les plus exquises, celles des pâtés, volailles et vins que l'on dégustait dans chaque estaminet.

Cette voix singulière l'interpella de nouveau. N'ayant plus l'ombre d'un doute, elle posa cette fois-ci un regard étonné sur son propriétaire. Il s'agissait d'Amaury Liféri, qu'elle connaissait pour l'avoir rencontré dans le bourg de Carennac à plusieurs reprises. Lorène se tint à distance, mais il la rattrapa de son pas pressé, comme elle atteignait l'étal surchargé d'un marchand de paniers.

— Quel plaisir de vous revoir au milieu de ce décor, mademoiselle Desobières ! dit-il en s'approchant de Lorène. Décidément, la chance est de mon côté !

Ému, il déposa sur sa main un baiser qui la fit trembler d'émotion. Dans un rougissement, elle se dégagea de son regard appuyé.

— Votre père vous laisse donc quitter Carennac ?

— Il faut en finir avec ce jugement raccourci à propos de mon père, rétorqua-t-elle.

— Auriez-vous gagné une bataille ? s'amusa-t-il.

Lorène comprit que l'arrogance d'Amaury n'était qu'une façade, ce qui prêtait à rire. Pourtant, son regard volontaire lui fit baisser les yeux. Il ne passait pas inaperçu avec ses culottes de cheval et ses jambes recouvertes de guêtres en grosse toile ; aussi comprit-elle qu'il avait attaché son cheval pour se mêler à la foule des villageois. Ils firent quelques pas sans prêter attention aux rues, tant et si bien qu'elle perdit de vue ses cousins. Même si elle éprouvait de la curiosité pour ce qu'elle ignorait sans savoir si elle devait la fuir ou l'accepter, Lorène savourait l'instant tout en bavardant de choses et d'autres avec Amaury. Peu soucieuse des intentions du jeune homme à l'élégante prestance, elle profitait de ce qu'elle n'aurait pas de sitôt l'occasion d'un pareil instant de liberté. Elle se laissa guider sans crainte parmi ce dédale de ruelles grouillantes où l'on se coudoyait, jusqu'à ce que se profile devant eux la lanterne des morts.

Il sourit, certain qu'elle avait traversé une partie du marché à son insu et que cela l'amènerait à supporter les conséquences du jeu qu'ils avaient commencé…

— Ne soyez pas inquiète. Ici, personne ne bavardera dans votre dos ! plaida-t-il tandis qu'elle scrutait les alentours.

Lorène maudit un instant sa maladresse, sa confiance aveugle accordée à un presque inconnu, mais peut-être son cœur n'était-il pas aussi sincère qu'il voulait le lui laisser croire ?

— Je déteste être mise à l'écart de la vérité. Qui êtes-vous, monsieur Liféri ? dit-elle, finalement intriguée par les rumeurs entendues à son sujet.

Il l'observa de pied en cap et s'arrêta plus longuement sur son visage comme devant la touchante scène d'une peinture. Il contempla ses mèches blondes soyeuses qui s'échappaient de sa coiffe, encadrant ses traits fins et réguliers, son regard sombre et farouche où il décela de la curiosité, une vivacité qu'il avait retenue de prime abord et qui le rendit heureux.

— Ne me dites pas que vous appréciez la réputation que l'on vous a taillée à Carennac ! osa-t-elle d'une voix amère, pleine de reproches.

— Lorène, de quoi voulez-vous parler ? Il faut savoir flanquer une bonne claque aux modèles établis, c'est vous-même qui l'avez très justement fait remarquer tout à l'heure à propos de votre père ! Les calomnies qui circulent sur mon compte n'ont aucune raison d'être… Et l'hostilité de votre père à mon endroit est injuste. D'ailleurs, évitons de nous aventurer sur un terrain aussi épineux.

Quand elle accepta de le laisser s'exprimer sans l'interrompre, il évoqua les caractéristiques de la famille Liféri, où pas un seul centime n'avait été gagné aux dépens des autres. Parmi ces gabariers de père en fils, également charpentiers à la saison des eaux non marchandes, il faisait figure de rebelle, un peu nomade, mais il avait dû lutter pour sa reconversion, puisque le chemin de fer s'était avéré un trop rude concurrent pour l'entreprise familiale de transport fluvial. Il ne s'inventait pas un personnage pour gagner en estime, mais il préféra taire à Lorène qu'il ne s'était jamais senti à sa place dans ce monde des gabariers.

Lorène l'avait écouté avec attention sans le quitter des yeux. Elle se souvint également des mots tranchants de son père à l'égard d'Amaury, des paroles de protestation et de haine contre son attitude soi-disant déloyale en affaires.

— Il y a suffisamment de places à conquérir au Sénégal pour éviter de s'y bousculer. D'ailleurs, lorsque Faidherbe a été nommé gouverneur en 1854, il a immédiatement donné l'orientation : le Sénégal est une économie de commerce qui dépend des liens tissés avec les élites indigènes et les marchands. Il y a des perspectives de négoces pour tous, n'en déplaise à votre père. Mes ancêtres, qui ont quitté ce bas monde, auraient été les mieux placés pour émettre une quelconque opinion sur mes nouvelles orientations ! Conquérir des marchés dans nos colonies, vous heurte à grand nombre de dangers insoupçonnés. L'humanité est sauvage et violente, mademoiselle Desobières. Votre père, lui, se contente d'y déléguer ses négociateurs…

— Insinueriez-vous que mon père a peur de son ombre, alors que l'on devrait s'incliner devant votre courage ?

Face à cette résistance, il sourit, conscient de sa maladresse.

— Votre père agit à son bon gré, et cela lui a plutôt bien réussi. Mais vous… Ne restez pas ligotée, façonnez-vous un destin, sinon vous n'aurez que des regrets. Osez !

— Je vous rappelle que je ne suis sortie d'un institut religieux il y a tout juste un an. Je devrais d'ailleurs déjà être mariée à un notable de Cahors, mais le mariage ne s'est pas concrétisé, conclut-elle sans donner plus de précisions.

— C'est une raison de plus pour ne pas vous mettre de barrières ! se permit-il encore une fois, en constatant que la belle demoiselle était bien trop sincère dans son discours pour que l'on pût lui en vouloir.

Elle se sentit aussitôt honteuse de s'être autant épanchée. Cet homme qu'elle connaissait à peine, se permettait une certaine liberté de parole qu'elle jugea déplacée. Aussi recula-t-elle d'un pas, en proie à des sentiments contradictoires, alors que l'arrivée soudaine d'Hypolite la ramena à la réalité.

—Lorène! on te cherche partout ! s'écria son cousin, haletant, le visage marqué par l'inquiétude et la contrariété, les bras chargés de paniers, sorti du tumulte assourdissant des ruelles bondées.

— Je ne suis pas perdue ! proféra avec cran celle qui vivait un moment de telle intensité en compagnie d'Amaury, qu'Hypolite lui fit l'effet d'un trouble-fête.

Sans plus attendre, Liféri s'avança au-devant de l'inconnu pour se présenter. Il lui précisa que, même s'il venait de faire un brin de causette avec Lorène, elle n'avait rien à craindre sur les intentions de son voisin de Carennac. Son sourire rassurant ne sembla toutefois pas convaincre Hypolite, qui lui répondit par un rictus forcé, tout en scrutant sans conviction l'étranger. Il était clair que le cousin de Lorène ne l'entendait pas de cette façon. La jeune fille se trouvait sous sa responsabilité, et Liféri lui était franchement hostile, assurément parce qu'il le jugeait trop séduisant pour être honnête. L'intérêt que Lorène éveillait chez le nouveau venu suscitait déjà une sorte de rivalité.

— Pour ce qui est de la visite du pays, qui mieux qu'un Sarladais peut prétendre jouer le rôle de guide ? affirmaHypolite.

— Monsieur, je vous l'accorde, railla Amaury, mais je n'avais pas cette prétention.

— Ceci étant, je tiens à lui éviter les mauvaises rencontres.

— Je l'entends, mais vous conviendrez qu'un homme d'honneur n'a pas à justifier de sa conduite…

Irrité, Hypolite ne voulait pas pour autant se ridiculiser devant Lorène ; aussi aurait-il pu être ravi qu'elle coupe court d'elle-même à la controverse, si son attitude ne s'était transformée en une véritable invitation :

— Au revoir, monsieur Liféri, dit-elle en lui tendant la main avec un peu de regret. Nous nous reverrons sans doute à Carennac…

Hypolite se contenta d'un hochement de tête.

Lorsqu'ils cheminèrent seuls, loin des rues de Sarlat engorgées de badauds, Lorène et Hypolite restèrent silencieux, laissant le va-et-vient de leurs pensées s'exprimer à leur place. La présence fascinante d'Amaury, revenue par bouffées, plongeait Lorène dans la perplexité, mais étant donné qu'elle n'avait guère envie de confier à son cousin le pourquoi du climat hostile qui régnait entre le fils Liféri et son père, elle se tut. D'ailleurs, tout cela était bien flou.

Le silence gêné se prolongea entre eux pendant qu'ils longeaient les rues plus calmes, essaimées de magnifiques bâtisses. La chaleur avait augmenté, et Lorène percevait toujours l'air pincé d'Hypolite qui traduisait son mécontentement. Cependant, il lui vint à l'esprit de lui parler de ce mariage avorté alors qu'ils regagnaient la maison de Doris par des chemins de traverse.

— À vrai dire, je n'en ai pas eu la gorge serrée puisque je n'ai jamais rencontré mon promis, avoua-t-elle d'un air innocent et courtois.

La chienne au pelage clair vint à leur rencontre dans une complicité affectueuse. Quand ils eurent monté un sentier abrupt en plein soleil, Lorène sentit ses forces diminuer. Elle épongea son visage luisant avec son mouchoir. La sueur serpentait également sous son corset, mais elle n'en dit mot à son cousin, craignant de faire figure de mijaurée. Depuis cette entrevue avec Liféri, Hypolite, de son côté, se sentait gauche et embarrassé ; d'ailleurs, il n'avait visiblement plus le cœur à distraire sa cousine. Avait-il essayé, à travers cette question anodine du mariage manqué, de savoir si le cœur de Lorène était pris ?

— Je suis certain que tu parviendras à atteindre le but que tu t'es fixé, dit-il à Lorène un peu plus tard pour meubler le silence.

— L'avenir le dira…, assura-t-elle avec une sorte de détachement. Il est encore trop tôt pour le savoir.

Il la sentit contrariée ou peut-être soulagée d'apercevoir Basile, essoufflé, qui marchait dans leur direction.

— Où étiez-vous depuis tout ce temps ? s'enquit-il en les dévisageant l'un et l'autre. N'avions-nous pas projeté de nous rendre à La Roque-Gageac ?

— Comme il ferait bon se reposer à l'ombre, au bord de la Dordogne ! constata aussitôt Lorène, insouciante, ce qui parut mettre tout le monde d'accord à l'idée d'entreprendre sans tarder le déplacement.

Basile avait préparé la carriole, nourri les bêtes et rempli les abreuvoirs. Il avait même prévu un petit paquetage composé de quelques vivres pour déjeuner sur l'herbe. Les frères n'hésitèrent pas un instant à laisser tomber les exigences de la ferme, le temps d'un après-midi, pour descendre sur la rive droite de la rivière large et claire, au contact de ses rochers sublimes. Le temps s'écoula plus lentement devant ce spectacle des eaux aveuglantes, et ils passèrent des heures à rire ainsi qu'à admirer le paysage.

Bien que Lorène regagnât Carennac avec la certitude de n'avoir jamais eu d'amis plus fidèles que ses cousins, l'apaisement fut de courte durée. Elle eut vite l'impression de s'engluer de nouveau au fond d'un marécage. Son père s'entêtait sur le principe de la marier au plus tôt, et la jeune fille, atterrée par cette perspective, se vit rire au nez lorsqu'elle émit le souhait de devenir institutrice. Au fil des longues heures qu'elle passait seule dans sa chambre à lire ou à broder, le souvenir du geste d'Hermine Octavie dissimulant une clé le jour de la mort de sa sœur à l'intérieur de la chapelle de Rocamadour revint occuper ses pensées, telle une voix qui n'aurait pas pu demeurer dans le silence. Sitôt que sonnaient les cloches de l'église, se dessinait devant ses yeux le visage d'Hermine la bigote. Lorène avait beau repousser l'image, elle s'imposait de plus belle, jusqu'au jour où elle se mit en tête de démêler cette question.

Elle alla rôder autour de la maison d'Hermine située au cœur d'une ruelle où planait l'odeur des Salers qui occupaient l'étable voisine. La jeune fille ralentit le pas afin de s'assurer qu'elle se trouvait seule. Les fenêtres largement ouvertes laissaient entrevoir l'intérieur sombre de chez les Octavie : une cheminée aux énormes poutres noircies par la fumée, un vaisselier qui exposait ses cuivres, une imposante table de ferme en chêne, où la servante, de dos, absorbée par l'écossage des fèves, ne remarqua pas sa présence. La douceur parmi le bleu infini du ciel, le vent léger, la lumière du matin dans cette rue calme éveillèrent une pulsion soudaine chez Lorène, qui, sans y avoir été invitée, poussa la porte du logis, juste entrebâillée. Comme elle venait de s'introduire dans le corridor de la maison Octavie, soupesant le ridicule de la situation où elle venait de se mettre, elle reconnut les interjections en patois des paysans qui s'activaient à la traite au fond de la grange voisine. Au lieu de rattraper sa maladresse en quittant la maison, elle s'engagea vers un petit escalier qui descendait probablement vers la cave et releva un pan de sa longue jupe printanière pour ne pas s'empêtrer dedans. Le lieu était peu commode, mais elle demeura tapie dans la pénombre jusqu'à ce que les voix féminines ne la fassent sursauter. Une banale conversation s'engagea dans le corridor entre Hermine et sa servante, mais elle ne parvint pas à saisir un traître mot.

Toutefois, Lorène imagina le regard de réprobation à son endroit si Hermine Octavie la surprenait dans cette mauvaise posture. Elle tenterait de s'excuser sans être toutefois capable de dire ce qu'il fallait. C'était imprudent, mais la jeune fille voulait suivre son intuition : se rendre dans la chambre d'Isabelle, même si cela était pure folie. Elle attendit le retour d'un silence étourdissant pour oser sortir de sa cachette. La voie était libre. Bien que d'un instant à l'autre Hermine pût apparaître, elle se risqua vers la cage d'escalier. Au premier étage, elle jeta un regard circulaire sur le palier et, submergée par un vent d'effronterie, elle s'élança vers une porte qu'elle entrouvrit. Lorsqu'elle distingua Hermine, installée à son écritoire, elle se hâta de refermer la porte pour s'introduire rapidement dans la chambre contiguë.

Là, elle laissa errer son regard vers la pièce inondée de soleil, où flottait une odeur étrange. Sur un coffre clouté en chêne, étaient empilés des corsages de calicot, des mitaines en dentelle noire ainsi qu'une ombrelle. D'émotion, Lorène s'assit sur le lit flanqué de ses quatre colonnes, et, soudain, le sentiment d'une présence intruse s'empara d'elle à la vue d'un chapelet de corail et de sa petite croix de fer posée sur une console en marbre, près d'une cuvette et de son broc pour la toilette. Lorène se souvint un instant du visage d'ange d'Isabelle, lorsqu'elle récitait le rosaire en latin. Elle demeura interdite. Puis, l'instant de confusion laissa sa place à l'irrésistible envie de retrouver cette clé avant qu'il ne soit trop tard. Pourquoi demeurait-elle aussi certaine d'atteindre son but ? Un peu tremblante mais toujours aussi déterminée, elle commença par une inspection du tiroir de la table de nuit, au moment où la porte s'ouvrit sur Hermine.

Lorène crut que son cœur allait bondir hors de sa poitrine.

— Je ne suis pas folle… Il me semblait bien avoir entendu du bruit. Que faites-vous dans la chambre d'Isabelle ? articula la dévote, le visage fardé, serrée dans ses habits de deuil. Ne me dites pas que votre père est assez vicieux pour envoyer sa fille dans l'intimité de sa défunte maîtresse ?

Lorène, dépassée par ce qu'elle venait d'entendre, eut peine à réagir.

— Mais… de quoi parlez-vous ?

— De votre père et de sa liaison avec Isabelle, bien évidemment ! De qui d'autre voudriez-vous que je vous parle ? Cessez de secouer la tête d'un air grave en jouant les ingénues, il va falloir vous justifier !

Bien qu'écrasée derrière le regard hautain d'Hermine, Lorène comprenait que son intuition l'avait guidée droit vers le mystère. Pourtant, elle ne détenait objectivement aucune explication à fournir pour justifier sa présence dans la chambre d'Isabelle. Elle se voyait mal expliquer que son sixième sens l'avait conduite vers la recherche d'une clé. En définitive, tout était contre elle.

— La moindre des choses serait de me présenter vos excuses pour cette intrusion dans ma maison !

Bien qu'elle ne sût que dire, Lorène semblait à présent convaincue que cette clé était bien celle de la bergerie de son père, qui avait vraisemblablement dû abriter ses amours illicites avec Isabelle. Ce n'était bien évidemment pas le genre de détail qu'elle allait expliquer à Hermine, dont la voix lourde de menaces exigea de nouveau des excuses.

Au risque de passer pour une sotte effarouchée, Lorène bredouilla une petite phrase à sa décharge…

— Je ne sais quel coup de folie m'a prise…

— Votre père devrait songer à se faire oublier plutôt que de revenir sur les pas d'Isabelle… Quant à vous, je constate que même votre éducation catholique n'a pas su vous guider vers le droit chemin.

— Puisque vous le prenez ainsi, se rebiffa Lorène, je me trouve obligée de vous dire la vérité : depuis le jour de la mort d'Isabelle où je vous ai vue subtiliser une clé de sa poche dans la chapelle de Rocamadour, je reste obsédée par votre geste.

La riposte ne se fit pas attendre :

— Où le vice va-t-il se nicher ? Vous êtes donc adepte de ce jeu malsain qui consiste à épier à la dérobée afin de mieux exploiter la faiblesse d'autrui ? Cette attitude est tout aussi indigne que celle de votre père, en partie responsable du destin tragique d'Isabelle. Il a corrompu ma sœur avec de fausses promesses. Vous aurez au moins appris cela si vous ne le saviez pas. Isabelle était pieuse. Je me demande encore comment elle a pu succomber à l'entreprise de séduction d'un homme marié qui l'a conduite à la perdition !

— Arrêtez !

— Vous devez entendre la vérité jusqu'au bout, puisque vous vous êtes invitée chez moi ! C'est votre punition d'apprendre que toute cette histoire baignait dans un halo de perversité.

Comme Lorène s'apprêtait, décontenancée, à quitter la pièce, Hermine, dont les yeux durs lançaient des éclairs, la retint par le poignet.

— Lâchez-moi !

— Attendez, vous allez m'écouter, j'ai autre chose à vous dire. Isabelle a fait une fausse couche, révéla-t-elle sans ménagement, et il est probable que si elle ne s'était pas éreintée sur les routes de ce pèlerinage de Rocamadour ce jour-là, affaiblie comme elle l'était, elle n'aurait pas perdu la vie en de telles circonstances.

À ces mots, Lorène, vidée de ses dernières forces, baissa les yeux. La tête lui tournait. Cette femme parlait avec un aplomb incroyable…

Hermine eut un sourire à peine esquissé, puis elle fit signe à la jeune fille de s'en aller. Elle semblait lui dire : « Il est trop tard pour nourrir des regrets ! »

Lorène aurait voulu que le vent emporte tout ce qu'elle venait d'entendre. Elle eut ce geste de se boucher les oreilles tandis que déferlaient ces émotions virulentes. À présent qu'elle tenait entre ses mains une incroyable révélation, au sujet de la liaison d'Isabelle avec son père, son esprit n'était plus que vagabondage. Elle ne ressentait que mépris pour ce père, dont les provisions de morale ne s'épuisaient jamais. Elle n'éprouvait d'ailleurs aucune envie de rentrer pour se retrouver face à face avec ses parents, dans un sentiment d'impuissance. Elle se calmerait mieux un peu à l'écart, sous la fraîcheur des rives de la Dordogne, alors que le soleil dardait ses rayons. Aussi fragile qu'une brindille, plus vulnérable encore que le jour où elle avait réintégré Carennac après plusieurs années en institution catholique, elle faillit se prendre le pied dans l'ourlet de sa jupe en calicot en empruntant le raidillon du sentier, ce qui la fit trébucher. Quelques cheveux blonds s'échappèrent en fines mèches folles de sa coiffe, mais elle n'y prêta pas attention. Sa consolation vint de la rivière, où les hérons glapissaient sous le murmure des eaux. La beauté de la nature la frôlait. Ces accords vibraient harmonieusement, l'aidant à reprendre son souffle. Lorène s'assit sur un tronc d'arbre face à ce décor bucolique des eaux bronze qui dérivaient loin en caressant les rives dans une majestueuse lumière. La solitude fut pourtant de courte durée. Des craquements de branchages en provenance de la pente qui descendait du pont vers la rivière la firent sursauter. Agacée que l'on vînt ainsi troubler sa retraite, elle songea à quitter le lieu, mais il était déjà trop tard : Amaury venait vers d'elle.

Lorène dissimula maladroitement le haut de son visage derrière sa main gauche parce qu'elle n'avait aucune envie de parler, mais il en fallait davantage pour décourager cet homme. Tout en s'asseyant à ses côtés, il comprit que quelque chose n'allait pas. Il patienta un instant avant d'engager la conversation. Comme elle se refusait toujours à croiser son regard, il dit :

— Bonjour, mademoiselle Desobières.

Amaury n'étant pas du genre à se contenter d'un silence en guise de réponse, il insista :

— Je dois pouvoir tout entendre, vous savez…

— Certainement pas, rectifia-t-elle, sombre, à peine sortie de son état second.

— Vous étiez de meilleure humeur à Sarlat, lorsque nous nous sommes rencontrés dans ce marché ! lui rappela-t-il

— Je ne vous apprendrai pas que les jours se succèdent sans se ressembler. Je suis préoccupée, si vous tenez tant à le savoir.

Elle tourna finalement son visage vers celui qui portait un pantalon de flanelle, un joli veston gansé de velours rehaussé d'un panama qui lui donnait fière allure. Ses yeux brillants, empressés de vivre, la sortirent tout net de sa rêverie.

— Vous devriez rentrer chez vous, mademoiselle !

— C'est impossible dans l'immédiat.

— Dans ce cas… Si vous refusez de vous confier, je ne pourrai malheureusement pas vous être d'un grand secours, argumenta Amaury pour apaiser ses doutes.

Il chercha à nouveau le mot qu'il fallait et aperçut une larme qui coulait de ses yeux. C'était le moment ou jamais de pénétrer dans la forteresse de ses pensées, d'essayer de percer le secret qu'elle tenait serré contre son cœur.

— Séchez vos larmes, Lorène. Je vous assure qu'il y a mieux à faire. Si vous saviez combien la vie réserve parfois de bonnes surprises qui n'attendent que votre consentement…

— Qu'en savez-vous ? Vous n'êtes pas mieux placé que les autres.

— C'est une question de bon sens. Si vous adoptez le comportement adéquat, les belles opportunités s'offriront à vous, sinon, avec un père tel que le vôtre, vous allez en toute logique, vous retrouver mariée sans avoir eu le temps d'y songer.

Derrière l'apparence un peu guindée de la tenue coloniale, les mots d'Amaury frappaient juste. L'expérience de Lorène ne demandait qu'à s'aiguiser. Ses attitudes de petite fille auraient pu trahir une faiblesse, mais il reconnut chez elle la bravoure du petit soldat.

— Vous permettez ? dit-il en prenant son bras. Je ne cherche pas à vous presser, mais je suis certain qu'une confidence vous soulagerait. Vous pensez peut-être que je ne peux pas vous comprendre ?

— C'est délicat et tellement personnel. La nouvelle que je viens d'apprendre m'a causé un choc épouvantable.

Lorène eut du mal à se contenir plus longtemps. Probablement lui trouvait-elle suffisamment de qualités pour en faire un confident… Elle s'engagea en décrivant le geste d'Hermine dissimulant cette clé qui lui semblait être celle de la bergerie de son père le jour de la mort d'Isabelle. Puis, elle ne résista pas à l'envie soudaine de lui confier son entretien déstabilisant avec la sœur Octavie.

Sans doute Amaury n'avait-il pas imaginé Lorène capable de s'introduire secrètement chez les Octavie, car il écarquilla ses yeux d'étonnement.

— Vous, mademoiselle Lorène ?

— Ce grain de folie m'a cependant été fatal puisque madame Octavie m'a surprise dans la chambre d'Isabelle, où l'instinct m'a guidée en supposant que la clé y avait été placée, dit-elle en rougissant.

— Cela est évidemment compromettant…

— Mais ce n'est pas le pire.

— Et quel est-il ?

— Hermine était persuadée que mon père m'avait missionnée dans la chambre d'Isabelle. Et savez-vous pourquoi ?

Amaury sembla gêné. La liaison que Gilles Desobières entretenait avec Isabelle Octavie n'était un secret pour personne à Carennac. Lorène était bien l'une des seules à l'ignorer. L'aventurier le comprit ; aussi mentit-il pour ne pas la blesser davantage.

— Votre père voulait certainement reprendre possession de son bien.

— Oui, mais que faisait cette clé de la bergerie dans la poche d'Isabelle ?

— Je l'ignore, Lorène.

— C'est simplement qu'il était proche de mademoiselle Isabelle, avoua-t-elle en dépit de cette émotion qui l'empêchait d'aborder plus frontalement le sujet.

Surpris de la bizarrerie de la conversation, il demeura un instant silencieux. Lorène lui offrait une belle marque de confiance et de considération en lui avouant son secret, mais lorsqu'il perçut cette ombre de tristesse dans les yeux de la jeune fille, il eut du mal à trouver ses mots.

— Cela ne veut pas dire grand-chose. Toutefois, si je peux me permettre, Lorène, ne jugez pas si vite votre père.

— Comment ? Et c'est vous qui prenez sa défense ?

— Ne croyez pas que je veuille plaider sa cause. D'ailleurs, je mets de côté tout parti pris ou toute animosité à son égard, mais qui vous dit qu'Hermine ne ment pas ?

Cette déclaration, qui semait la confusion et le trouble dans l'esprit de Lorène, eut également le mérite de la faire réfléchir.

— Voyez l'intérêt d'en parler ensemble ; cela suscite d'autres interprétations que vous n'auriez pas envisagées, constata Amaury, qui savait ce qu'il faisait. Vous avez de toute façon tort de vous tourmenter. Je vous engage à ne pas donner à cette histoire plus d'importance qu'elle ne le mérite.

Si ces paroles pleines de sagesse et de consolation atténuèrent l'effet de l'indignation, elles firent pourtant germer le doute quant à la véracité des propos d'Hermine. Aurait-elle été capable d'inventer de toutes pièces cette histoire ?

L'avis d'Amaury fut loin de laisser Lorène indifférente. Pas un instant, elle ne songea qu'il eût pu profiter de son innocence et de sa naïveté à ses dépens, car il savait cultiver la proximité avec beaucoup de tact. Bien au contraire, une forme d'estime et de confiance semblait consolider le début d'une amitié. Tout à coup, et grâce à lui, elle mit de la nuance dans son jugement, et son malaise se dissipa peu à peu. Hermine fabulait sans doute… À force de passer son temps à l'église, elle voyait croître le péché partout !

Mais comment ce jeune homme pouvait-il aussi bien analyser les choses ? Cette discussion scella une sorte de complicité, si bien que, lorsqu'ils se séparèrent, Lorène ne portait plus sur Amaury le même regard.

5

Traversant ces importantes plantations de noyers, rehaussées de chants d'oiseaux, où les petites carrioles cahotaient sur les chemins aux fragrances de thym et de marjolaine, Amaury menait sa monture au petit trot tout en se félicitant de la démarche qu'il envisageait d'entreprendre. Il longeait des fermes dans ce pays aux rocs abrupts surmontés de châteaux, où les villageois soignaient leurs bêtes, tandis que d'autres cuisaient le pain à la croûte brune qui embaumait tout le village. Il se sentait pousser des ailes, d'autant plus que le sentiment ravageur qu'il éprouvait pour Lorène ne devait plus rester secret. Il envisageait de demander à Gilles Desobières la main de sa fille. Même si, par moments, il lui arrivait d'oublier combien il allait devoir évoluer dans un climat hostile pour convaincre le père, il ne perdait pas pour autant de vue le caractère ombrageux du marchand de Souillac d'ordinaire distant et ivre de son pouvoir.

Le temps avait fait son œuvre depuis sa première rencontre avec Lorène. Les jeunes gens s'étaient vus en secret, au mépris de la loi parentale. Consciente que des nerfs d'acier l'aideraient à endurer les obstacles, elle s'était vite attachée à lui, au point de ne plus pouvoir se passer de sa compagnie. Celle qui n'avait connu que froideur à l'institut catholique, réussissait avec doigté à échapper à la vigilance de son père pour retrouver l'homme de son cœur. Lorène ne s'était pas offert le luxe d'analyser son sentiment pour Amaury, si ce n'est qu'une irrésistible attirance guidait aveuglément son élan. Chaque fois que son amoureux prenait sa main dans la sienne, une tendresse envoûtante et complice illuminait son visage, et le sourire enjôleur d'Amaury lui donnait envie de relever un défi. Le premier de ces défis impliquait la demande en mariage. Gagner la confiance du père stimulait beaucoup Amaury, même s'il ne disposait pas vraiment d'arguments persuasifs.

Il se rendit directement au point de confluence de la Borrèze et de la Dordogne, là où se trouvait l'entrepôt du père de Lorène, au port des cuisines à Souillac. La navigation marchande se réduisait comme une peau de chagrin depuis que les trains de Bordeaux à Brive avaient supplanté les bateliers dans le transport des marchandises, mais les bords de la rivière étaient toujours aussi charmeurs. Même si les rouliers d'Auvergne ne juraient plus que par la voie ferrée, Souillac restait la plaque tournante du commerce. Une tradition en ce point stratégique de la remontée des gabares qui s'effectuait par halage. Amaury observa le déballage des ballots devant le spectacle des bateaux solidement amarrés, les allées et venues des portefaix et rouliers occupés à charger les mulets de sel et d'épices en partance pour l'Auvergne, tandis que l'auberge voisine s'animait de la présence des derniers bateliers. À Souillac, on embarquerait pour la descente des vins des coteaux de la Dordogne, du bois de charpente, des planches de noyer et surtout du merrain… Il connaissait le refrain.

Amaury traversa le parvis d'un pas assuré, porté par la joie indicible de l'amour qui lui donnait la force de tout affronter.

Bien que l'extérieur des locaux Desobières ne payât pas de mine, les travaux d'agrandissement et de réfection qui avaient embelli l'intérieur témoignaient d'un choix décoratif évocateur, symbole de conquête et de puissance. Desobières voulait visiblement se montrer à la hauteur de la solide réputation de marchands que sa famille avait établie. Amaury reconnut des statues funéraires africaines patinées, des masques et des figurines d'ivoire exposés sur deux meubles d'appui en bois noirci marquetés d'écailles, qu'il contempla en fin connaisseur, pendant qu'il subissait l'épreuve de l'attente…

Impossible de passer outre l'omnipotence de son commerce avec le Sénégal !

Gilles était à prendre avec des pincettes lorsqu'il le reçut. Depuis qu'il avait lu dans le journal un article relatif à l'impôt sur le revenu, ses brefs calculs lui avaient permis de conclure qu'il serait assujetti à cette règle. Cette constatation, associée à la fatigue des dîners d'affaires pour satisfaire les exigences de la clientèle, le mettaient sur le qui-vive, tel un cabot hargneux. Il ne présentait pourtant rien d'un homme aux abois : sa chemise en coton dissimulait à peine l'ampleur de son estomac, alors que son visage rubicond laissait deviner la place qu'il accordait aux plaisirs de la table. Son assurance était bien celle des hommes de pouvoir qui rêvent de jouir de leurs biens en paix.

— Quelle belle collection vous avez là ! le flatta Amaury avec la mine de commisération de celui qui s'apprête à entamer une partie délicate.

— Ce compliment de la bouche même d'un connaisseur me va droit au cœur ! releva Gilles en invitant Amaury à s'introduire dans le couloir qui menait à son bureau.

Le jeune homme, qui gardait le souvenir de conduits rouillés et de plâtres lézardés, fut impressionné par l'ampleur des travaux de rénovation. Il y alla d'un second compliment.

— Je suppose que vous n'êtes pas venu me rendre visite pour me parler de mes travaux, formula

Desobières en plantant ses yeux de loup dans ceux d'Amaury après l'avoir invité à s'asseoir face à lui.

— Je sais que nous n'avons pas forcément les mêmes méthodes de travail, vous et moi, mais mes engagements n'ont jamais été pris à la légère, et encore moins dans l'esprit de nuire à vos affaires, bêla-t-il comme le cérémonial s'imposait. Soyons honnêtes, il y a de la place pour tous en ce bas monde, et les gens de bien ne discréditent pas la réputation des autres.

Le marchand de Souillac laissa échapper un rire incoercible qui fit renaître un éclat de jeunesse sur son visage.

— Ce n'est pas ce que mes précieux auxiliaires détachés au Sénégal m'ont rapporté à votre sujet...

— Dans ce cas, je suis prêt à la confrontation.

— Que voulez-vous me démontrer ? Vous avez essayé de vous immiscer au sein de nos affaires, tel un insolent trublion…

— J'ai toujours voulu agir pour le bien de tous, temporisa Amaury, malgré ce bras de fer qui venait de s'engager.

— Vous n'êtes tout de même pas venu jusqu'ici pour me faire entendre votre petite musique relative aux principes de base du commerce ?

— Et pourtant ! Le sel se vend facilement, car son prix est bas. Il nous apporte activité et aisance, à vous comme à moi, mais il est certain que, si nous étions unis, nous amènerions de l'eau à nos moulins… Les grossistes baisseraient davantage le prix de l'hectolitre… Nos ancêtres l'avaient compris bien avant nous, avança-t-il d'un air convaincu. Nous serions mieux partenaires que rivaux.

— Je n'évoquais pas le sel, mais nos marchés au Sénégal, et vous le savez fort bien ! Ne me forcez pas non plus à revenir sur les heurts de nos affaires familiales. Je vous reçois par pure courtoisie, mais, nous n'avons plus rien en commun... Nous n'avons plus rien en commun, monsieur Liféri, martela celui qui n'était pas prêt à lâcher du lest.

Amaury se raidit. Une ombre traversa son visage.

— On ne peut pas s'attacher à des souvenirs révolus, ni s'enliser dans d'interminables litiges. Je ne pouvais indéfiniment me morfondre en voulant maintenir une compagnie de gabares victime de la concurrence des chemins de fer, et ça aussi vous le savez bien !

— Si c'est pour me proposer un partenariat que vous êtes venu jusqu'ici, je pense sincèrement que vous faites fausse route, poursuivit Desobières, les yeux ronds comme des soucoupes.

— Vous auriez pourtant tout à y gagner. Comment expliquez-vous que les clients soient de plus en plus nombreux à s'approvisionner chez moi, au point que mon entrepôt récemment acquis s'avère déjà trop exigu pour contenir toutes les marchandises que j'importe de l'Afrique ?

— En quelque sorte, vous venez me justifier l'utilité de votre travail pour l'intérêt public ? Je devrais peut-être vous féliciter, railla Desobières.

En essayant de contourner des obstacles prévisibles, Amaury avait jeté de l'huile sur le feu. Peut-être perdit-il tous ses moyens autour d'un climat clairement hostile ? Soudain, en proie à une impulsion incontrôlable, il se lança sans barguigner :

— Votre fille est en âge de se marier, n'est-ce pas ?

— Si c'est là où vous voulez en venir, laissez-moi vous dire, jeune homme, que l'initiative est des plus maladroites, grimaça Gilles. Croyez-vous vraiment que j'ambitionne de prendre pour gendre un Liféri ? Soyons sérieux, je suis plutôt heureux d'en avoir fini avec le clan.

— Vous avez tort de le prendre ainsi, rétorqua Amaury, l'amour-propre piqué au vif. J'aurais remué ciel et terre pour protéger votre fille… Je pensais que vous auriez eu davantage de bon sens. La rancune est mauvaise conseillère…, fit-il en voyant s'éteindre sa dernière lueur d'espoir.

— On ne mélange pas les torchons et les serviettes, monsieur Liféri. Jusqu'à preuve du contraire, je n'ai pas besoin de vos conseils, minauda Desobières, dont le mépris s'affichait plus clairement que jamais, tandis qu'il regrettait amèrement de lui avoir accordé cet entretien.

— Je n'envie pas le pré de mon voisin. D'ailleurs, je ne dois ma réussite qu'à ma folie, à mon goût du vertige. Quant à ceux qui sont affligés d'un orgueil mal placé…

— Pardon ? De qui parlez-vous ? Vous dépassez les bornes ! s'écria Gilles sans en croire ses oreilles.

— Je ne vois pas quelle convenance mon union avec votre fille pourrait blesser. Le blason des Liféri n'a rien à envier à celui des Desobières.

Gilles, qui détestait que ce Liféri vînt jouer d'arrogance sous son toit, fut envahi par la colère. Il se redressa et l'empoigna par le gilet. Le souffle bruyant, il s'approcha de son visage :

— Je n'aime pas beaucoup tes grands airs ! Tu ne vaux pas mieux que ton père, ce jean-foutre ! D'ailleurs, je ne te demande même pas d'excuses puisqu'elles ne seraient pas sincères ! Cesse de tourner autour de Lorène. Ma fille n'est pas pour toi !

Amaury se sentit ridiculisé et un rien paniqué face à Gilles, dont le visage haineux déversait tout son fiel. Plein de ressentiment contre lui-même puisqu'il n'avait pas su se montrer à la hauteur de cet enjeu majeur, Liféri ne pouvait se permettre de rester plus longtemps à soutenir une telle discussion. Sans prendre la peine d'une formule de politesse consacrée, il s'empressa de quitter les lieux. Lorsqu'il grimpa en selle pour reprendre la direction de Carennac, le cavalier était aussi nerveux que son étalon, qu'il eut du mal à contenir. Tout en scrutant les paysages, juché sur sa monture, Amaury galopait, exaspéré, frappé du sceau de la disgrâce ! Si cet échec cuisant lui laissait un goût amer, son obstination persisterait au point de le transformer en réussite. Jamais de résignation face à l'infortune ! Il n'était pas homme à rester sur une défaite.

Lorène l'avait longtemps guetté de son balcon. La pluie commençait à tomber, roulant les eaux grises de la rivière sous l'agitation des chênes. Elle devinait des nuées d'oiseaux à leur chant strident tout en s'emplissant les narines de ces odeurs de foin coupé, mêlées à celles de la terre humide. Figée dans l'attente, elle pressentit que son père ne céderait pas. Comment pourrait-il en être autrement ? La rage qu'il déployait parfois à la simple évocation du patronyme de Liféri lui donnait des frissons. Ses propos envers cette famille ne renfermaient que des critiques acerbes. Restait-il un mince espoir de se tromper ? La réponse ne se fit pas attendre. Bien que préparée à l'idée d'une déconvenue, elle enfouit son visage entre ses mains et exhala un profond soupir lorsque la réponse négative tomba comme un couperet.

— Ai-je été sotte d'imaginer qu'il accepterait ce mariage ! constata Lorène sans parvenir à calmer le tumulte de son cœur.

Liféri avait immobilisé sa monture sous ses fenêtres. Il semblait tout aussi ébranlé.

— Que vais-je faire ?

Il ne savait qu'inventer pour l'apaiser.

— Parle-lui ! C'est peut-être notre dernière chance, la persuada-t-il alors qu'elle sentait monter une agitation désespérée.

Depuis qu'Amaury la courtisait, elle s'était persuadée qu'elle deviendrait un jour, sa femme. Dans son esprit, il s'avérait impensable qu'elle le fréquentât à la sauvette. Cet homme était à la fois son amour et son confident, et nul ne viendrait la dissuader de mettre un terme à leur relation.

Le père intraitable campa sur ses positions. Il tenta par tous les moyens de raisonner sa fille en prétendant qu'elle trahissait son rang pour une amourette qui n'était pas viable, qu'elle se prévoyait un triste avenir avec un homme aussi peu digne de confiance. La fille, obstinée et opiniâtre, avança des arguments qui aveuglèrent le père de rage. En référence à son éducation religieuse, elle prétendit que le père abusait de l'autorité que Dieu lui avait donnée sur la personne de sa fille… Gilles hurlait que jamais elle n'épouserait ce Liféri et il alla même jusqu'à menacer de la déshériter si jamais elle lui désobéissait. Qu'à cela ne tienne, la ferme intention de se battre rivée au cœur, elle ne démordit pas de ses convictions.

Ce ne fut pas le premier mariage de l'histoire contracté sans le consentement des parents alors que la jeune fille n'avait pas atteint l'âge de la majorité. Quiconque maître de soi peut s'engager envers autrui, et les amants, qui avaient échafaudé leur plan avec brio, filèrent à l'anglaise pour se marier en secret, dans la petite chapelle d'un village d'Auvergne, où Amaury avait habilement réussi à soudoyer un curé. L'amoureux avait éperonné sa monture ; Lorène, en tenue de page, avait eu du mal à se positionner en amazone en raison de l'assise difficile à maintenir, mais elle tenait à la taille Amaury, qui lui avait promis de mener l'étalon avec prudence. La chevauchée nocturne s'était engagée sous l'éclairage de la lune, tandis que Lorène se maintenait contre la peau moite de son galant. Ses yeux noirs animés d'un feu dévorant le considéraient avec tant d'admiration qu'elle tint le rythme imposé sans se plaindre, dans l'étrange silence des ténèbres et le tournoiement des vents. Avant les premières notes de l'angélus, ils arrivèrent dans un hameau perdu au fond d'un vallon aux senteurs de chèvrefeuille et s'arrêtèrent devant une petite chapelle entourée de haies. Lorène avait le sentiment de goûter à l'aventure sur cette terre rude aux toitures d'ardoise. Au loin se dessinait un poignant panorama de sombres forêts de pins, où elle devinait des sentiers pentus et étroits qui ressemblaient si peu au décor de sa vallée, que ses yeux cherchèrent en vain un ruisseau. La nature humide exhalait de forts parfums de résineux en ce frais début d'automne. Elle ramena frileusement sa cape sur ses épaules. Le voyage avait eu raison de ses dernières forces, mais elle donnait encore le change.

— Pas de malandrin sur notre route. Nous avons eu beaucoup de chance ! constata Amaury en dégageant de sa besace la petite collation dont il avait eu la prudence de se munir. Il lui offrit un morceau de tourte qu'elle dévora de bon appétit. Lorène n'éprouvait pas le moindre regret quant à cette fuite ; au contraire, l'impatience se lisait dans son regard. Satisfaire le besoin impérieux de lier sa destinée à l'homme qu'elle aimait traduisait son attachement puissant. Sans doute que l'on crierait à l'enlèvement, mais elle n'eut guère le temps d'y songer, pas plus qu'à son drôle d'accoutrement, puisque le curé, accompagné de deux témoins racolés par Amaury, un bûcheron et un scieur de long, avec lesquels il était en affaires, se présentèrent à eux pour un mariage, réduit à sa plus simple expression. Au cours de la brève cérémonie, les époux échangèrent leurs vœux, puis le prêtre les déclara unis par les liens du mariage sans qu'ils aient eu le temps de s'en rendre compte. Une longue étreinte suivit, tant ils étaient heureux d'avoir eu recours à cet expédient. Les jeunes époux, comme dans un écrin de velours, demeurèrent longtemps à l'intérieur de la chapelle à la vierge romane éclairée par de hautes fenêtres…

Amaury donnait le sentiment de revisiter son adolescence, comme au temps où il contait fleurette aux jeunes donzelles sur l'île Calypso. Aussi, de retour à Carennac, il ne se priva pas, avec cette même désinvolture, de défaire la corde de la barque attachée à un saule, pour goûter l'air soyeux de ce petit coin de paradis aux côtés de sa jeune épouse qui s'émerveillait de tout.

— La vie est tout à coup devenue si belle ! s'enthousiasmait celle qui croyait fermement à son nouveau bonheur.

Elle prit sans tarder possession de son trousseau orné des initiales entrelacées des époux et commandé chez une couturière de Martel. Tous deux s'étaient également attardés dans les boutiques afin d'élargir sa garde-robe. Amaury avait un goût prononcé pour le raffinement de la dentelle d'Alençon, la soie, le velours et les souliers de satin.

Lorène se sentait admirée, lorsque sur les rives de la Dordogne, assis sur l'herbe, l'époux plaisantait en la complimentant sur sa toilette, déclarant qu'il était fier de son empressement à tout quitter pour emménager dans la maison familiale des Liféri. Il mit un bras autour de ses épaules et la serra contre lui, comme une chose en sa possession. Ses doigts agiles ne tardèrent pas à dénouer ses jupons, délacer son corset, tandis qu'un courant d'air frais balayait son corps à demi nu qui rappelait la statue d'une déesse. Les mains fines et gracieuses de Lorène tentèrent de ramener sur elle un peu d'étoffe.

— Mais on pourrait nous voir ! murmura-t-elle, à peine audible, déjà emportée par une vague de sensualité.

— Qu'importe, nous sommes mari et femme, désormais.

Amaury n'était pas homme à s'embarrasser de scrupules. Toujours persuadé d'être dans son droit, il imposait ses volontés sans qu'on pût lui résister. Allongé sur l'herbe, il emmêla ses jambes à celles de sa jeune épouse, et ils se mirent à rire comme des enfants. Enfin rassurée, devenue séductrice en diable, elle s'abandonna sous le regard ardent de son amant. Cette histoire se construisait autour d'un vrai tourbillon, où Lorène se surprenait de tant d'audace. Tout ce qu'elle avait vécu autour des existences pieuses et effacées de l'institut lui paraissait si médiocre face à l'inaltérable beauté de cette rivière dans cette odeur d'herbe tiède mêlée à celle, musquée, de la peau de son amoureux, que seul le plaisir devait naître de cet instant.

— J'aimerais que tu partages mon histoire, liée à ce fleuve, suggéra-t-il, le corps encore moite de leurs ébats amoureux. Voudrais-tu m'accompagner au fil de l'eau ? Nous pourrions aller jusqu'à Castillon…

Rien ne s'opposait à cette belle proposition. L'horizon était si pur, le ciel, si bleu qu'au moment de s'embarquer pour longer ces falaises crayeuses où le château de Cieurac marquait le début du voyage, il sembla à Lorène que sa vie ne serait plus jamais la même. Le monde venait au-devant d'elle. Des maisons bâties en aplomb des rocs annonçaient le Périgord, mais également des passages plus tortueux faisaient appel à l'habileté du navigateur. On voyait le courant se précipiter au pied d'énormes rocs. Il fallut éviter un tourbillon. Amaury fut prudent, son instinct anticipait le danger, rectifiant, lorsqu'il le fallait, la trajectoire. La vue plongea sur le méandre de la Dordogne dans un lieu réputé critique en raison des courants. Il n'en offrait pas moins un paysage extraordinaire. Les fondations du vieux château de Montfort dominaient la rive. Puis, le cours obliquait. Un roc s'était désagrégé peu de temps auparavant, ensevelissant le bac qui assurait la traversée. Le courant s'esquissait, vif et régulier, jusqu'au pont de Vitrac, mais le bateau glissa avec vigilance jusqu'aux plâtrières de Domme. Sous ces remparts naturels, des nuées de petits corbeaux virevoltaient. Lorène n'avait jamais vu pareil spectacle, de telles extensions de vignobles qui s'égrainaient sur les pentes, puis se relayaient sur les coteaux, enserrant la plaine du Bergeracois. Jusqu'à Castillon, cette bordure viticole changeait peu. Amaury, silencieux, naviguait tranquillement, sachant qu'il n'aurait pas à franchir le si redouté bec d'Ambès à la confluence de la Dordogne avec la Garonne. Il se consacrait à sa passagère, s'amusant à observer ses réactions au cœur de ce décor qu'il affectionnait depuis toujours. Heureuse, Lorène se sentait devenir une autre femme, accordant une confiance nouvelle à la vie qui s'offrait.

Evangelista fit bonne impression à Lorène. À la seule observation de l'admirable ménagère qui s'activait de la souillarde à la salle à manger pour préparer la confiture, sous l'acide odeur des prunes, on devinait à son franc sourire sa personnalité généreuse. L'accueil fut d'autant plus chaleureux que Lorène n'était ni arrogante ni présomptueuse dans sa simple robe corsetée, et sa manière de retrait volontaire simplifia leurs rapports. Cela s'annonçait d'autant mieux qu'Evangelista habitait dorénavant une petite chambre à l'étage depuis qu'Amaury avait accepté la présence de Louis sous son toit. Bien qu'elle n'en pipât mot, la gouvernante était la première surprise par le mariage soudain de son maître dont elle connaissait le naturel volage. Même si la beauté et le charme de Lorène l'impressionnèrent favorablement, elle ne restait pas moins circonspecte de ce changement avantageux, qui s'était opéré en un laps de temps aussi court chez Amaury.

Si Lorène avait fait preuve d'un sacré courage en bravant les interdits, les esprits les plus retors colportaient sur son dos toutes sortes de critiques virulentes, et en particulier qu'elle se préparait des jours de grande désillusion auprès du fils Liféri. Au bourg, même ceux qui étaient réputés pour leurs bons mots et leur esprit de tolérance ne contenaient plus leurs persiflages sur l'union clandestine de la fille Desobières. On la fuyait, telle une brebis galeuse à la compagnie dangereuse. Certaines bigotes, à l'instar d'Hermine Octavie, préféraient changer de direction sitôt qu'apparaissait la silhouette de la rebelle. Autour du lavoir communal à l'entrée du village, où les femmes venaient avec l'âne décharger leurs grands paniers de linge avant d'affronter la corvée, les langues frappaient aussi durement que les battoirs !

Autant d'intrépidité de la part d'une jeune fille sortie d'une institution catholique suscitait pourtant toute l'admiration d'Evangelista, parce qu'oser défier son père par amour apportait la preuve d'une âme pure et passionnée. Cela méritait toute son approbation. Sa nouvelle maîtresse était une véritable héroïne de roman ! Sous le charme souverain et discret de Lorène, elle se reconnaissait un peu et admettait par là même que son maître pût fasciner à ce point. L'impulsion de la jeune madame Liféri, du haut de ses dix-sept ans, lui livrait des indices d'une personnalité qu'elle se réjouissait de connaître davantage.

La haute maison de pierres blanches des Desobières était vis-à-vis celle des Liféri. Dans l'esprit d'Evangelista, une telle audace affichée sous les fenêtres d'un père qui vous a déshéritée paraissait impossible. Pourtant, chaque fois que l'on gravissait l'escalier de pierre pour accéder à la tourelle des Liféri, de larges baies à meneaux ouvraient une vue plongeante sur la lingerie des Desobières ! Il fallait trouver moyen de ne pas y oser ses yeux. Fort heureusement, la chambre d'Amaury, au grand lit de noyer et son édredon de duvet d'oie, surplombait un merveilleux jardin aux riches essences bordées de beaux arbres qui le séparaient des bords de la rivière.

Dans l'intimité de ces lieux en retrait, la prisonnière consentante, certaine qu'il livrait par amour le meilleur de lui-même, répondait aux gestes experts de son bel époux. Elle tremblait, les yeux fermés, concentrée sur sa chaleur qui chassait les fantômes du passé. Souvent démunie devant toutes ces preuves de tendresse, elle décidait de s'abandonner à ses baisers autoritaires qui occupaient toutes ses pensées. Amaury restait toutefois secret, parfois même un peu trop, mais Lorène s'en accommodait, refusant de ternir les instants magiques par un comportement qui eût risqué de déplaire à son amant. Alors, elle faisait preuve d'une docilité extrême pour compenser son inexpérience, prête à tous les sacrifices, comme si sa seule ambition sur terre eût été d'aimer celui à qui elle vouait un attachement si profond.

À ses petits soins, la gouvernante s'était empressée de ranger son linge dans la grande armoire rustique qui embaumait la lavande. Elle s'était enquise de ses goûts culinaires, qui d'ailleurs ne différaient guère de ceux d'Amaury. Et en route pour la fricassée d'écrevisses et la volaille aux cèpes ! Les jours couraient, calmes et doux, sans se préoccuper d'avenir. Evangelista trouvait son maître transfiguré. Elle resta bouche bée face à ses gestes simples et affectueux à l'égard de Louis, au point d'en avoir la larme à l'œil. Même si cette docilité s'avérait suspecte, elle se plut à croire que l'amour qu'il éprouvait pour Lorène l'avait guéri des fièvres du péché. De son côté, la jeune épousée s'engouffrait doucement dans les méandres de l'apesanteur, passant des journées entières parmi ses rêves à attendre Amaury lorsque ses affaires le menaient au-delà d'Argentat, à l'entrée de la vallée de la Dordogne. Portée par l'amour, l'oisiveté ne lui pesait guère. Les projets d'études qu'elle avait nourris par le passé lui semblaient à présent fastidieux et dérisoires, car elle n'en percevait plus l'intérêt auprès d'un mari si aimant. Il n'en chérirait pas davantage une femme trop instruite. Elle ne songeait que par le petit bout de son bonheur. Tout en observant les gestes d'Evangelista auprès de Louis, elle traçait ses plans sur la comète dans son dessein de future mère. Sans doute fut-ce une prémonition, car elle ne tarda pas à tomber enceinte.

Alors que les orages d'automne éclataient, une odeur de bois mort et d'eau des marnières s'était répandue, annonçant les premiers cèpes. La terre avait fleuri, et la fièvre avait gagné Evangelista avant même que le bruit ne coure au pays « qu'il s'en trouvait ». C'est à ce moment-là, peu après que la gouvernante ne se risque autour des sentiers pierreux, que Lorène avait pris conscience de la rondeur juste perceptible de son ventre. Elle ne comprit pas l'étrange réaction d'Amaury qui, en apprenant la nouvelle, s'était contenté, dans un souffle agacé, de passer une main un peu nerveuse dans ses cheveux. Elle ne reconnut pas cette tension qui animait son visage, mais elle saisit mieux la raison de son inquiétude en découvrant deux jours plus tard, de bon matin, ses lourdes malles sanglées de larges lanières de cuir qui encombraient l'entrée. Une tristesse s'insinua au fond de son cœur, d'autant plus que son époux avait revêtu une veste à poches multiples, idéale pour le port de carabines ou de sacoches, ainsi que des guêtres de toile et un ceinturon pour la cartouchière et le couteau de chasse. Lorène, effarée par la déduction qui s'imposait, le devinait paré pour un long périple, un territoire inconnu qui n'aurait pas fini de la hanter…

Elle porta ses deux mains à son visage.

— Tu te doutes bien que nous n'aurions pas passé tout notre temps à vivre d'amour et d'eau fraîche ! lança-t-il d'une voix glaciale, figure fermée.

Lorène, qui subissait sa première déconvenue, esquissa un rictus inquiet.

— Tu t'en vas et tu ne m'as rien dit ?

Les malles n'avaient pu se boucler qu'avec la complicité d'Evangelista, et cette connivence à son insu lui procurait une sensation de boule dans la gorge. Elle défia son époux avec toute l'énergie du désespoir.

— Tu ne m'as rien dit ! répéta-t-elle.

— Eh bien, c'est chose faite ! Je te le dis maintenant : je repars au Sénégal. Tu te doutais bien que tôt ou tard les affaires m'y auraient obligé.

Le pire de tout fut ce petit sourire narquois qui s'afficha sur sa face, tel un prisonnier à qui l'on annonce sa liberté prochaine.

Lorène, qui avait soif d'aimer et d'être aimée, ne s'imaginait pas vivre sans sa tendresse. Elle s'infligeait déjà une torture à l'idée de ce départ prochain, et la déchirure de cette séparation lui fit soudain monter les larmes aux yeux.

— Ne pleure pas, je t'en prie. La tâche est déjà si compliquée !

— Combien de temps seras-tu absent ?

— Comment le saurais-je ? Le voyage est long, imprévisible… Mais j'ai veillé à ce que vous ne manquiez de rien.

Bien qu'elle eût une perception assez confuse de l'Afrique, dont elle ignorait la chaleur de plomb, les maladies et les tensions palpables, elle aurait tellement aimé le suivre… Ne serait-ce que pour entreprendre avec lui le voyage en chemin de fer, qui dispensait à présent la meilleure façon de voyager jusqu'à Bordeaux. Ils auraient choisi une voiture au centre du train pour éviter les secousses et les courants d'air…

— Tu es ma femme et tu n'as rien à craindre ! s'exclama-t-il d'une voix qui se voulait rassurante, tandis qu'elle imaginait déjà le quai de la gare et la locomotive lançant son cri de départ, en emportant loin son époux chéri…

Encore sous le choc, Lorène secoua la tête, incapable de parler.

6

Les mains encore tachetées par le brou des noix qu'elle venait de ramasser, Evangelista eut un rictus de souffrance.

— Ah ! les reins ! bougonna celle qui venait de déposer dans la souillarde ses paniers emplis de cèpes et de noix à côté d'un pain chaud crissant sous ses craquelures. Elle tenait là les ingrédients pour réconforter Lorène, dont elle avait perçu la détresse et la déception. La jeune épouse ne mangeait presque plus depuis le départ d'Amaury et vivait cloîtrée pour se protéger des commérages. Glacée et inconsolable, Lorène avait également du mal à comprendre ce qui témoignait de l'indicible solidarité d'Amaury avec sa gouvernante. Que cachait tant de complicité ?

Bien qu'Evangelista en voulût à son maître d'avoir pris pour épouse cette âme si frêle qui allait probablement beaucoup souffrir, elle ne l'aurait jamais trahi. D'abord parce qu'elle savait garder un secret et que, même aux prises avec un cas de conscience, la voix de son maître avait toujours le dernier mot.

L'hiver se fit glacial. Même s'il arrivait au soleil de briller sous la neige, les pièces restaient baignées d'obscurité. Chaque jour, le même rituel s'opérait. Evangelista disposait sur les chenets des bûches, du petit fagot sur la braise pour allumer le feu, puis, elle s'affairait à activer les flammes avec des pincettes. La soupe cuisait toute la matinée, et la gouvernante jetait dans la poêle percée les châtaignes entaillées, pendant que le petit Louis regardait le feu ronfler en permanence sous la lumière des chandeliers en cuivre en mangeant de ces rillettes conservées dans les pots en grès recouverts de saindoux.

C'était la saison la plus froide que Lorène eût jamais connue. Ses joues étaient creusées sous ses pommettes hautes ; elle souffrait en silence, éprouvant un sentiment de honte d'elle-même. Passant machinalement sa main sur son ventre arrondi, elle savait qu'elle devait éviter le moindre choc qui aurait pu s'avérer néfaste au bébé, et cette pensée la terrorisait. Pour un peu, elle aurait éclaté en sanglots chaque instant, d'autant plus que les jours s'écoulaient, monotones, sans qu'elle ait reçu la moindre lettre d'Amaury. Comment était-il possible qu'un mari n'entretînt pas de correspondance avec son épouse ? Sa seule distraction se limitait à une visite à l'écurie, où le palefrenier vaquait à ses tâches. Elle flattait l'encolure du bel étalon de son époux en songeant à ce périple merveilleux qu'ils avaient effectué jusqu'en Auvergne. Ce sentiment de plénitude, qu'elle avait éprouvé avant qu'il ne la laisse au bord de la route, jaillissait comme l'éclat d'une pièce d'or, avant qu'elle ne retombe dans l'abîme vertigineux d'un puits.

— Ce n'est ni plus ni moins qu'un chagrin d'amour ! décréta Evangelista qui craignait avant tout pour l'enfant, puisque la mère refusait de se nourrir correctement.

Lorsque Lorène ressentit ses premières contractions au printemps suivant, Evangelista tenta de dissiper ses douleurs à l'aide de linges chauds. Puis, quand les contractions se firent plus rapprochées, la gouvernante alla quérir un médecin secondé d'une sage-femme. Evangelista craignait pour Lorène. Le visage rouge et enflammé, le pouls élevé, elle semblait déjà affaiblie par l'effort. On remplit des bassines d'eau chaude, on prépara des linges en quantité… La parturiente dut lutter durant plusieurs heures pour éviter la syncope. Elle gémissait, le visage baigné de sueur, jusqu'au moment tant attendu où le petit garçon poussa son premier cri strident. Lorène tremblait d'épuisement. La sage-femme qui s'apprêtait à tremper le nouveau-né dans la bassine s'approcha du médecin. Ils échangèrent un regard circonspect.

La sage-femme emmaillota le bébé, et le médecin se livra à un examen plus approfondi qui ne fit que confirmer ses craintes : la jambe droite ainsi que le pied, en partie atrophiés, anormalement minces et rougis, témoignaient d'une infirmité.

La mère se mordit les lèvres en apprenant la nouvelle. La boule au ventre, elle accueillit sur sa poitrine son enfant langé dans un linge blanc.

— C'est un joli petit garçon ! Le médecin a dit qu'il aurait pu naître sourd ou défiguré, voire déficient mental, mais il n'a rien de tout cela… L'enfant ne souffre pas ! insista Evangelista qui se voulait rassurante en essuyant les larmes sur les joues de la jeune mère.

Lorène leva ses yeux au plafond, comme si elle cherchait à reprendre ses esprits. Jamais elle n'avait été obsédée par l'idée de mettre au monde un enfant mal formé, mais maintenant qu'elle devait faire face à cette réalité, elle était bien consciente qu'il lui faudrait trouver la force de l'accueillir et de l'aimer, ce petit qu'elle avait choisi de baptiser Cyprien.

La nuit, elle s'éveillait souvent en sursaut, hantée par le silence d'Amaury, par l'ombre de ses gestes et de sa voix. Elle espérait une lettre où il l'aurait informée de ses intentions, mais rien ne venait de lui. Il ne respectait rien et se comportait de manière si injuste qu'elle en venait à l'accuser de son malheur, à lui faire porter le chapeau de l'infirmité de Cyprien. Il faudrait bien que son époux prenne conscience de son attitude arrogante, car elle ne supporterait pas de passer sa vie à l'attendre.

En dépit de ses inquiétudes, Lorène se félicitait d'avoir à ses côtés une gouvernante telle qu'Evangelista, qui prenait toujours de bonnes initiatives, comme engager une petite servante, Bleuette, pour accomplir ces gestes qui consistaient à remonter les seaux d'eau du puits à l'aide de la manivelle pour les déverser au fond d'un chaudron avant de le mettre sur le feu, à se rendre au moulin pour rapporter de cette huile de noix de la couleur du safran, conservée dans des jarres à l'abri de la souillarde, ce qui faisait partie des inombrables richesses de sa caverne d'Ali Baba au même titre que le vin, les amandes du causse, les confits dans leurs pots de grès enfouis sous la graisse fine, les bassines à confiture. Dans son patois de rocaille, Evangelista négociait avec une femme de chasseur des ortolans qu'elle préparait en sarcophage. Rien de tel pour remonter le moral, si l'on disposait de quelques truffes à farcir au foie gras. Moyennant quelques pièces, elle dénichait également des anguilles, pêchées à la passe neuve de Carennac. Enfin, elle achetait aux colporteurs du savon, du tapioca, un coupon de tissu, du nougat ou des fromages de la haute vallée qui arrivaient en courpet[1] d'Argentat et dont les femmes raffolaient. De son côté, lorsque Lorène fut bien relevée de couches, elle s'astreignit à tenir dans un grand livre les comptes de la maison, auxquels elle ajoutait une petite chronique journalière. Écrire à l'encre violette avec la plume Sergent-Major dénichée dans le cabinet d'Amaury apaisait madame Liféri, au même titre

1 Bateau à fond plat.

que les caresses qu'elle prodiguait à son nourrisson. Le bébé, normalement calme, la troublait, comme s'il avait ressenti la difficulté de sa mère à retrouver la paix intérieure. Alors, elle se hâtait de le couvrir de ses baisers, tout en chassant de son esprit le dernier diagnostic que le médecin avait posé : il avait conclu à un cas d'une extrême rareté, précisant que les problèmes ne se manifesteraient qu'à l'apprentissage de la marche.

Amaury ne réapparut à Carennac que l'automne suivant, chapeau à la main, veston de serge bleu marine et souliers de cuir. Lorène cousait près du berceau. Pétrifiée de surprise, elle reçut une onde de choc et lâcha son ouvrage face à ses iris de jade qui ressortaient dans son visage aussi tanné que le cuir. Comme il approchait la main de sa joue, elle sonda son regard tout en sentant monter un bonheur incommensurable.

— Enfin ! Votre retour !

Même si son cœur battait la chamade, leur étreinte fut malgré cela de courte durée, car le ressentiment s'avérait difficile à contenir.

— Vous m'avez laissée bien seule et trop longtemps sans nouvelles !

— Je vous ai pourtant fait parvenir un certain nombre de lettres… La première de la médina de Tanger, où j'ai fait escale. Je me souviens encore de ces ruelles sombres aux odeurs de dattes, ces palais aux portes cloutées sous le murmure des prières… Et ces mosaïques !

— Je vous confirme que je n'ai rien reçu de vous depuis des mois.

Ce ton de reproche et ce vouvoiement pour marquer la distance revenue entre eux, débouchèrent sur un silence pesant, au cours duquel Lorène refusa de laisser son amertume gagner du terrain.

— Je n'ai jamais été très doué pour rédiger des lettres, mais je vous ai écrit, dit-il en fixant la pointe de ses chaussures.

Elle nota son visage défait, visiblement creusé par l'insomnie, tout en acceptant sa main qui se referma sur la sienne. Malgré les attentes inquiètes qu'il lui avait fait subir, elle fut comme envoûtée par sa présence à l'effet d'un arc-en-ciel sur sa solitude.

— Je vous présente votre fils Cyprien ! dit-elle tout en désignant des yeux le petit berceau.

Visiblement emprunté, Amaury pencha son visage hébété vers son enfant qui poussa un cri perçant. Cette soif de courir le monde lui avait fait perdre le sens de la réalité. Il plissa ses lèvres dans une moue qui en disait long sur son embarras. Face à ce peu d'enthousiasme, Lorène ne put qu'ajouter :

— Je dois vous annoncer que notre enfant souffre d'une malformation articulaire de la jambe et du pied droit.

— Comment est-ce possible ? maugréa-t-il en lui lançant un œil accusateur.

— Je l'ignore autant que vous. La contrariété de votre départ n'y est peut-être pas étrangère ?

— Enfin, je voulais dire, je n'ai rien su…

— Et pour cause ! Où aurais-je pu vous joindre ?

Il aurait été heureux d'apprendre qu'il était le père d'un enfant bien portant, mais devant ce mouflet miauleur et infirme, la contrariété le rendait maladroit. Ses nerfs tendus comme des cordes de violon le poussèrent à manifester sa rage :

— Si cela se sait à Carennac, les gens n'ont pas fini de nous regarder de guingois. Ils diront que le fils Liféri est boiteux et malingre !

— Il y a bien d'autres raisons qui justifieraient les calomnies ! lâcha Lorène, les larmes aux yeux, horrifiée par ce qu'elle venait d'entendre.

Et… ce fut sans compter sur les paroles sanglantes d'Evangelista en guise de discours de bienvenue :

— Si vous ne me l'aviez pas autant traumatisée pendant sa grossesse avec ce départ aux antipodes, l'enfant n'en aurait pas porté les séquelles ! Et puis, vous auriez pu prévenir de votre arrivée. Autant de brusquerie est impardonnable !

— Ma parole, les femmes se sont donc liguées contre moi ! réprouva-t-il en haussant les épaules. En somme, je suis condamné à me taire.

Un silence pesant s'installa de nouveau.

Devant tant d'hostilité du père, Evangelista souleva le petit Cyprien pour le bercer dans ses bras tandis que Louis se ruait autour des jupons de sa mère. Curieux, l'enfant fixa Amaury comme un étranger, alors que Lorène, adossée contre le chambranle de la porte, était encore toute chamboulée par l'effet dévastateur de ces retrouvailles avec son époux au caractère rugueux. Leurs regards s'affrontèrent encore une fois avant que Lorène ne s'efforce de changer de sujet. Cependant qu'elle évoquait l'hiver rigoureux auquel les femmes avaient dû faire face, il se contenta de quelques questions afin d'obtenir une vision d'ensemble sur ces derniers mois.

— Bah ! Evangelista en a vu d'autres ! conclut-il. Avec des moyens financiers à sa disposition, on pallie tout manque.

Son oreille ne compatissait guère. D'ailleurs, il s'empressa surtout de parler de lui sans pour autant savoir par quel bout commencer. Combien de fois avait-il cru suffoquer au Sénégal en raison de ces essaims humains sous la chaleur moite ? Toutes ces mains qui s'étaient tendues dans un mélange d'excitation et d'euphorie l'avaient amené à dépasser ses limites, parfois à vivre dans la défiance en disciplinant sa nature afin de parvenir à signer des accords avec des chefs locaux. Ces souvenirs l'étreignaient, et les mots qui coulèrent sans restriction donnèrent tout à coup aux femmes le sentiment que leur vie à Carennac les épargnait de ces grosses chaleurs, des pluies et des inondations qui causaient tant de maladies et tant de malheurs.

— J'ai réalisé de bonnes affaires. Certains de mes chargements de caoutchouc et de gomme ont été réexpédiés depuis Bordeaux jusqu'au Pays basque ainsi qu'en Espagne, triompha-t-il lorsque le dialogue eut pris un semblant de complicité.

Il lui tint à cœur d'expliquer que si, par le passé, la traite de la gomme, baptisée « grande traite », était très réglementée et que seuls les Européens triés sur le volet y étaient admis, à condition de figurer sur des listes arrêtées en conseil d'administration par les vieux gouverneurs de la colonie, les règles s'étaient adoucies. Le négoce allait bon train pour les audacieux.

Amaury prétendait maîtriser le modus operandi dans les règles de l'art. Il était également acheteur pendant la traite pour le compte d'une maison de Bordeaux, et le même cycle pourrait s'accomplir chaque année, ce qui lui garantissait de bons revenus. Il se vanta d'avoir fait bonne vie, là-bas au Sénégal, sous le chant des griots, d'avoir élargi son commerce d'armes, d'objets de sellerie, de maroquinerie, mais également de l'or, dont la traite jadis soumise à la même réglementation que celle de la gomme se trouvait aujourd'hui facilitée. Il n'était déjà plus tout à fait à Carennac lorsqu'il évoquait ses négoces avec confiance. Son expression s'était métamorphosée, libérée du masque qu'il portait depuis son arrivée. Lorène prenait conscience d'un pan de la personnalité de son époux qu'elle ignorait, assurément parce qu'il l'avait réprimée avant son départ en Afrique. À moins qu'elle n'eût volontairement préféré l'occulter lorsqu'il l'avait séduite ?

Il parla encore longuement de ce voyage, précisément pour révéler qu'il misait gros dans un domaine où les risques étaient limités.

— Le caoutchouc est extrait d'une liane, appelée *tol* par les indigènes, et commence à assurer un rendement régulier au gouverneur général du Sénégal qui en multiplie les plantations, fut-il ravi d'expliquer. C'est un produit d'avenir qui m'amènera à retourner aux colonies après la saison de l'hivernage…

Bien qu'il peinât à quitter les images bouleversantes qu'il venait d'évoquer, il afficha un meilleur visage. Peut-être finissait-il par se rendre compte combien il importunait avec sa passion ? Si Lorène était conciliante au point de l'écouter religieusement, elle se demandait pourtant comment leur amour aurait résisté à ces longs mois de séparation. Bien qu'elle sentît qu'il se reprenait en manifestant un peu de joie de se retrouver au pays, il ne chercha pas à s'enquérir plus longuement de la santé de son fils. L'infirmité de Cyprien le blessait au plus profond de son orgueil et répandait le seul nuage sur sa réussite au beau fixe. Sans doute s'abstenait-il d'en parler, refusant qu'une arrière-pensée de tristesse vînt projeter une ombre au tableau.

— Voyez que je ne vous ai pas oubliée ! s'exclama-t-il en sortant de sa besace une parure en verroterie qui laissa Lorène plus perplexe qu'enjouée.

Il ajouta :

— Ces perles font la fierté des négresses de Saint-Louis !

Un rictus de politesse s'accrocha sur la face de Lorène. Elle examina le collier, peu habituée qu'elle était à ces pierres de couleurs chamarrées et boules de résine. Elle ne sut qu'en penser. Ce présent partant d'une bonne intention, elle le remercia, bien qu'incapable d'en éprouver du plaisir.

— Vous ne le portez pas ?

Elle s'exécuta sans un mot, ajustant ce bijou sur le jabot de son chemisier de calicot tandis qu'il devisait à propos du bonheur de se retrouver chez soi, d'oublier quelque temps la bouillie de mil du Sénégal au profit des spécialités lotoises dont Evangelista détenait le secret. Ainsi, la gouvernante était bien certaine de reconquérir toutes les considérations de son maître lorsqu'elle présenta à table son appétissant soufflé de perdreaux surmonté de truffes coupées en fines lamelles.

— Vous m'en direz des nouvelles !

Ce souper composé de mets délicats arrosés de pécharmant inspira à Amaury une tirade sur l'essor de la truffe. Ainsi, il plaisanta sur l'engouement des Russes pour le diamant noir, qui avait déjà atteint des sommets malgré les droits de douane exorbitants. Si l'on appréciait les truffes à la table des derniers Romanov, elles restaient toutefois l'apanage des classes dominantes en France. Pour exemple, les poulardes truffées rôties servies à la présidence de la République. Véritable arme diplomatique, elles constituaient un marché régulier dont Paris et Lyon en étaient dorénavant les plaques tournantes.

Devant toutes ces considérations sur le rayonnement de la truffe, il raconta qu'à la maison de commerce réputée de Souillac, les expéditions par bouteilles existaient déjà depuis 1880 et que l'année de plus forte production que la France ait connue avait été en 1889, où le Lot à lui seul en avait produit trois cent soixante tonnes !

Depuis, puisque la production avait sérieusement diminué, Evangelista n'était pas peu fière d'exhiber ses truffes dans une bourriche en feuillard de châtaigniers !

*Truffes brossées*s *premier choix*. Lorène gardait le souvenir de ces étiquettes réalisées sur feuilles de laiton, qui figuraient sur les produits exposés en devanture de certaines maisons de Souillac, où elle s'était rendue en compagnie d'Amaury qui considérait, comme Brillat-Savarin, qu'il n'existait pas de bon repas sans truffes. Si la bonne humeur semblait revenue, ce fut sans compter sur l'instant où la jeune mère se leva de table pour se rendre auprès de Cyprien devenu grognon. L'époux laissa de nouveau dériver vers Lorène un regard agacé.

— Un peu de tranquillité tout de même ! Il existe pourtant des nurses !

Elle feignit de ne pas l'entendre.

Où était donc passé l'homme doux et attentionné qu'elle avait épousé ? Ce soir-là dans l'alcôve, à la lueur d'une bougie, devant l'empressement d'Amaury à accomplir le devoir conjugal, elle s'était raidie.

— Feriez-vous passer vos obligations de mère devant ceux d'une épouse ?

Des reproches ? Elle tombait de haut ! Lorène vivait un supplice, à cheval sur le dos d'une étrange culpabilité. Les démons se bousculaient dans sa tête. Pour l'amour d'Amaury, elle avait renié sa famille, se moquant du rigorisme de son père, et à présent, son cœur lui répétait que ce mariage ressemblait à un miroir aux alouettes.

Un matin, avant d'entreprendre sa chevauchée matinale à travers le causse, Amaury s'était risqué vers la souillarde, alors que le parfum des truffes envahissait la pièce. Les boules noires rugueuses et tachetées de terre étaient savamment disposées dans un panier de feuillard sur l'évier de pierre. Evangelista tirait une tête d'ail du chapelet accroché à la poutre, lorsqu'elle sursauta.

— Que ferais-je sans vous, Evangelista ? minauda Amaury. Je ne saurais citer une qualité que vous ne possédiez pas ! Quant à Lorène…

— Allons bon ! fit-elle en décelant dans son regard une lueur lubrique qui la mit mal à l'aise.

Elle n'était pas dupe. Ces louanges étaient une manière habile de faire comprendre qu'il n'en aurait pas dit autant de sa femme. Pour mieux prendre sa gouvernante par les sentiments, il s'intéressait chaque jour davantage au petit Louis, tant et si bien qu'elle se demanda où allait le mener ce jeu qui consistait à profiter un peu trop de l'innocence de son épouse.

Elle souleva une toupine de fonte noire rugueuse de graisse qu'elle emporta vers la salle à manger, sans se soucier de la présence d'Amaury en tenue de cavalier. Elle n'était pas du style à se laisser déstabiliser par les compliments. Les flatteries des séducteurs, très peu pour elle. Cela cachait souvent de mauvaises surprises ! Dire qu'elle avait cru un instant que son amour pour Lorène l'avait transformé ! Si elle n'avait pas gardé le respect de ses honorables ancêtres les gabariers, que sa mère avait servis avec dignité, combinée à cette tendresse particulière pour sa jeune épouse, elle aurait volontiers rendu son tablier, tant elle estimait son maître plus arrogant que jamais depuis son retour du Sénégal.

Par tactique, il la suivit et s'avisa de la prendre par la taille en essayant de lui dérober un baiser. Elle s'esquiva, suffoquée par cette attitude déplaisante.

— Êtes-vous devenu fou ?

— Evangelista, vous êtes irrésistible, s'amusa-t-il sans même attendre de réaction de sa part.

Puis, il disparut dans la brume du matin, la laissant tout à son embarras.

Elle s'orienta vers l'armoire périgourdine à larges pointes de diamant, dont elle sortit quelques torchons ainsi qu'une paire de mitaines en fil qu'elle avait coutume de porter pour manipuler le bois. Son maître n'avait pas même eu idée de mettre l'une de ces grosses bûches dans l'âtre avant de partir. Décidément, il n'avait pas changé. Il vivait dans son monde. D'ailleurs, elle aurait parié qu'il n'avait jamais abandonné ses habitudes de libertinage. Elle se garda bien évidemment de faire part de la scène à Lorène lorsqu'elle se présenta. Bien que son chignon fût soigneusement enserré dans un joli mouchoir de tête, son visage n'en était pas moins terni par une vague impression de dégoût, laissant présumer que l'attitude d'Amaury siégeait au cœur de ses tourments. Par acquit de conscience, la gouvernante s'en assura.

— Il vous faudrait apprendre à l'affronter… Vous n'êtes pas sa paillasse, que diable !

Mais elle réalisa combien ses propos étaient stupides et elle s'interrompit brutalement.

— Je l'avais bien compris.

Lorsqu'elle eut bu son café et mangé du bout des lèvres une tranche de pain garnie de confiture de reines-claudes, Lorène s'attarda un instant à la fenêtre pour regarder les branches des arbres agitées par le vent. La luminosité du ciel avait déjà chassé les brumes matinales. Elle vit arriver la petite bonne qu'elles engageaient parfois pour les corvées, dont celle du repassage. Le linge était encore suspendu dans le hangar, où la jeune Bleuette allait mettre le fer à chauffer. Il y avait là une journée de travail, supervisée par Evangelista, qui l'aiderait au pliage tandis que les armoires attendaient le retour des draps et des serviettes…

Lorène soupira d'ennui. Sa vie lui pesait. Elle cultivait ce sentiment lancinant d'être passée sous les fourches caudines de son époux.

Une fois son cheval harnaché, Amaury avait sauté en selle en laissant l'air frais s'insinuer le long de son dos. Il avait alors longé la galerie du cloître de Carennac en dépassant le vieux portail roman de l'église, où le Christ en majesté du tympan faisait écho à l'ombre indéfectible de Fénelon, célèbre prieur.

Il avait pris la route des horizons rocheux en direction des causses quercynois, laissant derrière lui une vaste plaine dominée par des coteaux. Il ne se lasserait jamais de ces chemins cahoteux, malaisés, au milieu de ce décor âpre d'arbustes et de broussailles, où seuls quelques pigeonniers couverts de lauze faisaient office de patrimoine bâti sur cette terre inculte. Le cheval s'engagea au trot dans un sentier, jusqu'à la limite d'un petit siège de pierres recouvert de lierre qui lui semblait familier. Amaury immobilisa sa monture, en descendit pour rallier à pied une caselle à la toiture en cloche aux pierres régulières. Il savait le combat quotidien de ceux qui l'occupaient. D'ailleurs, il suffisait de regarder ces chênes, dont les racines lézardaient au milieu des pierres, pour comprendre cette lutte sans merci de l'homme avec la nature. Son ami Onésim Sely possédait quelques chèvres, quelques arpents de terre, mais pour rien au monde, il n'aurait sacrifié cette vie simple du causse au profit d'une existence pétrie d'ambition. Il était l'opposé d'Amaury, qui, bien que défricheur de terres inconnues, n'en gardait pas moins beaucoup d'affection pour la nudité de ce causse lunaire. Ces murailles souvent écaillées par le soleil, aux ruisseaux perdus au fond des gouffres, esquissaient une sorte d'écho à sa solitude.

— Je savais que tu réapparaîtrais sous peu !

La voix avenante d'Onésim provenait de la grande ouverture carrée de la caselle.

Amaury n'en eut pas l'air surpris. Une mystérieuse connivence qui dépassait l'entendement, liait les deux hommes depuis toujours. Le paysan au chapeau de velours, chaussé de sabots, l'accueillit avec force accolades et ils s'amusèrent avec le patois du causse.

Lorsqu'il foula le dallage naturel du logis éclairé par une faible lucarne où deux poteaux de bois maintenaient le bâti de grosses pierres, Amaury se sentit comme chez lui. Deux verres de liqueur de noix trônaient déjà sur une petite table que l'épouse d'Onésim, Marthe, une petite femme noueuse, s'était empressée de déposer, ainsi que de larges tranches de pain découpées dans une tourte et du cabécou destinés à l'encas du matin. Le fils Liféri, qui était toujours le bienvenu, même s'il arrivait au débotté, prit place sur une petite chaise à dossier écourté, au milieu d'une pièce au confort rudimentaire de bergerie, qui exhalait la paille en ce début d'hiver exceptionnellement doux.

Onésim se tâta la barbe tout en écoutant son ami sans intervenir. Même si l'attitude d'Amaury affectait la décontraction lorsqu'il donna de ses nouvelles, l'ermite perçut que quelque chose clochait. Du tréfonds de sa vie d'ascèse, dans le dénuement et la pauvreté du causse où il avait affiné sa réceptivité à l'esprit, Onésim se trompait rarement. Personne ne connaissait mieux que lui les fêlures du fils Liféri, avec qui il avait souvent partagé, gamin, sa gourde de cuir. Par le hasard d'une force accidentelle, l'amitié qu'ils éprouvaient l'un pour l'autre depuis l'enfance ne s'était jamais tarie. Ils s'étaient toujours enrichis de leurs différences. Amaury ne dérangeait jamais Onésim, une relation cultivée comme certaines plantes, à l'abri de la lumière.

— Ça ne m'étonne pas que ton commerce soit si fructueux avec le Sénégal, commenta l'homme du causse, que le récit épique avait impressionné.

— Pourtant, en dépit de la réussite de mes négoces et des plaisirs de la chair qui ont des airs de bonheur, l'histoire s'arrête là, rétorqua Amaury avec son franc-parler qui ne se souciait guère des convenances.

Onésim posa sur lui un regard navré. Il ne faisait nul doute que celui qui disposait d'à peu près tout ce dont un homme peut espérer ici-bas pour être heureux, traînait autre chose sur la conscience.

— Bien sûr, ce mariage que tu as contracté par vengeance n'est pas sans inconvénient. Même si la fille Desobières est tombée dans les mailles du filet, tu en subis maintenant les conséquences : l'entrave à ta liberté ! Et te connaissant, ce n'est pas rien…

Amaury réprima un soupir d'agacement ; l'homme du causse poursuivit son raisonnement :

— Cette union n'a fait qu'accroître la haine du père Desobières à ton égard. Il l'a prouvé en reniant sa fille. Tu connais déjà mon avis sur la question. Cela ne rime à rien de vivre pour une vengeance. Et puis…, tu ne peux être relié au monde uniquement par le pouvoir.

— Celle que j'ai prise pour femme m'a humilié en mettant au monde un enfant infirme. De là à y voir une punition divine, il n'y a pas loin. Le petit m'est plus indifférent qu'un caillou, précisa froidement Amaury en suivant son idée.

— Là, tu t'égares.

Onésim disposait de cette faculté de provoquer le questionnement. Le fils Liféri se rengorgea avant de lui répondre :

— Je ne peux pas être juge et partie.

— Tu exagères. Même dans la perversion, reste modeste !...

— Quant à Lorène, j'aurais pu me prendre à mon propre jeu et l'aimer pour de bon..., dit-il, découragé.

— Il n'est jamais trop tard, plaida Onésim. Tu as la vie pour ça.

C'était un langage inconnu pour Amaury qui considérait l'amour à l'égal d'un jeu. Aucune femme ne lui résistait. Depuis toujours, il charmait, fascinait, prenait des corps avec frivolité, des baisers avec fougue et poursuivait sa route. Il aurait été bien naïf de songer que le mariage eût pu changer sa conception de l'amour et son dédain pour les vertus familiales, lui qui n'avait jamais vraiment cessé de multiplier les conquêtes.

— Vais-je devoir lutter longtemps contre mes propres démons ? dit-il soudain dans une lueur de lucidité, avant de fouiller dans sa mémoire proche. Mon père était un homme paisible et généreux et, même s'il a su user de ses qualités, il en a également subi leurs revers. Si je me réfère au comportement de Gilles Desobières qui l'a condamné à tort pour cet accident de carriole alors que j'ai vu de mes propres yeux Sybille Desobières se jeter sous nos roues ce jour-là… Tout a été si rapide. Mon père a bien fait son possible pour l'éviter, mais…

— Bien sûr que Desobières s'est acharné injustement sur ton père, le coupa Onésim, qui avait entendu cette histoire des quantités de fois. Mais il faut savoir apprendre à oublier, comprends-tu ? La haine est mauvaise conseillère.

— Tu as peut-être raison, mais c'est plus fort que moi, je n'ai jamais pu m'y résoudre. Je te rappelle que j'étais témoin lorsque Sybille Desobières a voulu mettre fin à ses jours, et l'enquête a su le démontrer à son tour. Même si mon père a finalement été innocenté dans cette affaire, tu sais combien cela arrangeait Desobières de déguiser la tentative de suicide de sa femme en accident ! Je n'oublierai jamais qu'il a harcelé mon père de la plus vile manière et jamais je ne le lui pardonnerai.

— De là à épouser la fille sans amour et par vengeance…

— Elle ou une autre ! Et puis, c'était le meilleur moyen d'épuiser moralement ce vieux grigou, autant qu'il a épuisé mon père, riposta-t-il dans une moue de mépris.

— Tu es machiavélique…

— Je me doutais que, blessé dans son orgueil, Desobières déshériterait sa fille, et je ne me suis pas trompé. Je n'ai de toute façon pas besoin de son sale argent !

Ses yeux s'étaient emplis d'une telle haine qu'Onésim ne le reconnut pas.

Qui sait comment l'homme du causse aurait agi à sa place ? Il se doutait que la concurrence des chemins de fer avait porté un coup dur à la navigation fluviale, éprouvant durement le père Liféri, mais, plus encore, ces terribles conflits l'avaient dévasté.

— Il n'y a guère qu'au cours de mes voyages lointains que je retrouve un peu de paix.

— La paix ? Pas si sûr, railla celui qui lisait aussi bien que dans un livre ouvert l'inquiétude sur le visage de son ami.

Ce moment d'amitié se révélait pourtant aussi régénérant qu'un ruisseau qui aurait coulé lentement devant leurs yeux. Ils cassèrent une croûte sur le banc de pierre, ils parlèrent de tout et de rien comme si cette conversation n'avait jamais existé, se remémorèrent la traque des perdreaux rouges parmi les bois de chênes, celle des lapins qui proliféraient dans le causse et, chahutés par un soleil timide, rirent aux larmes face à ce paysage où quelques futaies de maigres chênes verts se disputaient à la rocaille. Cette rencontre entre les deux amis était survenue à point nommé. Amaury éprouvait déjà le sentiment de reconquérir la liberté de sa vie aventureuse, celle qui n'avait jamais cessé de lui coller à la peau.

7

Si le visage de Gilles Desobières reflétait une vitalité exceptionnelle, son éternel pantalon sans pli et sa blouse bleue de chanvre l'assimilaient, lorsqu'il passait en revue son entrepôt de marchandises, à un métayer plutôt qu'à un riche commerçant. Celui qui voyait le sommeil comme du temps perdu était en réalité un visionnaire-né doublé d'un habile entrepreneur, qui avait su consolider l'empire paternel autour du paysage de son enfance. Les Desobières avaient toujours su maintenir un cap dans leurs affaires, malgré quelques tempêtes sans véritables conséquences. Là où brille la Dordogne, Gilles savait s'entourer dans la large vallée de Souillac. Recelant des richesses insoupçonnées, son caractère était calqué sur celui des bras profonds et des îlots du fleuve. Mesurant les enjeux, flairant les bonnes affaires, il avait considérablement élargi l'empire de son père grâce à ses bonnes relations.

Du vivant du grand-père Desobières, on avait fait des Liféri les gabariers attitrés pour le transport des marchandises, en raison de la compétence de leurs navigateurs qui connaissaient tous les pièges cachés de l'eau, à l'instar des « malpas », ces passages dangereux que redoutaient les gabariers pour leurs bateaux à fond plat. De plus, s'il n'était pas aisé de dompter les caprices de la Dordogne, les Liféri disposaient des meilleurs relais de tire grâce à leurs bouviers les plus expérimentés des chemins de halage. Les rapports entre les deux familles n'avaient pourtant été qu'une succession de rivalités dont l'origine se perdait dans la nuit des temps. Des conflits avaient éclaté pour le naufrage d'une gabare chargée à l'excès de barriques appartenant aux Desobières. Les entrepreneurs s'étaient longtemps rejeté la faute pour savoir qui avait pris la décision d'un tel chargement sans toutefois réussir à connaître le fin mot de l'affaire. D'autres conflits avaient découlé des hausses injustifiées du coût de transport, et l'on ne comptait plus les rixes entre les bateliers et les portefaix. Toutefois, les tensions prirent une tournure radicale, le jour où la malheureuse Sybille, au détour d'une rue de Carennac, s'était fait percuter par la carriole d'Aubin Liféri tirée par deux chevaux…

Le conducteur avait eu beau soutenir qu'il n'était en rien responsable de cet accident, il n'y avait eu aucun témoin dans le bourg, sinon le jeune Amaury assis derrière son père, qui avait vu Sybille se jeter sous les sabots des chevaux dans une ruelle en pente. Certes, les propos qui avaient été rapportés à Gilles stipulaient que le conducteur était descendu aussitôt afin d'apporter les premiers secours à l'accidentée, mais cela ne lui ôtait pas sa part de responsabilité. Le jeune Liféri, quant à lui, avait soutenu mordicus la thèse de la tentative de suicide en jurant que son père n'était pas aussi responsable que l'on voulait le laisser croire. Malgré cela, le simple fait d'avoir imaginé que sa femme ait voulu se donner la mort, et qui plus est devant tout Carennac, représentait un affront pour Gilles. La vie qu'il lui offrait ne la rendait-elle pas suffisamment heureuse ?

Même si l'enquête prouva l'innocence du père Liféri et que justice lui fut rendue, le mari, lui, récusait toujours fermement la thèse qui affirmait que Sybille avait voulu attenter à ses jours.

Par la suite, madame Desobières avait maintenu qu'Aubin Liféri conduisait tel un irresponsable ce jour-là, comme si, prise de remords, elle avait souhaité effacer son geste afin de mieux porter atteinte à la famille Liféri. Était-ce par dépit, étant donné que les médecins lui avaient annoncé qu'elle passerait le reste de sa vie impotente ?

Gilles Desobières avait perdu le procès.

Bien qu'un terme fût mis à la collaboration des deux familles, un vent de paroles ordurières et de rodomontades avait pris la relève jusqu'à ce que la mort du père Liféri s'ensuive. Forcément, quelques années plus tard, ce fut avec une satisfaction non dissimulée qu'Amaury dama le pion aux négociateurs de Desobières en mission au Sénégal sur d'importants marchés de gommes.

Souvent muré dans sa solitude, Gilles restait secret et impénétrable, même aux yeux de son épouse Sybille. Davantage par principe que par conviction réelle, les époux demeuraient solidaires dans leur rancune vis-à-vis des Liféri, d'autant plus que cette demande en mariage d'Amaury n'avait fait que raviver la colère en ranimant les vieilles querelles.

Comme toute famille riche et influente, leur histoire se révélait pleine de contradictions. Ayant toujours su épargner ceux qui leur étaient utiles, les Desobières s'étaient attiré la considération de bon nombre d'acheteurs exigeants, ce qui permettait à Gilles d'établir ses prévisions annuelles d'écoulement de produits de toutes natures provenant du haut pays : en suivant le rythme des eaux marchandes imposées par le fleuve, il faisait acheminer les produits des forges, des cargaisons de bois destinées aux fûts et aux barriques des vendanges pour Bordeaux, s'approvisionnait, en fonction des trois récoltes d'octobre à décembre, de noix, de vins et de châtaignes. Les produits comestibles de la remontée répondaient, quant à eux, aux besoins alimentaires de la vallée : morues, harengs, poissons salés, épices…

Même si Gilles n'appartenait pas à ce monde viticole prestigieux qui débutait aux plaines du Libournais et produisait des vins de grand renom, il disposait de contacts privilégiés parmi ses voisins qui lui permettaient d'écouler quelques bons crus à discrétion auprès de ses clients du haut pays, une région de sombres forêts de hêtres, de chênes et de châtaigniers. Ainsi, même si ceux du Médoc n'éprouvaient que mépris pour le Quercynois, Desobières s'en arrangeait, disposant d'un entrepôt de Souillac des mieux achalandés de la région, d'autant plus qu'il avait longtemps été le seul et l'unique à disposer d'une gamme de produits exotiques comme la gomme et le caoutchouc.

Il le devait en partie aux liens privilégiés entretenus par la famille Desobières avec cet agent principal au Sénégal, monsieur N'Balé, basé au comptoir de Dakar. Pour des raisons que son petit-fils ignorait, le grand-père de Gilles avait connu le gouverneur Louis Faidherbe à l'époque où il s'apprêtait à partir chef de bataillon au Sénégal. Les deux hommes avaient échangé des correspondances où Faidherbe lui faisait part de la création du port de Dakar. C'était l'époque où le gouverneur s'était engagé vers la pacification du Sénégal. Le suivi de leurs relations incita le grand-père Desobières, peu après la construction du chemin de fer de Dakar au Niger, à se montrer assez téméraire pour s'embarquer sur le bateau à vapeur qui couvrait la liaison Bordeaux-Dakar. On le prit pour un illuminé, mais il savait clairement ce qu'il faisait. Les rencontres sont parfois providentielles et il en découla une amitié révélatrice du but à atteindre : le commerce ! Sur place, le vieux Desobières connut monsieur N'Balé, qui recevait par wagonnets dans les entrepôts de douane les marchandises locales à Dakar. Il les dédouanait avant de les faire transiter par cargo, et ils établirent ensemble des accords conférant un certain monopole sur la gomme à monsieur Desobières. Tout était question de relation dans ce pays à moustiques aux cases en moellons ou de briques cuites à charpente métallique. Sculpteurs d'ivoire, d'ébène et vendeuses de beignets y étaient légion, de même que les colporteurs ou les contrebandiers en tabac du Lot qui transitaient leurs marchandises à Carennac grâce aux bateliers ! Les hommes, il fallait les prendre par les sentiments, et nul n'aurait rivalisé avec monsieur N'Balé qui connaissait comme sa poche le marché couvert de la place Kermel à Dakar, avec ses briques rouges émaillées de fer forgé à côté de l'hôtel de la chambre de commerce.

Gilles s'était contenté de se laisser guider par l'appât de ces fructueux marchés. La voie s'annonçait toute tracée. Toutefois, même s'il avait découvert ce qu'était un comptoir avec ses sacs de mil, ses cantines métalliques, ses barriques de vin et autres pièces de tissu, pourvu de sa balance Roberval pour détailler le poisson séché ou le tabac, les chaleurs avoisinant les 50 °C ne convenaient guère à sa nature. Le sens inné des affaires du commerçant de Souillac ainsi que son intelligence ponctuée de lucidité lui permettaient de ne pas avoir les yeux plus grands que le ventre. Ainsi, mis à part les émissaires qu'il déléguait au Sénégal, n'hésitant pas à jouer la carte du chemin de fer entre Saint-Louis et Dakar, lui ne s'y aventurait guère, pas plus qu'il ne s'engageait vers l'immensité de la Garonne, où l'influence des vents marins se faisait déjà sentir. Quand la gabare accostait au quai de la Bastide à Bordeaux, son itinéraire était précisément délimité. Il se rendait aux entrepôts pour le commerce du bois, puis il partait vers les salières, où ses hommes chargeaient le sel. Pour le reste, il n'appartenait pas à ce monde… Il se tenait à l'écart de la gloire de ces grands domaines. À Bordeaux, le spectacle de la place des quinconces de nuit demeurait un ravissement pour l'œil, avec ses deux phares qui éclairaient la rade, ses chais en pierre de taille des négociants du quai des Chartrons, mais ce luxe ostentatoire au cœur de la bourgeoisie de l'allée de Tourny ne ferait jamais partie de son univers. Mieux valait mener son propre attelage d'une poigne de fer !

Accoutumé à ce qu'on lui obéisse au doigt et à l'œil, Desobières entra dans une colère noire le jour où il apprit que le mariage de Lorène avait été secrètement contracté avec Amaury Liféri. Ses instincts les plus primaires prirent le dessus. Il s'agita en tournant en rond à la manière d'une toupie, et son large visage aux yeux délavés semblait au bord de la crise de nerfs. Déstabilisé, il déboutonna sa chemise et affubla le « gandin de Carennac » de tous les noms d'oiseaux qui lui vinrent à l'esprit. Comment cet aigrefin avait-il pu procéder sans son consentement ? Il se blâma de son manque de méfiance le jour où son adversaire était venu faire sa demande. Quant à sa fille, son éducation catholique n'avait guère été d'un grand soutien, puisqu'elle avait désobéi sans vergogne. Il avait ruminé cette affaire pendant des jours. Comment un tel stratagème avait-il pu fonctionner ? Gilles avait finalement fait assigner sa fille et son gendre devant le tribunal civil, pour s'entendre dire que le laps de temps écoulé depuis le mariage s'avérait trop long, ce qui confirmait l'impossibilité d'ignorer cette union. Il enragea de plus belle en songeant à cette petite sotte qui n'avait rien compris. Même s'il n'était pas du genre à admettre ses erreurs dans l'éducation qu'il avait donnée à Lorène, il se bornait à penser qu'il avait échoué dans son devoir de la marier. Qu'elle se fût enflammée pour le premier crétin qui lui avait fait la cour dénonçait le goût amer de la conséquence tragique. Lorsqu'il en parlait avec Sybille, sa voix forte et puissante prenait des intonations menaçantes.

— Il faut reconnaître que le fils Liféri a atteint son objectif sans coup férir ! avait admis la mère, sarcastique, en mettant le doigt là où ça fait mal.

En réalité, elle n'avait pas mieux digéré que son époux la manière que ce Liféri avait employée pour en venir à ses fins.

Amaury, gonflé d'orgueil, se tenait devant son entrepôt de Souillac tel un sphinx gardien du temple devant les oasis d'une kasbah. Son local, plus modeste que celui de son rival Desobières, disposait d'une variété de produits exotiques acheminés par voie de chemin de fer ou par les derniers mariniers, vendus en gros, tels les cafés d'Afrique, les figues et les dattes de Tunisie, l'huile d'arachide et de palme, mais également des essences rares de bois exotique – palissandre, bois de rose, acajou, parfaits pour l'ébénisterie et la décoration –, de la gomme arabique utilisée pour la colle et les vernis, des objets de sellerie ou des vins fins de Bordeaux.

— Et encore, vous n'avez rien vu du caoutchouc qui transite par les marchés de Bordeaux ! releva Amaury devant les yeux perdus de Lorène face aux produits de cette caverne d'Ali Baba.

Il lui parla encore longtemps de ces navires qui accomplissaient le voyage depuis Bordeaux jusqu'à Saint-Louis, au Sénégal, en deux mois à peine… De ces femmes modestes, au teint olivâtre et aux yeux vifs, toujours gracieuses et dévouées… À quoi bon s'éterniser sur ce sujet ? Lorène se heurtait à la froideur et à l'indifférence de son époux qui aurait pu relater de la même façon son périple à une étrangère. Il ne vivait que pour ses relations d'affaires et ses négoces. Un pli se creusa entre ses sourcils. Ce fut à peine s'il remarqua le découragement de sa femme, tant il avait la tête pleine de ses aventures ! Lorène, qui avait cru voir souffler un vent de liberté par le biais de ce mariage, n'en subissait que les désagréments : la solitude, la tromperie, car les rumeurs qui couraient sur le compte d'Amaury étaient bien fondées. Il ne se gênait guère pour lutiner la lingère Bleuette dès que sa femme avait le dos tourné, ce qui ne reflétait que la partie émergée de l'iceberg. Alors, pour quelles raisons cet homme, qui savait tant faire valoir son indépendance, l'avait-il épousée ? Ce n'était ni pour la dot, puisque son père l'avait déshéritée, ni par amour…, alors, pourquoi ? La question tournait en boucle dans l'esprit de Lorène qui cherchait des éléments de réponse sans en trouver.

Le printemps renaissait. Avec lui, les premiers bourgeons et le vent d'espoir qui glissait sur la rocaille. En dépit de l'infirmité de Cyprien, ses yeux bruns en forme d'amandes, identiques à ceux de sa mère, et ses boucles brunes lui conféraient un visage poupin sur lequel on s'attendrissait aisément. Il n'allait jamais sans le petit Louis aux cheveux blond vénitien, de deux ans son aîné, qui semblait déjà avoir compris que l'on fait plus de profit par la douceur qu'autrement. Les deux enfants grandissaient comme des frères. Lorène s'efforçait de paraître gaie. Elle misait déjà sur l'éducation que Cyprien allait recevoir, en se lançant à elle-même le défi que son fils suscite la convoitise plutôt que la pitié. L'amour devrait atténuer l'ombre des murmures qui risquaient de l'écorcher. Les femmes, qui éveillaient les garçons de leur mieux, avaient décidé que Louis et Cyprien entameraient de concert leur scolarité en 1912, en dépit de leur différence d'âge. Lorène se convainquit que la voie vers le savoir incarnait l'arme secrète pour combattre l'infirmité, et ce jour si redouté de la rentrée fut en quelque sorte l'épreuve du feu. La mère eut le cœur plus serré que son fils lorsqu'ils affrontèrent les parfums de la terre d'automne gorgée de pluies, annonciateurs des chemins de cette école communale. L'enfant cahotait difficilement, tel un canard boiteux. Il portait à son pied droit l'une de ces chaussures que l'on afflige à ceux qui souffrent d'un pied-bot. Connaissant la cruauté des gamins, les moqueries ne manqueraient pas de s'abattre sur Cyprien. Cependant, on devinait à quel point il fournissait un effort considérable de sa jambe gauche afin de compenser la défaillance de la droite. Louis et Cyprien, tous deux vêtus du tablier noir d'écolier, tenaient serré leur petit cartable en montrant les premiers signes d'impatience à l'idée de se mêler à leurs futurs camarades.

Lorsqu'elle pénétra dans la salle de classe pour y rencontrer le maître d'école, Lorène fut d'emblée sensible à l'odeur âcre de l'encre et à celle des livres neufs. Ces souvenirs firent soudain renaître des émotions enfouies qu'elle réprima aussi sec, rattrapée par une réalité plus déstabilisante encore : celle de savoir son fils bientôt jeté dans l'arène…

Elle s'avança vers le maître, dont elle devinait l'autorité naturelle, ce qui n'empêchait pas la douceur de poindre dans ses yeux. Cela la rassura.

— Je vous confie mon enfant pour sa première rentrée, consentit-elle tout bas en redoutant la commisération de l'instituteur qui savait son fils boiteux. Je ne voudrais pas… Enfin, vous voyez…

— Ne vous n'inquiétez pas pour votre fils, madame. C'est également mon rôle de veiller sur lui.

Le maître parlait lentement et d'une manière sécurisante. Et puis, son fils n'était pas tout à fait seul au milieu de cette nuée d'enfants : il y avait Louis, qui serait capable de soutenir Cyprien si ses camarades l'offensaient.

La jeune mère se sentit bientôt plus proche de son enfant qu'elle ne l'avait été de quiconque, entretenant avec lui un dialogue constant. Elle prit l'habitude de visiter fréquemment le maître d'école, avec un bonheur certain de renouer avec les programmes d'enseignement prodigués aux classes inférieures. Le monde de l'enfance représentait une magnifique pâte à modeler où de nombreuses graines à éclore pouvaient engendrer de beaux fruits.

Elle enviait le maître et sa capacité évidente à stimuler les beaux esprits. Outre la joie qu'elle éprouvait à suivre les progrès de Cyprien, elle comparait l'éducation fade qu'elle avait reçue à l'institut catholique aux méthodes beaucoup plus libres enseignées aux petits garçons de l'école communale. Sans cesse contrainte et forcée d'obéir aux livres les plus moralisateurs, Lorène avait subi en son temps, l'oppression d'une éducation rigoriste, mais non dénuée d'intérêt.

Bien que toutes les disciplines fussent consignées au cœur des manuels d'enseignement de l'institut religieux, les procédés n'étaient pas conçus pour offrir de belles perspectives aux jeunes filles, mais bien pour faire illusion. Rien ne compterait jamais en dehors de la fonction d'épouse qu'elles seraient amenées à occuper dans un proche avenir. Derrière ce brouillard de contradictions et d'incertitudes qu'avait été sa vie au sortir du pensionnat, mené d'une main de maître par la mère supérieure, sa nature éveillée n'avait pas tardé à brandir à sa manière son arme de libération, par le biais de ce mariage vécu comme une échappatoire, afin de montrer qu'elle n'appartenait plus au couvent ! Son père aurait peut-être mieux fait de se fier à la sage autorité ecclésiastique de Fénelon, le célèbre prieur de Carennac, qui préconisait l'éducation des jeunes filles au sein de leur famille.

Toutefois, le pensionnat, à travers la vie en communauté, indissociable de son tablier en percale et de son recueil de cantiques, rythmée de travaux de canevas ou de crochet dont la seule gratification se bornait à une messe le jour de son anniversaire et une couronne de mousseline le jour de sa communion, avait peut-être contribué bien plus qu'il n'y paraissait à son émancipation. D'ailleurs, en tirant la substantifique moelle d'une éducation conservatrice à la langueur mystique, ne s'était-elle pas constitué une attirance pour l'enseignement au point de s'imaginer un jour institutrice ?

Même si elle avait dû baisser pavillon, l'ardeur du maître d'école de son fils ne manquait pas de réveiller ses ambitions secrètes.

Cyprien commença sa vie sans se plaindre. Son sourire, qui creusait la petite fossette de sa joue, et sa voix posée ne laissaient transparaître aucun mal-être. Pourtant, il devait supporter de solides brodequins pour son pied-bot. Jamais de culottes courtes, mais des pantalons de toile en toutes saisons. Toutefois, c'était au moment d'accélérer le pas que la difformité se révélait. Le poids du corps sur la faiblesse du membre lui faisait redouter les déplacements. Il portait le genou en avant et semblait dérober sa jambe sous lui ; c'est pourquoi il évitait les brusqueries des jeux avec ses camarades et ne se sentait en totale confiance qu'auprès de Louis, qui avait tout compris de sa volonté et des efforts de dissimulation qu'il déployait au quotidien pour apparaître comme les autres. Des efforts surhumains pour faire face. Alors, Louis l'aidait à la manière d'un frère, tout en écartant les morveux de leur chemin.

Dès l'arrivée des premiers beaux jours, les rives de la Dordogne s'adoucirent d'une cohorte de guimauves et de valérianes sous des pans de ciels bleus parsemés de nuages. Louis et Cyprien prirent alors l'habitude de s'isoler au sein d'un petit monde bien à eux, à l'abri des regards. Bravant l'interdiction d'Evangelista et de Lorène, ils s'approchaient des eaux du bras mort de Carennac et s'amusaient des grenouilles sauteuses des fonds sombres et des roseaux. Au loin, les éclats de soleil comme des pépites sur l'eau faisaient danser les rêves les plus fous de Cyprien, à l'abri des mots mesquins de la cour de récréation qu'il feignait de ne pas entendre. Sous son doux clapotis, l'eau semblait emporter tous les désordres de son esprit, tandis que Louis se mettait en quête de petites pierres plates pour faire des ricochets.

— Pour ce qui est de nos pères, on n'est pas mieux lotis l'un que l'autre. Le tien, il n'est jamais là ; moi, le mien, je ne sais même pas qui il est ! dit Louis en lançant un caillou le plus loin possible.

Si bien des mystères planaient autour de l'identité du père de Louis, celui de Cyprien brillait également par son absence. C'était un point commun qui rapprochait les deux petits, logés à la même enseigne.

— Bientôt, je t'apprendrai à nager ! Tu verras ! claironna Louis qui faisait valoir sa position d'aîné alors que, l'été précédent, il avait juste trempé ses jambes dans l'eau de la rivière sous la surveillance d'Evangelista.

Cyprien n'eut pas l'air de s'effaroucher ; au contraire, ce commentaire, qu'il prit pour argent comptant, fit son chemin dans son esprit. Fasciné par les demi-cercles et les remous provoqués par les poissons qui émergeaient parfois à la surface, il lui semblait que ce monde aquatique n'était que béatitude et perfection. Dans un élan impatient, il s'approcha davantage de la rive. Ces eaux sombres étaient comme un abysse qu'il craignait, mais qui l'attirait tout à la fois.

— C'est quand, dis-moi, que tu m'apprendras à nager ? supplia celui qui mourait d'envie de connaître de nouvelles sensations.

— Dès que ma mère m'en donnera la permission…

Cyprien eut un regard plein de malice. Si Louis le faisait, il suffirait d'imiter ses mouvements. À ses côtés, il ne pouvait rien lui arriver. À preuve, il était toujours présent pour lui éviter les ennuis.

L'été s'annonçait chaud. Evangelista n'aurait manqué pour rien au monde le rituel de sa cueillette des herbes guérisseuses de la Saint-Jean : des bouquets de millepertuis, de l'armoise à la tige cannelée, de la verveine, de la sauge et de la menthe. Elle gambillait à travers le causse avant le lever du soleil pour perpétuer le rite, non pas parce que sa tendre carnation ne supportait pas les fortes chaleurs diurnes, mais en raison de cet attachement ancestral, qui stipulait que la cueillette devait s'opérer au cœur de la fraîcheur de l'aube. Sa mère et sa grand-mère qui, comme elle, veillaient à tout, s'astreignaient à fabriquer des mixtures à base de feuilles et de racines qui composaient des élixirs réputés pour préserver les gabariers des rhinites larmoyantes et des bronchites alors qu'ils étaient exposés à tous les vents. Evangelista conservait jalousement ce secret…

— Tant que l'on pense à cueillir de la menthe, on est puissant, disait sa grand-mère en patois.

Ses boîtes en fer contenaient à elles seules, pour se préserver de tous les maux, une véritable pharmacopée : serpolet, mélisse, cœur de cerise, tilleul, bourrache. Même Amaury avait recours à ses remèdes, mais, bien sûr, il refusait que cela se sache !

En ce temps du solstice d'été aux nuits piquetées d'étoiles, où les plantes exercent leur plénitude, les marmots étaient en ébullition. Attirés par la fraîcheur de l'eau, ils ne songeaient qu'à s'en approcher, malgré l'interdiction d'Evangelista et de Lorène. Un après-midi, les petits s'étaient d'abord allongés sur l'herbe, respirant à pleins poumons les parfums enivrants de la nature, étonnés par le jaillissement des oiseaux que le bruit de leurs rires avait délogés. Sur l'autre rive, le frémissement des grands arbres de l'île Calypso et sa végétation qui retombait dans l'eau donnèrent à Louis de drôles d'idées.

— Suis-moi, dit-il soudain à Cyprien en délaçant ses brodequins. Nos mères n'en sauront rien.

Sans barguigner, le petit l'imita. Avec difficulté, il défit à son tour ses brodequins. Puis, les garçonnets retroussèrent leurs pantalons, et Louis le téméraire hasarda aussitôt ses orteils dans les eaux.

— Viens ! insista-t-il en commençant de batifoler dans les fonds brunâtres.

La lumière éblouissante fit cligner les paupières du fils de Lorène. La fraîcheur revigorante de l'eau sur sa peau lui donna envie de jouer à s'éclabousser à la manière des caïds du bourg.

— Allez, viens ! répéta Louis en revenant sur ses pas pour prendre la main de son ami.

Il le tira vers lui ; ils eurent de l'eau jusqu'à mi-cuisse, et Cyprien en perçut la sensation à travers son pantalon. Cette drôle d'étreinte fit rire les enfants aux éclats. Sans hésiter, Louis s'immergea jusqu'au torse en imitant les gestes du nageur.

— Regarde ! Ce n'est pas sorcier ! Qu'est-ce que tu attends pour en faire autant ? lança-t-il à son complice.

Cyprien releva le défi. Il fit un pas de plus, puis deux. Il eut bientôt de l'eau jusqu'à la taille et, se fiant aveuglément sur la conduite de Louis, enfonça lentement le haut de son corps dans la rivière. Mais ce fut sans compter sur la déclinaison du sol qui lui fit bientôt perdre pied. Les vêtements gorgés d'eau, il bascula, disparut sous la surface et ne remonta pas ! Des bulles d'eau se formèrent. Le petit Louis, qui n'était guère plus expérimenté, essaya malgré tout de voler à son secours, mais à son tour il perdit pied. Les enfants se débattirent dans un enchevêtrement de bras et de jambes pour essayer de garder la tête hors de l'eau. Louis émergea, haletant. Il toussa, suffoqua en essayant de marcher jusqu'à la berge sans parvenir à appeler au secours. C'est alors qu'il aperçut un homme de physionomie élancée qui déjà s'aventurait au-devant d'eux.

Exténué et frissonnant, Louis parvint à regagner la rive. Bien que tremblant et paniqué, il reconnut Amaury Liféri qui s'extirpait des eaux avec difficulté, son fils dans les bras. Cyprien était inconscient lorsque son père l'allongea sur l'herbe. Amaury se hâta de le basculer sur le côté, afin de libérer toute cette eau contenue dans ses poumons. Étant donné qu'il n'y eut pas de réaction immédiate, il le plaça sur le dos et pesa de tout son poids sur le petit corps avant de pratiquer le bouche-à-bouche pour aspirer l'excédent d'eau de sa gorge. Puis il souffla de l'air pour libérer la trachée. La réaction ne se fit pas attendre : le petit se mit à cracher.

Quand Cyprien rouvrit les yeux, son père, très ému, prit son visage pâle entre ses mains. L'enfant semblait prostré dans une sorte de rêve d'angoisse que l'étreinte paternelle aida à combattre. Dès que son fils eut suffisamment repris ses esprits pour être hors de danger, Amaury s'en prit à Louis qui n'osait pas lever les yeux. Il grelottait, muré dans son silence.

— Qu'est-ce que tu crois ! Je sais bien que c'est toi qui as entraîné Cyprien. S'aventurer vers la rivière sans savoir nager n'est que pure inconscience. Ta mère ne te l'a donc pas dit ?

L'enfant ne pipa mot.

Il faisait lourd, et le village était désert hormis quelques villageois occupés à transbahuter des ballots de paille sur leurs charrettes, quand Amaury, trempé comme une soupe, Cyprien dans les bras et Louis encore frissonnant qui traînaient les brodequins, rentrèrent. Evangelista et Lorène n'eurent pas assez d'adjectifs pour traduire leur sentiment à l'annonce de ce drame. Sans tarder, elles furent pourtant assaillies de reproches par Amaury, dont le visage indigné était méconnaissable.

— C'est donc cette éducation que vous donnez aux enfants pendant mon absence ? rugit-il, le cheveu encore dégoulinant, tandis qu'elles frictionnaient les petits avant de leur enfiler des vêtements secs.

— Cela n'arriverait pas si vous accomplissiez correctement votre devoir de père, vous qui n'avez jamais eu le moindre geste de tendresse envers cet enfant ! répliqua Lorène, la vue brouillée par les larmes.

Fou de rage, il leva la main sur sa femme, mais s'arrêta à temps avant de commettre l'irréparable geste. L'œil menaçant toujours pointé sur elle, il dit, cinglant :

— Votre esprit s'égare. Je vous rappelle que vous vous adressez à votre mari !

Lorène n'avait pas le moindre remords à exprimer, pas plus qu'elle ne cherchait à satisfaire la vanité de son époux. Ses lèvres tremblèrent, tant elle était encore bouleversée que les enfants aient échappé de peu à la noyade.

Cyprien alla se blottir dans le giron de sa mère, qui posa sur lui un regard affectueux. Elle le réconforta de ses bras aimants. L'enfant était encore pâlot ; il ne grelottait plus, mais ses yeux étaient fixes.

— Vous avez vu où mène l'imprudence ? Je ne cherche pas à savoir qui le premier a eu l'idée de désobéir. Vous serez donc punis tous les deux, les sermonna-t-elle.

Dans le fond, Lorène se morigénait. Elle aurait dû s'inquiéter qu'ils ne soient pas rentrés aussitôt de chez l'épicière comme convenu, mais elle avait eu le malheur de se plonger dans la lecture de *Michel Strogoff*, de Jules Verne, qui lui avait fait perdre la notion du temps. De son côté, convaincue que les garçons allaient filer droit sous les recommandations de Lorène, Evangelista ne se vanta pas de s'être abandonnée à la préparation de décoctions de plantes avec le plus grand sérieux.

— Monsieur Amaury…, bêla Evangelista, encore toute retournée, c'est notre imprudence à tous, et elle aurait pu s'avérer fatale si vous n'étiez pas intervenu à temps.

Ce compliment bien troussé eut le don de faire monter l'exaspération de Lorène. Il tirait gloriole de son acte héroïque, mais en réalité d'où venait-il ? Où avait-il encore passé ces trois derniers jours ? Bien qu'elle ait eu des raisons de vouloir creuser la question, elle évita pourtant d'envenimer le propos.

L'incompréhension entre les époux s'amplifiait au fil des jours. Plus Amaury jouait le joli cœur auprès des serveuses de l'auberge de Carennac, fréquentée à l'heure de la soupe par les derniers gabariers et leurs équipages, plus il jugeait bon de compenser son insupportable conduite en impressionnant la galerie avec une débauche de luxe. Ainsi, la salle de bains des Liféri fut bientôt équipée d'un chauffe-eau à gaz et d'une baignoire en zinc, ce qui s'avérait exceptionnel pour ce village du Quercy. Pour le reste, il n'avait cure des réactions de sa femme. D'ailleurs, de quoi se plaignait-elle ? L'argent ne lui faisait jamais défaut.

Suite à l'épisode du sauvetage, il ne lui fut pas difficile de s'attirer toutes les faveurs de son fils. L'enfant le considérait comme son héros, à qui il ne tarda pas à vouloir s'identifier. Sitôt qu'Amaury réapparaissait au logis, fort de la réussite de ses affaires et de ses placements dont seul son notaire était au courant, Cyprien ne voyait plus que par son père, qu'il devinait capable de vaincre tous les obstacles. Il le distrayait à sa manière, lui montrait comment tailler une flûte avec du bois blanc ou comment faire un panier avec la ronce mise à nue, tout en lui racontant toutes sortes de légendes des terres africaines, si bien qu'il régna bientôt une connivence entre le père et le fils qu'Amaury lui-même ne parvenait pas à s'expliquer. Entre eux, ce fut une fulguration, connue tardivement, de laquelle Lorène restait évincée. Son enfant se dérobait même de ses baisers. S'installa un sentiment de frustration, provoquant un effet inévitable : Loène souhaita que son époux reparte en Afrique... Au moins n'essuierait-elle plus ses affronts quotidiens, loin de la fureur qui battait en lui. Et surtout, sans l'ombre malsaine de son père, elle recouvrerait tout l'amour de son petit.

En attendant, il prenait ses aises à Carennac, savourait la vie à cette saison où les premières pluies faisaient monter de la terre des odeurs capiteuses d'humus. En cette période où les eaux sont marchandes, les bateaux devaient être affrétés, les amarres, larguées, prêtes à dompter l'immensité du fleuve. Qu'il était loin, le temps du père et du grand-père ! Il n'éprouvait pas même une pointe de nostalgie auprès de l'une de ces grosses gabares en chêne de la moyenne Dordogne, ces « nau » dont on avait même baptisé le nom d'une place à Souillac.

Il se réjouissait plutôt de voir Evangelista se démener sans rechigner dans la confection de ses confitures de mûres et de coings. Elle devisait de tout et de rien face au compotier rempli de reines-claudes et de pêches de vigne. Tant de légèreté était bien source des plus grandes joies ! Car Evangelista, pas plus que Lorène, n'avait l'œil sur la scène politique tendue. En réalité, si Amaury, dans ses manières d'oisiveté, se refusait à engager tout déplacement, c'était parce qu'il se tenait informé de l'actualité du pays. Il lisait chaque matin *Le Lot* et *La Dépêche*, et il s'avérait selon lui nécessaire de dissiper l'échauffement des esprits avant d'entreprendre de nouveaux déplacements. La bataille du nouvel impérialisme faisait rage entre les États de l'Europe. L'Allemagne voulait acquérir de nouvelles concessions coloniales, et les mesures militaires françaises s'affichaient comme une riposte aux augmentations de la puissance militaire allemande. Enfin, l'agonie des Balkans dans des guerres successives menaçait sérieusement la paix. Impossible de ne pas sentir monter les vents de la discorde. Même s'il préférait taire son ressenti, son comportement en retrait en disait long sur son inquiétude…

Un matin, après avoir consulté le journal, la fantaisie le prit d'accompagner lui-même son fils à l'école, afin de rencontrer son maître. Même s'il mit les formes pour cet entretien, le louant sur sa manière de faire régner l'ordre avec les garnements, Amaury n'avait en réalité qu'une seule idée en tête, dont le but n'échappa pas à l'enseignant.

— Lui accorder un traitement de faveur ? répéta à deux reprises le maître qui crut à une plaisanterie. Jamais, jusqu'alors, les notes n'ont été attribuées autrement qu'au mérite, et ce n'est pas sur le prétexte de l'infirmité de votre fils que cela changera. L'école considère l'effort, et, de ce point de vue, Cyprien s'applique et obtient des résultats honorables.

Loin de se montrer froissé par cette tirade, Amaury le toisa avec un sourire de défi. Des résultats honorables n'excluaient pas un risque certain de perdre son prestige, si son fils se frottait à plus fort que lui. Or, Liféri exigeait davantage. Il y allait de son honneur que Cyprien se hisse à la première place. Le prestige accrédite un homme ! Bien qu'Amaury cherchât encore à le soudoyer, l'instituteur refusa catégoriquement tout chantage. Amaury fut à deux doigts de monter sur ses grands chevaux, mais la cloche de l'école retentit et qu'une nuée d'élèves s'orientait déjà vers la salle de classe :

— Et Louis, est-il un brillant élève ? s'enquit Liféri alors que l'enseignant était sur le point de prendre congé.

— C'est un garçon très éveillé qui donne le bon exemple à votre fils.

— Qu'à cela ne tienne, mettez-les tous les deux premiers ex æquo !

— Je ne suis pas certain que nous nous soyons bien compris, répliqua l'instituteur.

— J'ai l'habitude d'obtenir ce que je désire.

— Dans ce cas, il faudra faire exception à vos principes… Veuillez m'excuser, je me dois d'être ponctuel…

Amaury demeura bientôt seul face au silence de la cour de récréation plantée de marronniers. Même s'il aimait l'automne sec et chaud ponctué du travail des récoltes avant l'arrivée des premiers froids, il se trouva un instant décontenancé, en proie à une sorte de découragement. Non pas parce que le maître avait refusé de céder à son caprice, mais parce qu'il craignait l'avenir pour la première fois de sa vie. Une sorte de morsure lui déchira le cœur. Il sentait déjà l'odeur pénétrante de la guerre se faufiler jusque dans les ruelles de Carennac…

8

Evangelista fit irruption une lettre à la main, qu'elle tendit à Lorène, plongée dans son ouvrage de canevas. Lorène se rencogna aussitôt dans son siège en reconnaissant sur l'enveloppe la petite écriture serrée de sa mère. Elles n'avaient pas échangé le moindre mot depuis sa fuite de chez ses parents, neuf ans auparavant. La mère et la fille avaient pris soin de s'éviter pendant toutes ces années, ce qui requérait d'autant plus d'habileté qu'elles résidaient dans un environnement proche. Surprise, Lorène s'empara du coupe-papier sans cacher son impatience de découvrir ce que renfermait ce pli.

Ma chère fille,
Je sais jusqu'à quel point cette lettre te surprendra, mais sache que je t'observe dans l'ombre depuis longtemps. Une mère ne peut être indifférente au sort de sa fille, pas plus qu'à celui de sa descendance...

Son visage s'empourpra.

Ton père a toujours pensé que ton exil de la famille était préférable pour ton éducation, mais le jour où je t'ai laissée devant le porche de cette vieille bâtisse de l'institut, cela n'a pas été de gaîté de cœur, crois-moi. Au fil de cette longue séparation, j'aurais dû t'écrire des lettres-fleuves, mais je n'ai jamais eu de talent pour ce genre d'exercice.

Décidément, Amaury lui avait déjà tenu ce même discours.

Bien sûr, il en allait de notre honneur que tu contractes un beau mariage, mais je ne reviendrai pas sur cet affront ni sur la puissance de nos désillusions, que je m'efforce de tempérer auprès de ton père. D'ailleurs, la vie n'est pas tous les jours simple à ses côtés, et il me fait suffisamment sentir à quel point je lui suis redevable. Toutefois, je ne peux oublier qu'il reste la seconde victime de mon accident. À ce sujet, je dois t'avouer que, n'étant plus capable de satisfaire mon époux comme il en incombe à toute femme, je me suis habituée à la cruauté de l'adultère. Qu'il ait pris cette jeune fille pour maîtresse alors qu'ils se rencontraient dans notre bergerie du causse, passe encore..., mais, vois-tu, depuis la mort de cette petite Isabelle

Octavie, la clé du lieu ne nous a jamais été restituée. J'espère la retrouver depuis longtemps. On ne sait jamais. Saurais-tu par hasard où elle se trouve ?

Lorène interrompit net sa lecture, agacée, les yeux agrandis de stupeur… Sa main se crispa sur le feuillet ; elle faillit froisser la lettre et se retint au dernier moment. C'était absurde ! Ses parents l'avaient reniée, et sa mère lui écrivait simplement pour lui annoncer la perte d'une clé ? Il fallait donc que cet objet ait une importance primordiale ! Sybille lui apparaissait dévorée par cette froideur excessive qui éteint sur son passage toute forme d'émotion. Rien, en apparence, ne laissait penser qu'elle souffrait de leur séparation. Lorène hocha timidement la tête, presque convaincue du contraire. Être née d'une femme aussi dure lui parut soudain incroyable. Malgré cela, elle était stupéfaite de constater la manière si impudique dont sa mère dévoilait la vie extraconjugale de son mari, ce qui ne lui ressemblait guère. Sur ce point, sa fille aurait presque pu en tirer une leçon, elle qui demeurait craintive de savoir Amaury dans d'autres bras que les siens. Pourtant, sa réserve l'aurait bien empêchée de s'en confier à quiconque, au point d'en venir à la conclusion qu'elle ne se reconnaissait aucune ressemblance avec sa mère. Les agissements de Sybille lui paraissaient presque suspects – à moins qu'elle n'eût été frappée par le désamour ?

Lorène se souvenait des rares fois où sa génitrice lui avait fait ses nattes à l'époque où elle était enfant. Sybille s'énervait sur ses cheveux trop raides, la gourmandait pour un rien, l'embrassait toujours du bout des lèvres, comme si un frein avait ralenti son amour, comme si elle avait été étrangère à toute forme de joie ou de plaisir. Sans doute, depuis, s'était-elle emprisonnée davantage dans ses souffrances intérieures. À sa sortie du pensionnat, Lorène l'avait retrouvée cloîtrée dans sa tour d'ivoire, plus méconnaissable que jamais, puisque sa vie s'était brusquement interrompue après cet accident. Elles n'avaient d'ailleurs jamais évoqué ensemble le choc de cette collision avec la carriole du père Liféri, pas plus que le fait qu'elle eût tenu le père d'Amaury responsable. *C'est un coup du sor*t, rapportait-elle parfois à sa fille.

Cette lettre que Lorène tenait entre ses mains réveillait le mystère de la fameuse clé de la bergerie, ce qui lui donna le courage d'affronter tête haute Hermine Octavie. Celle qui avait tant déblatéré sur son compte se figea en voyant arriver la silhouette de la fille Desobières. Elle lui décocha l'un de ces regards pleins de pitié dont elle était coutumière.

— Que voulez-vous ?

— Savoir si vous êtes toujours en possession de la clé de la bergerie de mon père, répondit Lorène sans s'embarrasser d'une formule de politesse.

— Je l'ai rendue à vos parents, fit-elle en manifestant sa volonté d'écourter l'entretien.

Lorène supposa qu'Hermine avait pris le temps d'éliminer de la bergerie tout indice compromettant sur la liaison de sa sœur Isabelle avec Gilles Desobières et qu'elle leur avait finalement rendu leur bien…

Il fallut attendre que la guerre éclate en août 1914, que les hommes soient mobilisés – son père, Amaury et tous ceux de Carennac, en âge d'être appelés – pour que Lorène se décide à rendre une visite à sa mère.

Gravir l'escalier en pierres de la maison de son enfance, en redécouvrant cette vue inoubliable sur les toitures de Carennac éveilla une fragilité qui lui fit battre le cœur plus intensément. Depuis le vaste auvent de la terrasse – le « bolet », comme on l'appelait ici –, elle s'abandonna un instant au panorama. Combien de fois avait-elle goûté à cette douceur vespérale ? En pénétrant dans la salle à manger, elle balaya un lent regard sur le décor inchangé de son buffet à deux corps, de son bahut à façade ornée et s'immobilisa, frappée par le visage de cire de sa mère, qui se tenait dans son fauteuil près de la cheminée.

Elle se trouvait là, posée comme un objet. Les retrouvailles furent sans effusion ; elles éprouvèrent du mal à s'embrasser, à l'image des relations tièdes qu'elles avaient toujours entretenues. La réponse à ces longues années de silence procura bientôt un sentiment de malaise réciproque tandis que les yeux de la jeune madame Liféri semblaient faire face à une porte capitonnée poussée par les aléas du temps. Elle se ressaisit pourtant en essayant de faire bonne figure…

— Quand tu es entrée dans cette pièce, j'ai cru voir ta tante Doris ! s'exclama Sybille en l'observant sous tous les angles.

Si, pour Lorène, la comparaison était flatteuse, elle s'avérait plutôt dévalorisante pour Sybille, qui avait toujours gardé une piètre opinion de sa belle-sœur, car elle la considérait trop assujettie à ses terres agricoles. Mais avait-elle eu le choix depuis la mort de son époux ? La tante Doris cultivait une certaine confiance en ses entreprises et un optimisme sans faille, alors que Sybille était faite de glace et de pondération. C'était à se demander si la jalousie n'était pas le principal mobile de son jugement.

— Vous avez, me semble-t-il, retrouvé cette clé ? demanda froidement Lorène à sa mère pour se recentrer sur l'objet de sa visite, mais elle réalisa aussitôt combien le propos se révélait futile au milieu de tous les malheurs qui s'accumulaient depuis que ce maudit tocsin avait sonné au bourg pour annoncer le début de la Grande Guerre.

La mère, choquée, détourna les yeux.

— Maintenant que ton père est parti au front, je n'ai plus besoin de toi…

Sa mère n'avait pas eu tort de la rabrouer. Elle gardait probablement en tête l'affiche de la mobilisation qui avait fait voler les cœurs en éclats. Gilles, au même titre que tout homme en âge requis, avait donc obtenu son fascicule avec son numéro de matricule, puis il était parti pour son affectation à Périgueux, le lieu même où Aristide Briand avait prôné l'apaisement lors de son discours quelques années plus tôt !

Sybille ne pipa mot au sujet de l'affectation de son gendre, mais une onde de terreur parcourut son regard. Elle se mit à frissonner, et les larmes lui montèrent aux yeux.

— On déplore déjà de lourdes pertes parmi les appelés ; le moral est en berne ; l'anxiété s'accroît ; les Allemands sont forts ; ils ont gagné en 1870… Et ma pauvre vie n'est qu'un enchaînement de jours sans but.

Puis, soudain, elle sembla guetter une confidence de sa fille, mais Lorène paraissait grave. Elle n'allait pas avouer combien le destin s'était montré hostile dans ce mariage. L'orgueil la possédait trop pour admettre une erreur d'aiguillage, et puis l'histoire de cette clé de la bergerie tournait à l'obsession…

— Tu l'as donc retrouvée, cette clé ?

Pour toute réponse, Sybille se contenta d'opiner du chef.

L'infirmière, que la malade sollicitait trois fois par jour à son chevet, arriva peu après. Cette petite femme revêche au nez de fouine, ayant déjà toutes ses habitudes au sein du foyer, semblait prendre très à cœur sa fonction. Elle était depuis plus d'un an au service de madame Desobières, qui ne savait plus se contenter d'une employée de maison pour l'assister dans la vie quotidienne. Ainsi ne pouvait-elle plus cacher l'aggravation de sa maladie à sa fille, avec laquelle l'entretien qui s'éternisait commençait à lui peser. Sa lésion de la moelle épinière provoquait des douleurs irradiantes, qui, avec le temps, avaient entraîné des troubles de la fonction respiratoire. Sybille n'était pas de nature à se plaindre, mais sa souffrance lui pesait tant, qu'elle n'avait plus de raison de vouloir se battre.

— Je n'ai pas encore de nouvelles de ton père…, soupira-t-elle lorsque l'infirmière lui eut prodigué les soins nécessaires. Toutefois, je me demande bien comment la vie pourrait s'écouler normalement pour nos hommes à présent que le nord-est de notre pays est à feu et à sang. Notre bourg doit être un désert.

Lorène ne put qu'acquiescer. Non seulement Carennac était dépeuplé, mais en dépit de toute cette tristesse, elle ne pouvait s'ôter de l'esprit ces jeunes mobilisés (autant dire ces enfants-soldats), sur le quai de la petite gare voisine, heureux d'aller au diable braver l'ennemi. À l'appel du président du Conseil, qui incitait à remplacer au pied levé ceux qui étaient appelés au champ de bataille, Evangelista avait déjà proposé son aide pour les moissons, où la plupart des bras vaillants étaient investis.

La phrase de sa mère lui ouvrit soudain une nouvelle perspective : se rendre utile, elle aussi ! À l'école de Cyprien et de Louis, l'instituteur, appelé sous les drapeaux, n'avait pas été encore remplacé. On cherchait du renfort pour faire la classe. C'était peut-être l'occasion de mettre à l'honneur son sens de la solidarité ? Lorène n'ébruita pas son projet, mais quand elle sentit que la conversation prenait fin, elle revint une dernière fois à la charge :

— Veux-tu que j'aille jusqu'à cette bergerie pour inspecter les lieux ?

Le visage impassible de sa mère révéla toute sa détresse. Sa bouche formait un pli amer, son irritation était à son comble.

— Cela ne sera pas nécessaire. Madeleine pourra très bien s'en charger.

Pourquoi fallait-il que ce soit Madeleine qui s'y rende ? Cette attitude lui devenait insupportable. Lorène aurait dû avouer à sa mère qu'elle était prête à tout entendre. D'ailleurs, elle ne voyait pas ce qui pouvait être un frein à cet accès à la vérité, maintenant qu'elle savait pour la liaison que son père avait entretenue avec Isabelle Octavie. Quel secret tenait-elle donc serré contre son sein ?

Il fallut attendre la fin de l'été, que les femmes, certaines vêtues de chemises et froc de toile comme les hommes, aient fauché, moissonné, mené les charrettes, nourri les brebis, fait du bois, vendu leur production dans les foires, afin de pallier le manque de mari, de frère ou de fils, pour que Lorène prît une décision. Elle conclut elle-aussi, qu'elle ne tarderait pas à être occupée. A la lecture de la première lettre qu'elle reçut d'Amaury, elle eut le souffle coupé par son parcours de sous-officier dans l'infanterie. Bien qu'il fût avare de détails, il rapportait qu'il avait erré, blessé, au milieu des hameaux, sous le grondement des canons, au cours de l'offensive en Lorraine, avant d'être rapatrié dans un hôpital de campagne. Sa convalescence s'était avérée de courte durée, puisqu'il avait été jugé apte à regagner sa section. Bien qu'il n'eût pas voulu s'avouer démoralisé en dépit des conditions de vie difficiles, Lorène devinait l'éveil d'un patriotisme et une force à défendre la liberté qu'elle n'aurait pas soupçonnés. Par pudeur, il taisait les cadavres en bouillie, les têtes sanglantes méconnaissables ; à peine faisait-il allusion au manque de nourriture qu'il subissait au quotidien.

Cette lettre exerça sur elle une sorte de pouvoir direct. Outre le soulagement de savoir Amaury toujours vivant, ces propos renforçaient ses convictions de lutte. Lorène eut une sorte de révélation. Elle était persuadée que se profilait la chance de s'engager elle aussi vers ce qu'elle avait toujours souhaité : l'enseignement. Bien qu'elle ne fût pas diplômée de l'École normale, où l'on formait les instituteurs (elle ne possédait que le brevet élémentaire), il restait à espérer qu'elle soit agréée par les autorités compétentes en ces temps où le poste d'instituteur restait vacant à Carennac, en raison de la mobilisation de l'instituteur. Son instruction en histoire sainte, arithmétique et grammaire aurait suffi à enseigner quelques connaissances générales, si toutefois elle parvenait à établir une relation de confiance avec le maire et le curé. Même si la guerre courte envisagée s'était transformée en conflit mondial, où les têtes blondes avaient remplacé leurs pères dans les travaux des champs ou à la garde des animaux, il faudrait malgré tout, dès l'automne, inciter les enfants à retourner en classe.

Suivant le conseil d'Evangelista, Lorène prit une apparence sobre, bannissant les bottines en chevreau aux fins lacets et la jupe en pilou à rayures assortie d'un caraco à petits plis, préférant une robe sombre et une pèlerine. Puis, elle s'examina longuement dans la glace pivotante, prit la pose, marcha à grands pas et en conclut qu'elle était prête, déterminée, forte d'une certitude qui la projetait déjà dans la salle de classe. Afin de paraître sous son meilleur jour pour affronter et surtout convaincre les édiles du bourg, il lui faudrait adopter le discours juste que son brevet saurait valoriser…

De bon matin, les chemins brillaient encore sous la rosée, où des femmes de noir vêtues allaient chercher l'eau au puits communal, lorsqu'elle se présenta à la mairie un peu fébrile, mais prête pour le grand saut. Bien que l'accueil ne fût pas des plus chaleureux en raison d'une administration dépassée par les événements, elle tint bon. Le maire, avec ses yeux d'épagneul, préparant la dépêche officielle, ne savait où donner de la tête avec cette avalanche de mauvaises nouvelles du front. De nouvelles décisions gouvernementales venaient de pleuvoir : réquisition des chevaux, des brebis et des vaches, qui ne tarderaient pas à embarquer en convois de wagons à bestiaux à destination de Paris.

— Dès l'arrivée des premiers froids, les enfants fréquenteront de nouveau les bancs de l'école communale, et il n'y a plus personne pour instruire nos petits…, indiqua avec aplomb madame Liféri dès qu'on lui prêta une oreille attentive.

Il y eut bien quelques objections lorsqu'elle afficha sa volonté d'enseigner à l'école laïque de Jules Ferry. Le curé, impénétrable, ainsi que le maire, sceptique, cherchèrent par tous les moyens à ébranler ses convictions.

— À ces âges-là, un rien distrait les minots et fait dévier leurs intérêts. Aurez-vous les aptitudes nécessaires pour conjuguer autorité et discipline face à certains garnements qui ne songent qu'à épater la galerie et à en découdre ?

Lorène n'abandonna pas la partie. En ville, les femmes conduisaient des tramways électriques, elles remplaçaient également les ouvriers dans les usines d'obus de Cahors ou dans l'atelier de métallurgie de Souillac. Quelques arguments supplémentaires jouèrent en sa faveur : en ces temps troublés, elle s'engageait notamment à adopter une pédagogie plus juste en expliquant aux enfants cette période de guerre.

Faute de titulaire mandaté à Carennac et après avoir tergiversé, le maire et le curé finirent par obtempérer.

Quand Lorène pénétra dans la salle de classe, après avoir frappé à la porte de deux petits coups secs, les élèves de tous âges se levèrent avant de prendre place bras croisés derrière leurs pupitres. Au cœur du silence, elle fixa un instant l'assemblée avant de se présenter en tant que nouvelle institutrice. Bien qu'elle se sentît évaluée comme un objet de curiosité, elle réussit à dissimuler son émotion en songeant que c'était curieusement cette guerre qui lui donnait sa chance. La jeune femme avait tellement rêvé de se retrouver face au tableau noir qu'elle avait savamment élaboré sa rentrée en tenant compte du niveau des différentes sections.

Les plus âgés furent bientôt reconnaissants des récits des faits d'armes des troupes qu'elle avait étudiés sur l'illustration afin de leur présenter un condensé de la réalité. Elle désignait sur la grande carte de géographie les lieux des victoires et ceux où les hommes étaient appelés vers ce tumulte meurtrier.

Car elle suivait à la lettre les consignes du ministre de l'Instruction publique, Albert Sarraut, qui insistait sur le devoir des éducateurs d'aborder des sujets patriotiques. Aucun élève ne bronchait. Ils étaient tous intimidés par l'autorité de la nouvelle institutrice. On aurait dit qu'elle avait eu de tout temps des enfants sous sa coupe, tant elle savait instaurer un climat de confiance. L'inspecteur d'Académie avait donné des consignes fermes pour accueillir tous les enfants à la garderie de l'école.

Tandis que les dames de l'œuvre offraient le goûter, Lorène sur l'estrade, face aux élèves, endossait le rôle d'une journaliste qui expliquait la guerre avec des mots simples, lisait des récits mettant à l'honneur le patriotisme afin d'inciter l'apprentissage de la solidarité. Elle expliquait que la nation se sentait humiliée par ces actes de barbarie commis par l'ennemi. Tout le monde participa à la collecte de linge, de couvertures et de nourriture pour les soldats. Chaque famille comptait des combattants, le nombre de morts pour la patrie ne cessant de s'alourdir. Investie corps et âme dans ses nouvelles fonctions, Lorène incitait ses élèves à raconter les nouvelles qu'ils avaient reçues, à parler des victimes de la commune, et l'on se rendait ensemble au cimetière. Cette dévotion sans bornes pour sa mission la revalorisa aux yeux de tous et permit à Cyprien de prendre du galon dans la société enfantine. Sa mère jouissait d'un tel prestige que, sous l'influence de ces transformations, il vit certains de ses camarades, dont il avait jadis été la risée, lui accorder une sorte de souveraineté, mais ce coup d'éclat ne fut pas du goût de tous. Cette toute-puissance que le statut de fils d'institutrice donnait à Cyprien finit par déclencher la jalousie et l'hostilité de certains, en priorité celles des cancres. Un jour que madame Liféri s'était attardée à la mairie, Cyprien se fit encercler par quatre gamins à la réputation de caïds.

— Alors, la fiotte, commença l'un d'eux. Tu mouftes moins quand ta mère n'est pas là !

Certains de ces fils de paysans n'avaient peur de rien : moisson, dépiquage, sarclage des cultures, le travail commandait, mais même si l'on parlait patrie et victoire à l'école communale, cela n'excluait pas les rixes, les coups, les projectiles de caillasses à coups de lance-pierres contre les gamins du village voisin. L'été, ils barbotaient pendant des heures, grimpaient aux arbres pour dénicher des œufs, posaient des collets, toutes ces pitreries desquelles Cyprien était exclu.

— Regardez-moi son veston de serge… Dommage pour toi, la fiotte, tu n'es qu'une demi-portion !

Désemparé face à ces sarcasmes, Cyprien savait que ceux qui profitaient de l'absence de sa mère seraient contraints de s'expliquer si cette attitude parvenait à ses oreilles. Il supposa qu'ils agissaient ainsi pour provoquer l'affrontement avec Louis, qui aurait été prêt à en découdre pour le protéger. Les garnements en question, orphelins de père, étaient plus à plaindre qu'à envier ; aussi Cyprien décida-t-il de dédramatiser les choses en étouffant cette affaire.

Il fallut pourtant juguler les problèmes d'autorité, et, en dépit de ses débuts encourageants, Lorène éprouva quelques difficultés à cimenter l'union du groupe. Des clans se formèrent, l'obligeant à s'interposer pour protéger son fils qu'elle surprit un soir, pleurant à chaudes larmes. Il finit par avouer qu'il refusait dorénavant de se rendre à l'école, où il subissait des menaces. La bienveillance de Louis ne suffisait donc plus à lui assurer la tranquillité.

— C'est bien ce que je craignais, déplora le maire en s'étonnant que la jeune maîtresse eût tenu le cap pendant de longs mois sans le moindre incident…

Mais elle n'en démordait pas :

— Je ne capitulerai pas devant un enfant, quel qu'il soit !

— Je n'en attendais pas moins de vous et j'admire votre persévérance.

— Je porte fièrement l'étendard par entêtement sans doute… Et pour mon fils. Jamais ces garnements ne mettront Cyprien en échec. S'il le faut, j'irai parler aux familles.

Lorène eut beau élever le ton, humilier les cancres en leur faisant porter le bonnet d'âne, leur côté mal dégrossi reprenait le dessus. Soumis à la vindicte de la maîtresse sous les rires de leurs camarades, ils n'en menèrent pas large lorsqu'elle leur fit les poches pour y dénicher lance-pierres et couteaux qu'elle confisqua aussitôt. Enfin, pour leur donner une bonne leçon, elle les fit se déshabiller devant leurs camarades, qui eurent du mal à contenir leur hilarité.

— Cela devrait vous raisonner et vous passer l'envie d'embêter les autres… Et s'il le faut, je n'hésiterai pas à vous châtier plus sévèrement !

En ce début d'année 1915, Lorène, qui refusait de s'habiller en noir pour lutter contre la morosité, se faisait scruter de travers. Il fallait pourtant résister, entre le chagrin des veuves et les nouvelles de ceux qui avaient été faits prisonniers… Face aux malheurs quotidiens, elle osait à peine évoquer la dernière lettre d'Amaury. Son unité, basée non loin de Reims, vivait dans une semi-tranquillité. Suite au dégel, ils avaient déblayé et consolidé après un bombardement et envisageaient de creuser un nouveau boyau pour établir une tranchée. Il allait avec ses compagnons d'escouade sous le tintement des bidons vides, taisant ses peurs que la mort l'attrape. Elle embrassait le courrier, source d'un soulagement momentané. Cette guerre n'en finissait pas, et tout le monde s'inquiétait des premières attaques au gaz qui avaient été lancées par les troupes allemandes, où la plupart des soldats français dans les tranchées les plus avancées étaient morts sur le coup… Le soir, en fermant les yeux, elle imaginait son homme fuyant sous les torpilles, croyant même le reconnaître sur les images de l'illustration qu'elle suivait avec grand intérêt.

9

Débordés par les nouvelles tâches qui leur incombaient dans cet hôpital de l'arrière, les médecins-majors réservistes et les infirmiers n'avaient que peu d'autorité sur les malades. Dans une pièce où régnait l'anarchie, une quarantaine de lits de cuivre étaient occupés par de grands blessés de guerre ou par des soldats de l'arrière qui, forcés d'être cantonnés dans des gardes peu périlleuses des camps retranchés, finissaient par tomber malades de culpabilité. Chagriné et la rage au cœur d'assister aux dernières minutes des combattants pour la patrie, Hypolite, le cousin de Lorène, appartenait à ceux qui n'avaient jamais approché le danger. Son frère Basile avait perdu la vie au cours de la bataille de Verdun, et Hypolite, bien que n'ayant jamais eu d'affectation de complaisance, se comparait à présent à un embusqué, de ceux qui suscitaient les remarques désobligeantes de leurs compatriotes. Honteux de ne pas avoir vécu d'expérience tragique, il pensait d'autant plus à sa mère, à présent seule, qui portait le deuil d'un fils dans sa ferme de Sarlat, car il aurait pu la soulager de son soutien tant physique que moral s'il avait été réformé.

Hypolite évitait les regards de ceux qui discouraient avec vanité de leur souffrance au front, en évoquant leur corps à corps sous le brouillard des bombardements, où ils avaient repoussé les assauts allemands. À Verdun, ils s'étaient battus comme des lions, avaient donné l'effort suprême et savaient s'en glorifier. La haine et la violence étaient omniprésentes au fil des narrations, et c'est dans ce contexte, où le conflit se poursuivait à sa manière, qu'il revit Amaury Liféri.

Arrivé en auto sanitaire dans l'hôpital où croupissait Hypolite, Amaury s'en était tiré à bon compte avec une plaie à l'épaule. Lorsque la fièvre eut baissé, il se tint lui aussi en retrait, soupçonneux des paroles dont les hommes abusent sans cesse. Loin de lui l'idée de séduire, il en avait rabattu de sa superbe. Il s'agissait de son troisième séjour dans un hôpital depuis le début de la guerre. Il en avait tellement entendu depuis août 1914, de ces mots qui sortent des profondeurs de l'être, que, pour tenir bon, il se méfiait. La durée de sa convalescence dépendrait de l'appréciation du major, aussi faisait-il profil bas. Sa lassitude et son découragement se lisaient pourtant sur sa face et, un soir, il fut pris d'une envie de sangloter parce qu'il était à bout. Face à tant de désœuvrement, Hypolite se reconnut à travers son indifférence au monde qui l'entourait :

— Rien ne fonctionne comme prévu, vous avez vu ? Il devait y avoir un train pour évacuer des blessés à opérer, et le bruit court que cela ne commencera que d'ici quatre jours…, hasarda le cousin de Lorène.

— Ni vous ni moi ne sommes concernés, fit remarquer Amaury dans un filet de voix.

— Mais enfin, c'est inhumain ! Le service de santé militaire doit y pallier.

— L'évacuation des grands blessés est interminable ; il y a souvent des centaines d'hommes à déblayer sur un front, et vous savez aussi bien que moi que tout dépend du commandement militaire.

Ils évoquèrent des sujets aussi variés que les exploits de ce fameux Chiquito de Cambo, dont le lancer de grenade au chistera vers les tranchées ennemies avait fait sa légende, ou bien eurent quelques commentaires sur ce monde qui s'écroulait sous leurs yeux. Puis ils en vinrent à aborder le sujet de la famille, jusqu'à constater qu'ils étaient non seulement natifs de la même région, mais surtout cousins par alliance. Même si au cours de leur unique rencontre à Sarlat les hommes s'étaient comportés en rivaux, ils se regardèrent différemment, presque heureux de ces lieux communs.

L'évocation du pays leur fit momentanément oublier qu'ils croupissaient dans cet hôpital. Même s'ils n'auraient su dire combien ils souffraient de cette interminable guerre, ils pouvaient pour le moins s'étourdir grâce à la puissance de leurs nombreux souvenirs, à cette douceur de vivre des bords de la Dordogne qui leur manquait tant. Ce viatique remisait momentanément cette lancinante question : où tomberait le prochain obus ? Amaury avait failli en ramasser des éclats, mais ce tapage assourdissant, à deux doigts de le conduire au trouble mental, prenait un peu de distance au fur et à mesure que reprenaient vie les rives secrètes de Carennac…

Hypolite brossa le portrait plus que flatteur d'une Lorène méconnue d'Amaury. On aurait dit que, du tréfonds de son implacable solitude, il trébuchait sur le souvenir de la jeune fille aux tresses blondes. Elle revenait, à peine sortie de l'enfance, telle une jolie fée inaccessible. Sa cousine l'avait suivi comme son ombre. Assurément, Amaury ne s'attendait pas à cette confidence de la part d'Hypolite, mais il ne souffla mot de son étonnement. Son cousin par alliance s'abandonnait à une rêverie et semblait y trouver une jouissance étrange. Même si cette attirance pour Lorène était énoncée sans scrupules, Amaury les imagina malgré lui dans les jeux de l'enfance en sentant s'immiscer une gêne qui s'aggrava au fil des propos un peu décousus que lui tint le Sarladais.

— On n'a rien vu venir…, répéta le cousin, tandis que de ses fines lèvres fusait un petit rire halluciné porté par un visage absent.

Puis, il se mit à déblatérer contre les généraux.

Amaury chercha à le distraire de sa fixité, mais il comprit qu'il était impuissant. Il délirait. Sa perception du temps et de l'espace complètement chamboulés, le confinait dans un brouillard mental. Cette impuissance permanente face aux caprices des généraux lui avait fait perdre la raison…

Sybille Desobières faillit suffoquer en voyant arriver chez elle deux gendarmes en uniforme et képi, alors qu'elle attendait son infirmière. Déjà convaincue qu'ils étaient porteurs d'un télégramme officiel annonçant une mauvaise nouvelle, elle balbutia :

— Gilles…

— Non, madame, rassurez-vous, rien de ce genre… C'est au sujet de votre bergerie, là-haut, sur le plateau, poursuivit le moustachu après s'être éclairci la voix.

— Vous parlez de cette caselle à l'abandon ?

— Visiblement pas à l'abandon pour tout le monde, madame Desobières. On nous a signalé la présence de déserteurs, des soldats vagabonds. Ils ont déjà été arrêtés. Ils encourent des peines graves, de même que toute personne qui leur accorderait asile, si vous voyez ce que je veux dire.

— Qu'insinuez-vous ? s'enquit Sibylle, dont les mains tremblantes ne passèrent pas inaperçues aux yeux des officiers.

— Étiez-vous au courant de leur présence dans votre propriété ?

— Bien sûr que non ! Comment voulez-vous qu'une femme impotente ait eu envie de prendre de tels risques ? C'est insensé ! Qu'aurais-je à y gagner ? Et puis, je suis une femme respectable, dit-elle en dévisageant tour à tour les deux gendarmes. La serrure a-t-elle été forcée ?

Les officiers se regardèrent, embarrassés.

— Oui, elle a été forcée, mais cela n'a pas dû réclamer un gros effort, conclut le moustachu.

Elle prit son air affecté.

— Je parie que l'intérieur est dans un état déplorable. Sens dessus dessous. Bien que mes pauvres jambes refusent de me soutenir, auriez-vous l'amabilité de me conduire jusque là-bas ?

Une fois cette requête accordée par les gendarmes de Carennac, Sibylle se fit escorter à travers le causse en carriole. Même si ce trajet fut un retour aux sensations oubliées parmi les bois de chênes, de buis et de genévriers, où le soleil étendait ses nappes de lumière, elle cacha difficilement son appréhension lorsque les grandes lauzes du toit couvert de mousse de la bergerie des Desobières émergèrent au détour d'un chemin. Une étrange douleur se réveilla tandis qu'elle tentait de toutes ses forces de faciliter les gestes de soutien des gendarmes qui l'aidèrent à sortir de l'habitacle de la carriole. Sybille, aveuglée par le ciel d'un bleu céruléen, peut-être par l'odeur des pierres et le vol des petits oiseaux, chancela avant de se cramponner à l'épaule de l'officier qui élargissait le passage au milieu des ronciers.

— Ça va aller, madame ?

— Merci, murmura-t-elle d'une voix émue. J'avais oublié tout cela…

Son cœur cognait à tout rompre dans sa poitrine, et elle tut le malaise inquiétant qui continuait de la dévorer, au moment où ils pénétrèrent dans la pièce sombre au sol en terre battue. Le décor était identique à l'image de son souvenir : deux poteaux en bois maintenaient le bâti de grosses pierres, une cheminée simple ouvrant sur l'extérieur par un orifice creusé dans le mur. Sur la belle maie façonnée, il y avait toujours les deux gros galets plats qu'elle y avait déposés des années plus tôt, et un chapeau de paille en piteux état voisinait un œillet rouge défraîchi. Sybille se sentit d'un seul coup ligotée par les liens du passé. La bergerie, depuis longtemps aménagée en espace habitable, n'avait toutefois rien d'une garçonnière avec sa table, dont la vieille nappe était couverte de chiures de mouche. Pourtant, l'œillet rouge évoquait une boutonnière.

— Amour de déraison…, murmura-t-elle sans s'en rendre compte tandis que son regard coulait vers la recherche d'indices qui eussent renvoyé son cœur vers la liaison que son époux avait entretenue avec Isabelle Octavie. Même s'il n'y avait plus la trace du moindre ébat amoureux, l'odeur du suint imprégnée dans la pierre avait persisté, comme si les brebis n'avaient jamais cessé de déambuler des champs voisins jusqu'à leur refuge. Sybille s'essuya le front à l'aide d'un mouchoir de dentelle tout en répugnant à regarder les gendarmes.

— On ne dirait pas qu'ils ont trouvé refuge ici…, ces déserteurs…, dit-elle après avoir repris ses esprits.

— Pas de grabuge ?

— Non, juste ces paillasses au sol, constata Sybille alors qu'elle incitait le jeune gendarme à l'escorter pour se rendre vers la seule armoire de la caselle. De l'index, elle chassa la poussière et fit grincer le tiroir pour en explorer le contenu. Poursuivie par une obsession qui la dévorait depuis longtemps, elle écarta une toile d'araignée avant de s'approprier une liasse de documents. Puis, elle fit signe au gendarme de s'écarter, juste le temps de vérifier qu'elle avait entre ses mains ce qu'elle recherchait.

Soudain, son visage s'illumina, et elle souffla de soulagement en serrant les papiers contre son cœur, devant la circonspection du gendarme.

— Ne me regardez pas comme ça ! s'écria-t-elle en riant, comme si elle avait presque oublié la raison première qui l'avait amenée jusqu'ici.

— Madame Desobières ! Vous ne constatez donc rien d'anormal ?

Elle fit semblant de s'intéresser d'un peu plus près à sa caselle pour se donner une contenance.

— Déserteurs peut-être, mais respectueux du bien d'autrui !

Dans le souffle glacial de l'hiver 1917, les chemins impraticables, désertés par les automobiles et les attelages, isolaient davantage le bourg de Carennac. La glace de la rivière semblait de cristal, les arbres s'étaient rétractés sous le grand froid, et des stalactites translucides suspendues aux toitures, donnaient au paysage des allures de steppe de Sibérie. Sous les pâles couleurs du ciel, la petite bonne des Liféri, Bleuette, s'était risquée parmi les chemins enneigés, pour rapporter du bois d'une ferme voisine, mais le temps passait, et elle ne réapparaissait pas. Les enfants s'étaient réfugiés au fond du cantou saturé d'odeurs de ragoût, car malgré la pénurie alimentaire, les femmes réussissaient à échapper à la disette grâce à des légumes et quelques rares morceaux de viande qu'Evangelista accommodait à sa manière. Emmitouflée dans un gros chandail, la gouvernante manifesta son agacement :

— Si j'avais su, j'y s'rais allée moi-même, à la corvée de bois ! dit-elle en guettant le retour de la domestique.

Elle tendit l'oreille, reconnut la sonorité de ce vent qui gelait les joues, mais pas de Bleuette.

— Le jour commence à décliner, fit remarquer Lorène d'une voix lointaine, recroquevillée dans une double épaisseur de châle, absorbée par ce qu'elle lisait dans *La Dépêche*, qui répandait des chroniques affligeantes : les offensives inutiles et meurtrières, le nombre croissant des soldats tombés dans la démence ainsi que les révélations à propos de ces femmes violées à l'arrière du front. Tout pour laminer son petit moral. Elle était ivre de fatigue depuis qu'ils préparaient à l'école une représentation au profit des armées, et son visage portait les stigmates de l'insomnie.

Corvéable à merci, Bleuette arrondissait ses fins de mois chez les Liféri. En raison de la pénurie d'hommes, son statut de lingère, spécialiste de l'empois pour donner de la rigidité aux cols de chemise, s'était élargi depuis longtemps déjà à celui de femme à tout faire. Fille-mère, elle ne rechignait jamais à la tâche pour assurer la subsistance de son enfant. Amaury l'avait bien compris, et elle aussi. D'ailleurs, elle sut ce que lui voulait son regard empli d'ardeur lorsqu'il se posa sur elle pour la première fois. La chose fut entendue ; c'est pourquoi, lorsque l'envie le prenait, il retroussait froidement ses jupes dans ce hangar discret…

Mais depuis, la guerre était passée par là, et ce soir-là, Bleuette était sortie pour le bois de ces dames. Alors que fumaient les cheminées du bourg, elle avait suivi un sentier immaculé de blancheur vers une destination familière, les sabots crissant sous la neige, laissant derrière elle la boutique close du marchand de bois qui jadis ferrait les chevaux, celles du bourrelier et du quincaillier, livrées au même sort. La cacophonie commerciale s'était éteinte depuis le début de la guerre. Dans les fossés, la neige s'était accumulée. Bleuette n'avait pas rencontré âme qui vive, sinon deux corbeaux sur des branches nues qui s'étaient envolés sur son passage. Elle avait aperçu l'étable à demi écroulée et sa clôture branlante et, croyant raccourcir son chemin, elle s'était avancée à travers champs, les sabots alourdis par la neige. Elle avait posé son pied là où la glace n'était qu'une fine pellicule et était tombée en contrebas. Une ornière ! Dieu sait si elle le connaissait pourtant, ce maudit trou !

Bleuette avait poussé un cri perçant en essayant en vain de se dégager, mais sa jambe demeurait paralysée. Si personne ne volait à son secours, elle dépérirait à petit feu, transie de froid, et sa petite resterait seule. Telles furent les pensées qui lui avaient traversé l'esprit alors que les ténèbres de la nuit lui tiraient des larmes d'angoisse. Ce froid mordant continuait de lui dévorer la chair.

Ne la voyant toujours pas réapparaître chez les Liféri, Evangelista, enveloppée dans sa cape en drap de coutil, finit par se rendre au-devant d'elle, à la lueur chancelante de sa torche. La neige fraîchement tombée avait déjà effacé les traces de pas. Sa flamme auréola les alentours de la grange et de l'étable qui baignait dans le calme apparent. Elle frissonna de froid et se résigna à aller cogner à la porte de la ferme où résidait un vieillard. À peine eut-elle fait deux pas qu'elle entendit un grognement à lui glacer le sang. Une silhouette de bête massive se faufila vers l'obscurité d'un taillis. Transie de peur, elle baissa d'instinct sa torche d'une main fébrile, puis la redressa aussitôt, les doigts crispés, en songeant que les loups ont peur du feu. Son cœur battait la chamade, son esprit se mit dans tous ses états. Une erreur pouvait lui être fatale, et la seule idée que les loups se déplacent en meute la tétanisa d'effroi.

Ça y est, ma dernière heure est venue, songea-t-elle, raidie, les traits durcis, la bouche à demi ouverte en pensant à son petit Louis, tandis qu'un cri humain étouffé résonnait au cœur de la nuit.

Le pelage gris d'un second loup ondulait à quelques centimètres, ses yeux jaunes se braquèrent dans sa direction. Puis, elle en vit un troisième qui se faufilait derrière un énorme chêne. La flamme chancelait, tout autant que son cœur, sous un vent qui risquait de lui être fatal d'un instant à l'autre. Malgré le froid, elle sentait la transpiration imbiber son lainage.

Avec précaution, Evangelista entreprit une marche à reculons jusqu'à la porte de la ferme. L'instant lui parut une éternité, mais il y eut un salut pour elle, puisqu'elle tourna la poignée qui ne lui résista pas. À l'intérieur dans la pénombre, un vieillard aux yeux larmoyants était allongé sous son gros édredon de plumes, dans le lit bateau de la pièce commune. Il vit entrer cette femme sous l'emprise d'une peur irrationnelle, incapable de parler…

— Les loups ! articula-t-elle un peu plus tard lorsqu'elle eut repris un semblant d'esprit. Et Bleuette, où est-elle ?

Le vieillard n'y comprenait pas grand-chose. D'ailleurs, il n'avait vu personne depuis des jours. Il alluma plusieurs lampes à pétrole, fit un bon feu et lui servit un petit verre d'eau-de-vie qu'elle avala aussi sec avant d'en prendre un second. Evangelista avait été sévèrement choquée, si bien que sa fatigue prit le dessus.

Effondrée, elle s'assoupit jusqu'aux premières heures de l'aube glaciale. À son réveil, elle se trouva tout hébétée, affalée sur l'édredon de l'homme qui l'avait veillée une partie de la nuit. Sa gêne s'estompa vite, car le vieillard plaisanta de bon cœur en lui disant qu'il y avait fort longtemps qu'il n'avait pas reçu une aussi jolie femme dans son lit !

Malheureusement, la plaisanterie fut de courte durée, puisqu'ils découvrirent peu après le corps sans vie de Bleuette gisant au milieu de l'ornière enneigée, ses yeux grands ouverts fixant le ciel.

De stupeur, Evangelista se détourna. Bouleversée par cet affreux spectacle, secouée de nausées, elle poussa un râle. Le bras solide que lui offrit le paysan ne fut pas de trop pour la maintenir d'aplomb. Le dernier cri humain qu'elle avait entendu la nuit d'avant était bien celui de Bleuette. Evangelista était donc passée tout près de l'ornière sans la remarquer…

Dans le froid mordant, la gouvernante implora à genoux la miséricorde de Dieu, se signa, puis elle se redressa, le visage boursouflé de larmes :

— Allons prévenir…

10

Depuis juillet 1918, la fin de la guerre avait été marquée par une série ininterrompue de défaites de l'armée allemande, où plusieurs centaines de milliers de prisonniers restés entre les mains des Alliés avaient finalement concouru à la demande de grâce de l'Allemagne. Les troupes françaises s'étaient montrées dignes de la victoire qu'elles avaient remportée. Si Amaury, tout comme Jaurès, condamnait la « guerre impérialiste », il avait toujours jugé légitime d'unifier sa force contre l'aigle prussien venu s'abattre sur le coq gaulois.

Quand Amaury, engoncé dans sa vareuse humide en cette fin d'automne, parcourut à pied, de sa démarche ralentie, les routes du Quercy, la Grande Guerre avait déjà conditionné le reste de son existence. Il eut peine à reconnaître les voies ombragées qui menaient au bourg, tant elles étaient défoncées et creusées par les ornières. Chaque pluie les aggravait davantage. Il ne restait plus aucun bras pour les entretenir. Seuls les coteaux fertiles qui descendaient des falaises austères du causse n'avaient pas changé, ou si peu. Revoir Carennac, campé sur la rive gauche de la Dordogne, l'aidait à passer d'une incertitude à l'autre.

Lorène, qui avait toujours détesté qu'on la voie pleurer, n'avait pu retenir ses larmes d'émotion face à ce visage pâle aux yeux enfoncés dans leurs orbites, vissé sur ce corps qui tenait à peine debout. Ils se serrèrent très fort, mêlant leurs odeurs imprégnées d'humidité. Cette étreinte tentait d'effacer les ombres du passé. Ils saluaient de concert leur courage et leur combat dans un espoir triomphant, après tant d'années de sacrifice. Puis, Cyprien apparut, plus heureux encore d'enlacer son père qui fut pris d'une sorte de fou rire nerveux.

Très vite, Lorène comprit, à travers le comportement de son époux, qu'il avait pris ses distances avec la vie, sans même chercher à triompher de ses dégoûts. Jadis curieux de tout, il avait perdu le goût des conversations, ne s'intéressait guère à ses affaires, pas plus qu'à celles du pays, et feignit l'indifférence lorsqu'il apprit que le général Pétain avait reçu le bâton de maréchal des mains du président Raymond Poincaré. Lorène le surprenait à compter sur ses doigts les généraux, les batailles. Il répétait en boucle qu'il avait dénombré mille cinq cent soixante jours de guerre…

Pourtant, les femmes convenaient qu'il aurait été malvenu de se plaindre. Il suffisait d'observer les environs. Entre le nombre des mutilés de guerre ainsi que les victimes de cette maudite grippe espagnole fort contagieuse qui sévissait partout en France, le bilan du malheur ne cessait de s'alourdir. Le médecin, confronté à l'horreur quotidienne, considéra avec sérénité, après l'examen approfondi prodigué à Amaury, que son patient se portait plutôt bien. Il braqua dans ses yeux sa petite lampe, lui posa quelques questions de routine et se contenta d'une tape amicale dans le dos.

— Chamboulé, mon vieux ! Voilà tout ! Votre force vitale est ralentie, mais pas de lésion. Du repos, et voilà que tout devrait rentrer dans l'ordre.

Pourtant, Amaury était devenu un autre homme. Ses pensées désordonnées et son renoncement conduisaient ses jours vers une succession d'heures passives. À travers ses regards plus dociles, il laissait entendre que les décisions reposaient entre les mains de sa femme – ou peut-être de « ses » femmes, celles qui avaient parfaitement rempli les devoirs de maîtresse de maison pendant sa trop longue absence. Il n'avait pas besoin de préciser combien il était émerveillé par la discipline dont Lorène avait fait preuve pour maintenir la cohésion de l'école, car malgré le peu de confidences épistolaires qu'ils avaient échangées, il connaissait sa trajectoire et son acharnement à réparer les injustices. À présent, il aurait voulu qu'elle comprenne combien son cœur avait essuyé des tempêtes…

Et ce fut en pansant les plaies matérielles et morales, en partie par respect pour le combat qu'il avait mené pour la France, qu'ils entamèrent le début d'une nouvelle relation.

Lorène ne tarda pas à recevoir une convocation du maire. Bien que cette écriture ronde et régulière n'offrît aucune précision sur les raisons qui la motivaient, elle l'accueillit avec une impression mitigée et s'y présenta un peu perplexe.

— Madame Liféri, tempéra-t-il, les mains dans le dos, visiblement embêté. Je tiens à saluer vos efforts, votre bravoure. Vous avez si brillamment relevé le défi imposé par notre école communale, que vous méritez toutes nos félicitations. Vous faites partie de ces trois millions de femmes qui ont mené de grandes actions et veillé au bien-être des plus jeunes.

— Mais… l'ampleur de la mobilisation militaire a suffisamment perturbé les familles, et il était en mon devoir de contribuer à l'effort de guerre. J'espère d'ailleurs pouvoir prolonger cette mission qui m'a été confiée.

Le maire s'éclaircit la voix avant de lancer sur un ton monocorde :

— Maintenant que tous ces sacrifices ont été réalisés pour l'effort de guerre et que vous avez la chance de célébrer le retour de votre époux, le moment est venu de vous consacrer à sa convalescence. Nombre de femmes aimeraient être à votre place, et votre mari n'est pas autrement fait que les autres hommes qui apprécient plus que tout au monde la présence de leur moitié à leur chevet.

Son pressentiment ne l'avait pas trompée. N'y avait-il pas eu de signes annonciateurs du retour au pouvoir des hommes ? Lorène sentit monter une colère profonde, et son visage se figea. Comme elle ne voulait pas que son silence embarrassé se transforme en consentement, elle dit :

— Ne pensez-vous pas qu'il serait bon de revoir vos certitudes ? Dois-je vous rappeler que depuis la Troisième République les écoles normales d'institutrices existent ?… Certaines femmes se sont même classées premières à l'agrégation de grammaire. Oh ! je n'ai pas cette prétention, mais…

— Là n'est pas la question, la coupa-t-il sèchement. Laissez-moi finir de vous expliquer la principale motivation de cette décision : notre maître d'école titulaire reprendra ses fonctions dès la rentrée.

— Vous êtes donc en train de me faire comprendre que la hiérarchie reprend ses droits et que je suis bonne pour retourner dans mes foyers ? s'insurgea-t-elle tout en sachant qu'elle n'en ressortirait pas vainqueur. Pot de terre contre pot de fer !

— Je reconnais que les enfants vous regretteront… Mais mettez-vous à ma place, madame Liféri. Je ne fais que répercuter les ordres reçus de l'académie. Soyez juste et conciliante comme vous en êtes capable.

— Que voulez-vous que j'ajoute à cela ? soupira-t-elle en haussant les épaules.

— Rien du tout, madame Liféri, rien du tout…

La tristesse au cœur, elle parcourut la distance qui la séparait de la maison en ayant la sensation que l'on venait de lui mettre des menottes. Voilà que le maire s'autorisait à gâcher le plus grand bonheur qu'elle eût jamais connu de toute sa vie ! Comment ne pas éprouver un sentiment d'injustice et d'indignation ? Au cours de ces trois années et demie, elle avait vibré avec les enfants en passant du rire aux larmes, elle les avait aidés, soutenus et aimés sans relâche. Maintenant que la guerre finissait, Lorène allait devoir entamer la sienne pour essayer de reconquérir sa place.

Gilles Desobières n'était guère loquace quand il s'agissait d'évoquer la vie de lieutenant qu'il avait menée dans son régiment d'infanterie. C'était comme s'il avait passé une sorte d'accord tacite avec lui-même pour ne pas s'étendre sur le sujet, car tout ce qui touchait cette guerre ne lui inspirait que des imprécations haineuses. Il ne voulait pas heurter la sensibilité de Sybille, suffisamment abreuvée de toutes ces images de guerre représentant les poilus au milieu de ces immenses déserts de boue et de sang sous la fumée des canons.

En cette après-midi d'automne 1918, tous les deux se raccrochaient à leurs souvenirs, bons et mauvais. Si l'amertume et le renoncement les avaient séparés jadis, ils estimaient qu'il était temps de brûler ce document que Sybille avait retrouvé dans la bergerie quelque temps auparavant. Avant de le faire, Gilles consulta pour la dernière fois ce rapport écrit qui avait été source de conflits familiaux. Son regard s'attarda soudain sur Sibylle, occupée à ourler un jupon sous la lampe à pétrole. Sentant l'insistance de son époux, elle leva les yeux. La lumière seule adoucissait le gris de ses iris sur ce visage sec à la bouche sévère, flétri par les affres de la maladie, à qui il aurait été difficile de donner un âge. Elle sentit Desobières prêt à abattre sa dernière carte au sujet de ce litige familial. Il soupira pour la seconde fois :

— Je ne peux pas croire que ce document aux pliures usées et jaunies ait eu des conséquences aussi tragiques sur notre destinée… à tous.

— Vous pointez le doigt là où ça fait mal, mais il est en notre devoir d'essayer de se pardonner après avoir tiré une leçon de nos erreurs, car nous sommes tous les deux fautifs, Gilles.

— Vous avez fait confiance à votre frère Jean ; il vous a trahie il y a plus de dix ans de cela ; nous n'y pouvons rien.

Gilles secoua la tête, comme acculé par toutes les pensées qui se bousculaient…

L'image de son beau-frère, l'époux de Doris, lui revint à l'esprit : un homme au tempérament fougueux, qui avait toujours eu dans le regard quelque chose d'obsédant jusqu'au malaise… Aujourd'hui encore, si ce Janus avait été de ce monde, il lui aurait volontiers mis son poing dans la figure. Sa face double lui avait conféré un destin pour le rude travail de sa ferme de Sarlat, le second pour le jeu, sa passion obsessionnelle. Ses yeux de lynx, sa gouaille, cette complicité presque indécente qu'il avait toujours entretenue avec sa sœur Sybille, auraient pu mettre la puce à l'oreille de Desobières, à l'époque.

Toutefois, même si Gilles avait toujours été accaparé par ses déplacements d'affaires, ce fut comme s'il avait humé le danger tout en refusant de l'admettre. Malgré cela, il avait été bien loin de soupçonner qu'un complot eût pu s'ourdir dans son dos. Il tomba de haut en apprenant que Sybille avait confié à son frère Jean une importante somme d'argent afin qu'il investisse dans des truffières, tout près de Sarlat. Comment imaginer que sa femme eût pu nouer une alliance à son insu, afin de laisser libre cours à son goût des affaires ? Elle qui ne manifestait jamais la moindre curiosité à l'égard de tous les produits qui transitaient au sein de l'entrepôt Desobières !

Que Jean ait eu l'art et la manière d'embobiner sa cadette à investir dans ces parcelles ne l'étonnait qu'à demi, mais qu'elle ait cédé à son caprice sans même consulter son époux, cela lui était longtemps resté en travers de la gorge. Il en fut d'autant plus contrarié que son beau-frère mourut d'un infarctus après avoir dilapidé la somme au poker…

Gilles scruta longuement le visage de Sybille, comme s'il cherchait encore à lire en elle ce qui avait pu autant la fasciner chez son frère. Il allait de soi qu'il ne décela rien de particulier. Difficile d'admettre qu'une femme sensée ait pu aussi mal placer sa confiance. À l'époque, après avoir essuyé cette perte financière, Gilles avait pris sa femme en grippe et s'était renfermé sur lui-même.

Maintenant, en soupesant l'ultime pièce à conviction, à savoir ce document qui énumérait la totalité des terrains représentant une quinzaine d'hectares, Gilles considérait, avec le recul des années, que le projet de Sybille n'avait pas été si sot, si cet idiot de Jean avait effectivement signé la vente plutôt que de miser cette somme au jeu !

— Que l'âme de ton défunt frère repose en paix ! ricana-t-il avec amertume.

Il se retint de l'affubler de tous les noms d'oiseaux, car il l'avait suffisamment dénigré à juste titre avant la guerre. La colère n'était plus d'actualité.

Sybille, quant à elle, semblait un peu égarée, car ces évènements l'avaient minée au-delà du soutenable. Non seulement elle avait été humiliée par son frère, mais elle avait dû apprendre à vivre avec le déshonneur de son mari. La pauvre femme avait alors sombré dans un profond désespoir, comprenant que le sentiment qui la liait à Gilles, si malmené, risquait de s'éteindre. Elle s'était alors mis en tête que son époux allait l'abandonner. Sybille en était devenue folle de chagrin, au point de vouloir attenter à ses jours. Et le hasard avait voulu qu'elle se fût jetée sous les roues de la carriole d'Aubin Liféri, le père d'Amaury…

Blessé au cœur de son amour-propre et aveuglé par l'orgueil extrême, Gilles n'avait jamais accepté que sa femme ait voulu se donner la mort. La plaie du déshonneur aurait été trop vive. C'est pourquoi il avait préféré mettre les torts du côté de l'imprudent conducteur Aubin Liféri plutôt que d'accepter la vérité.

— Je voudrais, Gilles, que vous admettiez mon geste de désespoir, celui que vous avez trop longtemps nié.

— Ce mensonge ne vous a pourtant jamais dérangée.

— J'ai simplement démontré que je préférais aller dans votre sens, sans doute pour me faire pardonner mes erreurs, mais j'ai eu tort. Je veux regarder la réalité en face et la tête haute. Voyez où la tromperie nous a menés ! Elle nous a attiré la vindicte du fils Liféri ! Car j'en suis certaine, Amaury a épousé Lorène par vengeance !

— Qu'allez-vous donc chercher, ma pauvre amie ? martela Gilles, qui ne pouvait pourtant nier plus longtemps cette évidence, comme il n'aurait su tourner le dos à la profonde douleur de sa femme.

Cet après-guerre symbolisait le début d'un grand changement qui passait par la parole libératrice des femmes. En dépit de son infirmité qui l'avait tenue à l'écart de l'effort de guerre, Sybille n'en éprouvait pas moins le souhait de s'ouvrir sur une période de renouveau.

Gilles n'avait toujours pas lâché le fameux document parce qu'il continuait de méditer à ce sujet.

— Lorène…, répéta-t-il d'un air lointain.

— Oui, je crains que le mariage de notre fille unique fasse partie de la cascade de conséquences désastreuses que ma négligence a entraînée.

Il se pencha vers Sybille ; son souffle tiède lui caressa la joue. Il prit sa main glacée qui tremblait comme une feuille. Il ne voyait plus son visage démoli par la maladie, mais il se souvint de celui de ses vingt ans, ce clin d'œil de la providence, son élixir, le jour où cette belle femme lui avait soutiré une révérence…

Il lui baisa le front et s'avança vers la cheminée, où il jeta le document au cœur des braises. Il le regarda se consumer lentement jusqu'à ce qu'il ne fût plus que cendres. Le silence s'imposa de lui-même par une force étrange.

Sybille garda longtemps le regard fiévreux. Elle était absorbée dans ses pensées. Au fil de ces années de guerre, elle avait souvent songé qu'ils avaient tous deux autant de fautes à se reprocher. Lorsque son infirmière lui préparait des mixtures dans une petite coupe de terre cuite afin qu'elle retrouve un peu d'appétit, elle rêvait au pouvoir qu'avaient eu les mains de Gilles du temps de leur bonheur. Cette histoire ancienne continuait de l'obséder maintenant qu'elle demeurait prisonnière de ce corps demi-mort. Elle espérait pourtant que la chaleur de ses bras lui reviendrait, elle en suppliait Dieu. Mais comment réparer les erreurs, sa faiblesse à l'égard d'un frère à qui elle n'avait jamais rien su refuser ? Même si en tant que femme elle n'était pas autorisée à disposer d'un compte en banque, elle avait pris l'habitude de dissimuler un peu d'argent, et c'est le cœur écorché de savoir Jean aux abois en raison de ses dettes de jeu, que Sybille l'avait aidé. À présent, elle reconnaissait combien son attitude maladroite avait contribué à encourager le vice de son frère, mais Jean parvenait toujours à la faire flancher, et ce, depuis l'enfance, lorsqu'il la berçait de boniments avec sa voix douce, les yeux pétris de petites étincelles à l'instar d'un magicien. Longtemps, elle s'était questionnée à ce sujet, mais cela finissait régulièrement en crise de nerfs. Rongée par un sentiment de honte et de culpabilité, maintes fois elle s'était juré qu'on ne l'y reprendrait plus… Et pourtant !

Bien qu'étant fin connaisseur en matière de truffières, le père de Sybille n'en avait toutefois jamais possédé. En réalité, les terres de cette nature restaient entre les mains d'un nombre restreint de familles qui les conservaient jalousement à l'instar d'un trésor personnel. Cela n'empêchait pas que Sybille, très à l'écoute de son cher papa, savait que les tubercules se rencontrent au pied des arbres qui ont déjà donné.

En saison, la truie à l'odorat infaillible se dirige immédiatement vers ces arbres. Grâce à son groin, elle creuse un large sillon pour déterrer quelques-unes de ces truffes noires comme l'âme d'un damné, disaient les hommes du cru. À l'exceptionnelle mise en vente de truffières près de Sarlat, Sybille savait qu'elle ne se trompait pas. Son père lui avait signalé jadis ce lieu de prédilection. Alors, son cœur avait fait un bond ! Elle disposait de la somme requise pour l'acquisition des terrains et s'en livra à Jean qui, lui aussi, avait toujours rêvé de se lancer dans la trufficulture.

— Fais-moi confiance ! Nous allons provoquer la surprise générale ! avait assuré, tout aussi enthousiaste, Jean à Sybille.

Mais ce fut pourtant sans compter sur l'invétéré joueur qui, tenaillé par son démon, ne résista pas à se risquer au poker avec le pécule destiné à l'achat des terrains.

Jean, ce soir-là, avait, paraît-il, examiné ses cartes avec frustration et, après avoir tout perdu, il s'était écroulé mort au moment de quitter la table…

— Lorène doit tout savoir pour Jean, considéra finalement la mère en exerçant sur son époux une amicale pression. Je suis fière de notre fille, tout autant que de l'éducation qu'elle a reçue. Je crois que la colère et l'orgueil nous ont rendus maladroits. Non seulement Lorène a su donner espoir aux enfants de Carennac pendant ces années de tourmente, mais elle s'est montrée forte en camouflant tout son chagrin depuis des années, car je suis persuadée qu'elle n'a jamais été heureuse en ménage.

— Vous n'allez tout de même pas la plaindre ! Notre fille a bien fait un choix délibéré en épousant ce gandin de Liféri !

— Soyons sérieux : que connaissait-elle de la vie et surtout de l'amour en sortant du pensionnat ?

— Il est vrai que nous n'avons jamais manifesté beaucoup d'embrassades. Il faut croire que les premières qu'elle a reçues lui ont été fatales…, s'empressa-t-il d'ajouter, un peu cynique.

Il soupira.

— Le mal est fait… Et puis vous savez, les truffes… En cette période de crise, elles se vendent une misère. Sur les marchés, on est friands de produits plus ordinaires. Une truffière, c'est bien beau, si l'on se montre à la hauteur ! Il ne suffit pas de la planter, encore faut-il ne pas l'asphyxier et trouver de la main-d'œuvre pour le labour. Pensez, Sybille, que ces années de guerre nous auraient tout saccagé…

Malgré cette volonté farouche de balayer cette histoire comme de simples miettes, Gilles avait la haine tenace à l'égard de son gendre. En revanche, s'il avait puni d'une main ferme sa fille, il lui arrivait d'en souffrir secrètement, telle une blessure que l'on cache, mais qui jamais ne guérit. Il aurait aimé connaître son petit-fils Cyprien, pour cesser de ruminer sa contrariété, et maintenant que l'essentiel avait été dit au sujet de cette affaire, Sybille semblait refuser toute forme de cruauté et d'éloignement. Ainsi osa-t-elle avouer que ses pensées nostalgiques se tournaient fréquemment vers ses enfants.

— Il ne tient qu'à nous, mon époux, avant qu'il ne soit trop tard…

C'est à croire qu'il suffisait de parler, puisque Gilles ne réfléchit pas longtemps à ce qu'il devait espérer ou craindre. Il voulait parler à sa fille et il le fit savoir à l'intéressée. Bien que Lorène n'émît aucune objection à cette requête, la perspective de rencontrer son père réveillait toutefois des émotions conflictuelles.

Lorsqu'elle gravit l'escalier qui la menait au perron haut perché de chez les Desobières, tout était confus dans son esprit. Elle osait pourtant espérer qu'enfin son père se serait débarrassé de ses oripeaux idéologiques, mais ce blason sur la façade, dans son cuir enroulé, lui rappelait les origines nobles de leur famille et par là même les mesures de rétorsion mises en place devant les insoumises... Elle avait souvent observé la fenêtre à meneaux du bureau de son père, avec son arc en accolade, visible d'un recoin du vestibule des Liféri, en se demandant quelle était sa ressemblance avec ceux de leur clan, mais elle n'avait jamais réussi à y répondre.

— Vois-tu où le rêve t'a menée, petite ! s'exclama son père en guise d'accueil, tandis qu'elle pénétrait au milieu de ce décor douloureusement familier.

Peut-être prêchait-il le faux pour savoir le vrai, car il ne pouvait rien connaître de son intimité... Bien qu'il ne portât pas un toast au retour de la fille prodigue, Lorène voulut croire que, derrière le visage vieilli mais toujours aussi charismatique de son géniteur, se cachaient de bonnes intentions.

— Père, vous n'avez pas changé !

— Le devrais-je ?

Elle reprit doucement son souffle avant de préciser qu'elle n'était pas venue pour plaider sa cause. S'il l'avait convoquée pour entendre que sa jeunesse et sa naïveté lui avaient fait commettre un faux pas, c'était peine perdue ; en revanche, que l'institution l'avait endiguée dans une sorte de demi-sommeil, c'était vrai.

D'un geste de la main, il lui indiqua le fauteuil.

— Rassure-toi, je ne t'ai pas invitée pour te parler de ta conception de l'éducation ni de ta réputation compromise, nous n'en sommes plus là, dit-il sans aigreur en observant combien sa fille apparaissait sûre d'elle.

Son front dégarni, ses tempes grises assorties d'une longue moustache n'avaient rien changé à ce regard toujours aussi froid et impénétrable qui aurait pu lui glacer le sang, si Lorène n'en avait pris son parti depuis longtemps.

— Ça a dû jaser ! Peut-être même que les pires rumeurs ont circulé sur mon compte, à l'époque, s'amusa-t-elle en promenant un regard défiant.

— Passe les outrages que tu nous as infligés, ce ne sont que des châtiments de la vie parmi tant d'autres. J'aimerais que tu écoutes ce que j'ai à te dire…

À ce moment-là pourtant, il eut une intonation qui trahissait sa volonté de se rapprocher plutôt que de la blâmer, mais il ne fit ni l'un ni l'autre.

Lorène était terriblement curieuse qu'il lève le mystère sur ce qu'il souhaitait lui révéler. Il avait visiblement pris une résolution profonde. Savait-elle à quel point la blessure de leur séparation ne guérissait pas ? La guerre avait ranimé les regrets. C'est à cela qu'elle songeait lorsqu'il commença ses explications. Sa voix avait perdu de sa force, mais il se raccrochait à cette volonté extrême de passer aux aveux.

— Je ne suis pas particulièrement fier de ce que j'ai à t'annoncer, mais parce que ma conscience me dicte de le faire, je m'y oblige, pour ne pas me ranger du côté des vils animaux. Ta mère a eu le goût des affaires, mais je n'ai pas su en convenir. Alors, elle a choisi de confier son projet à ton oncle, un type fourbe qu'elle tenait en estime. Elle s'était mis en tête d'établir plusieurs truffières du côté de Sarlat.

Elle a réuni une somme d'argent conséquente à mon insu en désignant son frère responsable de la négociation des terrains. Un soir, il misa au poker plus qu'il n'aurait dû, mais je t'épargnerai les détails. Cet imbécile a tout perdu, et une crise cardiaque l'a terrassé aussi sec.

Lorène se souvint d'avoir été prévenue du décès de son oncle Jean pendant qu'elle séjournait au pensionnat à l'époque où elle était exclue des affaires de la famille, une période de sa vie où le temps lui avait paru long comme un jour sans pain, d'autant plus que ses amies quittaient une à une l'établissement pour se marier. Même si l'institution était tenue par les ursulines, qui avaient toutefois écouté Rousseau en prônant les valeurs familiales, cela restait lettre morte pour elle. Ses contacts avec les Desobières se limitaient à quelques relations épistolaires. D'ailleurs, personne n'avait jugé indispensable qu'elle se déplace pour l'enterrement de son oncle Jean… Heureusement que ses penchants studieux n'avaient pas été trop opprimés. Elle pouvait au moins combler le grand vide de son cœur par l'élargissement de l'esprit.

Lorène écouta donc son père avec attention, tout en ayant du mal à comprendre la raison qui avait poussé sa mère vers ce genre d'entreprise.

— Et cet accident de carriole ? risqua-t-elle, comme si son intuition lui dictait qu'il pût se tramer une intrigue derrière ce malheur.

— Que s'est-il passé dans la tête de ta mère ce jour-là ? C'est ce que je ne m'explique toujours pas, dit Gilles entre gêne et embarras.

Lorène eut un frémissement de malaise face à un secret de famille qui aurait gonflé pendant des années.

Ces choses-là étaient difficiles à entendre, mais Gilles lui devait la vérité et il s'exécuta sans le moindre doigté.

— Ta mère aurait préféré s'endormir en paix le jour où elle s'est jetée sous les roues de la carriole du père Liféri.

— Êtes-vous en train de me dire que ma mère a tenté de se donner la mort ? Pourquoi ne m'en avez-vous jamais rien dit ? s'irrita soudain Lorène, incapable de garder son sang-froid.

— Et qu'est-ce que cela aurait changé ? Ce n'est pas aussi simple que tu le crois, rétorqua Gilles.

— Mais ne me dites pas…

— Si, ma fille J'ai toujours prétendu que la faute incombait au père Liféri, ce qui n'était pas tout à fait juste.

— Mais enfin, pourquoi avoir agi de la sorte ? s'insurgea-t-elle, totalement dépassée par la confession de son père.

— Tu crois vraiment que j'aurais pu admettre que le tout Carennac sache la vérité ?

— Alors, plutôt que d'essuyer une humiliation, vous avez préféré briser la vie d'un innocent ?

— Modère tes paroles ! C'est tout de même Aubin Liféri qui conduisait cette carriole ! s'écria Desobières qui venait de s'alléger d'un poids inavouable. J'étais à l'époque dévasté par la colère et l'indignation, poursuivit-il, et puis de toute façon aucune charge n'a été retenue contre lui.

Lorène se détourna, tétanisée par le fil de ces révélations. Comment son père avait-il pu adopter un comportement aussi indigne pour préserver son honneur ? Cette histoire lui paraissait totalement insensée. Elle supposait la souffrance d'Aubin Liféri, probablement fou de colère face à cette accusation injustifiée. Pourquoi Amaury ne lui en avait-il jamais rien dit ?

Les pensées de Lorène se mirent à défiler à toute vitesse. Cette conversation la mettait également face aux contrariétés de sa vie conjugale dès les premiers mois de son mariage. Fallait-il voir une vengeance dans le comportement d'Amaury à son égard ? L'avait-il épousée avec la volonté consciente d'un châtiment ?

Lorène lut trop de choses déplaisantes dans le regard de son père. La tête lui tournait, de nombreuses incompréhensions persistaient, tant et si bien qu'elle eut le sentiment de se trouver au cœur d'une véritable machination familiale.

— Vous m'écœurez avec vos haines et vos lâchetés ! Votre existence est faite de coups bas. Je préférais le déni ! Je ne vois chez vous aucune forme de bonté. J'en viendrais presque à comprendre la raison du geste désespéré de ma mère. Vous m'avez reniée et je ne m'en porte que mieux.

Elle tremblait tellement sous le coup de l'excitation qu'il regarda sa colère avec un brin d'ironie comme elle quittait la pièce. Gilles fit tout de même un geste pour la retenir, mais elle ne voulut rien entendre. Au fond, il n'était pas déçu de la femme qu'elle était devenue. Ainsi, les éloges qu'il avait entendus sur son compte à propos de la pugnacité dont elle avait fait preuve à l'école de Carennac allaient dans le sens de son tempérament bien trempé. Lorène laissait dans son sillage un parfum digne de sa propre lignée…

11

À la saison où chantaient les grillons, sous l'odeur de l'herbe montante, Amaury constata que son fils devenait un homme. Il l'observait avec l'indulgence bienveillante d'un père qui s'était maintes fois demandé au cours de cette maudite guerre s'il le reverrait.

— Pourquoi as-tu renoncé à devenir comme grand-père maître de bateau ? s'enquit Cyprien qui devinait son père enclin aux confidences.

— C'était une aventure d'un autre temps.

Amaury se souvenait du charpentier qui avait taillé à l'herminette le bois de l'une des gabares, dites « nau », qui naviguaient sur la moyenne Dordogne à l'époque où il avait l'âge de Cyprien. Le spécialiste assemblait toutes les membranes, les bordées, avec un soin extraordinaire. Le résultat était d'une finesse parfaite pour la rivière. Quel souvenir que le bruit sec de ses avirons fendant les flots pour assurer la liaison entre Dordogne et Garonne !

— Je devine qu'elles étaient parées pour affronter les remous tumultueux et en ressortir la tête haute, ces gabares ?

Le père acquiesça. Il refusait pourtant de brosser le portrait idyllique d'un métier qui conjuguait tous les périls.

— Pour manœuvrer une gabare, le patron au gouvernail doit anticiper l'action du bateau et commander son équipage pour ramer dans les passes difficiles…

— Les risques sont donc permanents ?

— Oui, je me tue à te l'expliquer. Les grands bancs de sable, les tempêtes océaniques, le gros temps qui jette les bateaux sur les côtes, ce sont des menaces fréquentes auxquelles sont assujettis les navigateurs, d'autant plus que les bateaux qui passent d'un fleuve à l'autre doivent attendre au bec d'Ambès le remontant, qui les portera jusqu'à Bordeaux à l'aller ou en amont de Libourne au retour…

Cyprien eut une moue sceptique.

— C'est la réalité. Parfois l'ancre ne résiste pas à la soudaineté des coups de vent. Ton arrière-grand-père en a souvent fait les frais. Il a perdu des membres de l'équipage. Certains furent trahis par la présence soudaine d'épaves à fleur d'eau, d'autres, desservis par leur cargaison trop importante comme le blé en vrac qui déséquilibrait l'embarcation.

Friand d'anecdotes, Cyprien buvait les paroles de son père.

— Un jour, notre gabare a fait naufrage avec un négociant de ton grand-père Desobières à son bord. Les opérations de sauvetage ont duré plusieurs jours, on nous a reproché la perte de la cargaison, et cela s'est terminé devant les tribunaux. Sais-tu que les risques de la rivière sont très peu reconnus ? Les réparations, l'entretien, les aléas classiques de la navigation sont affaires de spécialiste. Si je n'ai pas eu envie de prendre la suite, c'est que je n'avais pas l'âme d'un capitaine au long cours et je n'ai jamais eu la conviction d'un bel avenir pour la batellerie.

Cyprien se contenta de hocher la tête. En dépit de cette expérience malheureuse de la noyade, le jeune garçon n'avait pas longtemps été obsédé par le cauchemar de l'eau. Toujours attiré par la force de la rivière, il aimait l'ivresse procurée par les promenades en barque, observer les poissons argentés jaillir des eaux brunâtres. Cela le fascinait, au point de perdre la notion du réel lorsqu'il accostait sous les branches des saules de l'île Calypso.

Il préféra le taire à son père, mais il était un peu déçu que la famille ait renoncé à exercer ce pignon sur fleuve. Amaury le pressentait ; c'est pourquoi il abordait toutes ses explications en espérant se montrer suffisamment dissuasif. Comme il n'aurait pas voulu qu'une idée rétrograde mûrisse dans la tête de son enfant, il ajouta :

— Crois-moi, ce temps-là est bel et bien révolu. Outre les qualités que je viens de t'évoquer, pour exercer ce métier, il te faut également être bon négociateur avec les patrons bouviers et les matelots, afin d'espérer un travail solidaire sans lequel tu n'es plus rien. Si ton grand-père maternel a fait courir le bruit que je ne suis qu'un mercenaire, c'est en partie par jalousie de la réussite de mes affaires au Sénégal ; ça aussi, tu es en âge de le savoir ! Je peux te l'avouer, je n'ai eu peur de rien. La vie est faite pour prendre des risques, ne l'oublie jamais. Tu comprends, petit, il faut se fixer des objectifs, sinon, tu ne resteras qu'un égaré.

Sensible, le jeune homme s'efforçait d'être à la hauteur. Son père l'impressionnait. Il craignait tant de le décevoir. Ses appréhensions étaient aggravées par ce maudit pied-bot. Cette différence l'empêchait même de sortir de sa réserve. Aussi, lorsque son géniteur lui confia qu'il avait investi une partie de ses gains dans des vignes du côté de Bergerac et qu'une fois achevées ses études au pensionnat de Saint-Céré, où il était inscrit pour la rentrée prochaine, il pourrait apprendre le négoce des vins, Cyprien demeura coi, comme si d'un seul coup son père venait de balayer le découragement qui planait sur lui en raison de son infirmité. Ce n'était pas si grave de ne pouvoir grimper aux arbres, sauter les ruisseaux où encore tirer les pigeons à l'arbalète ; un espoir refleurissait en lui pour la première fois.

— Tu feras comme tu l'entends, mais tu as suffisamment la tête sur les épaules pour te bâtir un destin enviable, dit-il à son fils, afin de le sauver de ses doutes.

Pourtant, l'enfant se rembrunit. Il semblait qu'une ombre vînt se glisser au tableau.

— Et Louis ? Pourra-t-il être admis à Saint-Céré, lui aussi ?

Le séparer de celui qu'il considérait l'égal de son frère revenait à l'amputer d'un membre. Non seulement il lui devait une fière chandelle pour toutes ces fois où il l'avait défendu au cours des rivalités de la cour de récréation, mais leur relation avait toujours été basée sur l'équité, car si le fils d'Evangelista avait été admis à son certificat d'études haut la main, Cyprien y était pour beaucoup. Brillant élève, en avance sur son âge, Cyprien n'avait pas été avare de soutien apporté à Louis dans la plupart des disciplines. Jamais le fils Liféri n'avait pris la moindre initiative sans concerter son ami de toujours, à qui il devait ses plus grands bonheurs d'enfant, à commencer par ses expériences de pêche sur la rivière, dans leur petite barque amarrée sous les saules, qu'ils empruntaient pour le seul plaisir de voir frétiller les ablettes, les brochets et les carpes. Cette manne suffisait à les rendre heureux sous ce décor de peupliers où la vie suspendait son cours. Ils partageaient alors, aux plus chaudes heures de l'après-midi, une besace de victuailles comme des frères. La simple idée de voir s'éteindre ces bonheurs emplissait le cœur de Cyprien d'une grande tristesse.

— En ce qui concerne Louis, je ne sais pas encore, mon garçon…, fit savoir le père, un peu gêné. Tu dois apprendre à devenir un homme, et Louis ne sera pas toujours auprès de toi.

Aussi ennuyé que s'il s'était heurté à un refus, Cyprien baissa les yeux. En dépit de sa tête bien pleine, il pressentait combien la solitude le rendrait vulnérable.

— Si Louis savait qui est son père, il est probable que cet homme aurait également tout fait pour l'inscrire au pensionnat. Or, personne n'a pu répondre à sa question, fit remarquer le garçonnet.

— Sa mère a bien dû lui expliquer qu'elle a été victime de violence de la part de l'un de ces contrebandiers de tabac. L'homme est, paraît-il, mort dans une rixe qui a mal tourné.

— C'est ce que l'on dit, rétorqua Cyprien en fixant son regard perçant dans celui de son père. Pourquoi ne pas devenir vigneron avec Louis ?

— Je serais heureux que vous puissiez faire ensemble des projets d'avenir. Tu es doué, tu as la possibilité d'étudier, ne gâche pas cette chance, mon fils. Les Liféri se sont toujours battus… Ne l'oublie jamais.

On aurait pu craindre du visage menu et un peu fatigué de Cyprien, d'autant plus que le médecin avait détecté qu'il n'était pas à l'abri de complications osseuses. Il avait conseillé à son entourage de prendre garde à sa petite santé. Toutefois, Evangelista avait secrètement découvert un remède à base de potion de bleuets recueillis dans les jardins suspendus du château de Salignac. Cela donnait de bons résultats, Lorène en était convaincue. Amaury prenait à présent l'avis de sa femme en considération, en ce monde de 1919 qui changeait de tournure. Le chef de famille pensait à l'avenir ; il avait en tête de liquider son entrepôt de Souillac, parce qu'il avait obtenu une offre intéressante d'un repreneur. Ce type se montrait également prêt à écouler les dernières marchandises, ce qui satisfaisait Amaury, dont les principaux clients n'avaient pas résisté aux assauts de la guerre. Cyprien n'aurait de toute façon jamais la carrure suffisamment solide pour affronter les nombreux déplacements nécessités par cette profession.

Avant de se rendre à Souillac pour honorer son rendez-vous, Amaury perçut que le vrai propos demeurait dans les yeux de sa femme. Lorène posa son bras sur le sien, au moment où il s'apprêtait à quitter la maison. Elle avait grandement pris sur elle, bien consciente, suite à la confrontation avec son père, que son mari l'avait épousée par dépit. À présent, elle voulait l'entendre de sa bouche.

Puisque les langues avaient commencé de se délier en ces lendemains de guerre, s'offrait peut-être une chance de laisser place à la sincérité.

Entre Lorène et Amaury, un sentiment résistait au désenchantement. Malgré les désillusions, madame Liféri avait assumé les conséquences de ce mariage désastreux, réprimé son chagrin en prenant en mains les rênes de son destin. Elle s'était fait confiance tout en s'occupant avec succès de l'éducation de Cyprien, et son enthousiasme n'était pas étranger au fait qu'elle ait appris à se défendre.

Amaury pouvait constater une réelle discordance entre la femme qu'il avait épousée et celle qu'elle était devenue, même si ce visage aux pommettes hautes piquetées de son, serti de ce regard profond n'avait guère changé. Sa crainte avait disparu lorsqu'elle lui lança :

— C'est curieux, j'ai longtemps retourné une question sans réponse à propos de notre mariage et il a fallu que je revoie mon père pour qu'elle resurgisse.

— Est-ce que ce vieux grigou aurait des remords ?

— Sur ce point, je l'ignore. En revanche, il m'a fait une révélation troublante.

Lorène lui avoua qu'après toutes ces années de silence, son père avait accepté de reconnaître que Sybille avait tenté de mettre fin à ses jours en se jetant sous les roues de la carriole d'Aubin Liféri.

— J'ai tellement honte qu'il ait persisté aussi longtemps à rejeter la faute sur ton père, souligna-t-elle avec émotion. Mais toi… Tu es forcément au courant de toutes ces vieilles affaires qui hantent les esprits ?

Amaury avait souffert de cette histoire une partie de sa vie, et ces tourments avaient conditionné certains de ses actes. Toutefois, il n'envisageait pas de s'expliquer sur ce sujet avec Lorène. Une barrière l'en empêchait encore, d'autant plus que même si, à l'époque, il s'était marié par vengeance, il n'était plus dans cet état d'esprit aujourd'hui. D'ailleurs, il récusait cette idée au point de ne plus jamais vouloir évoquer ce qui n'avait plus de raison d'être. Il refusait de lui faire perdre la face. Lorène ne méritait pas un tel affront.

Ce passé ne ferait que réveiller de vieilles rancœurs inutiles. Il avait suffisamment côtoyé le pire de l'être humain, au cours de cette maudite guerre, pour avoir envie de passer à autre chose.

Pourtant, Lorène insista ; il fallait qu'elle sache.

— J'ai longtemps gardé en mémoire le souvenir de mon père non seulement rongé par le drame de cet accident, mais également humilié à l'excès par la parole des Desobières, qui de tout temps ont considéré les Liféri comme leurs serviteurs, expliqua-t-il. Même si notre maison, construite dès la première Renaissance, appartient également à l'enceinte du prieuré de Carennac, nous n'étions, selon lui, que des parvenus. C'est pour rendre justice à mon père que je me suis lancé dans toutes ces entreprises.

— Ces entreprises ? Fais-tu allusion au Sénégal ?

— Oui, les négociants de ton père m'ont alléché avec leurs expériences mirobolantes. Ces voix flûtées m'ont rendu impatient. Mais cela ne s'est pas arrêté là. Dès mes premiers succès en affaires, j'en ai voulu davantage…

— Et puis, m'épouser est devenu un défi parmi tant d'autres, n'est-ce pas ?

Il baissa la tête, perdu dans ses pensées.

— Tout homme est menteur… Je n'ai pas fait exception à la règle.

— Que dois-je comprendre ? C'est donc bien pour venger ces affronts entre nos deux familles que tu m'as épousée ?

Il exhala un profond soupir.

— Peut-être ai-je compromis mon esprit hier, mais je ne suis plus cet homme-là, à présent. J'ai été ridicule, j'en conviens, et je te demande pardon. Peut-être y avait-il derrière tout cela la volonté d'en finir avec ces haines familiales ?

Elle observa cet homme qui ne s'était même pas embourbé dans une explication alambiquée, mais avait finalement fait preuve de franchise. Ces arguments expliquaient l'humeur curieuse qu'elle avait dû supporter si longtemps de sa part. Étrangement, la vie avait décidé pour elle de cet équilibre un peu bancal. Combien de fois était-elle venue se recueillir devant l'albâtre clair de la Vierge à l'enfant de l'église Saint-Pierre pour essayer de trouver la force et le courage d'être digne de son blason familial ?

Lorène sentait triompher sa persévérance après ces nombreuses épreuves. Elle s'estimait libérée de pensées malfaisantes grâce à l'impact profond de la vérité qui venait d'éclater au grand jour.

12

Onésim Sely venait de remplir la grande auge en pierre avec l'eau tirée du fond de la citerne. Depuis la mort de sa femme, son plus grand plaisir était celui de voir les bêtes venir se désaltérer, alors que le soleil couchant caressait encore les pierres. Bientôt, la nuit engloutirait les rêves de ce crépuscule.

Lorsque la solitude lui pesait un peu trop, l'homme du causse empruntait les chemins bordés de fermettes en moellons calcaires pour regagner les coteaux plus verdoyants qui descendaient vers Carennac. Un jour de marché qu'il avait souhaité se noyer dans la foule, une rencontre non préméditée avec Evangelista Dalery avait bouleversé le cours des choses. Très digne, la gouvernante des Liféri se remarquait de loin avec ses cheveux roux fuyant de sa coiffe, son tablier de calicot au gros nœud qui s'agitait sur son corps opulent, tandis qu'elle tenait son fils d'une main tout en palpant de l'autre les tomates de l'étal du marchand. Impossible de la manquer ! C'est ainsi qu'Onésim avait aperçu Louis pour la première fois, un joli garçonnet à la chevelure d'un blond vénitien, le nez en l'air et l'œil espiègle, que sa mère avait du mal à retenir dans son giron. L'homme du causse fut ému au point que les larmes lui vinrent aux yeux. Il se sentit si amolli devant ce petit garçon qu'il dut s'asseoir à la terrasse de l'auberge Calypso, où il se fit servir une vieille prune qu'il avala cul sec. Un feu d'artifice éclatait dans sa tête. Il se sentait tout fébrile devant tant d'innocence lancée à l'école de la vie. Au fur et à mesure, la mémoire d'Onésim reprit soigneusement le chemin du passé. Elle lui soufflait à demi-mot les longues conversations qu'il avait nourries avec sa femme à propos de cet enfant. Tous deux, refusant la descendance, avaient cherché la bonne décision à prendre avant la venue au monde du bébé. Cela avait suscité tant de troubles et d'hésitation qu'il avait fallu tergiverser maintes fois. Élever un enfant pour lui transmettre un malheureux lopin de terre avec ses chênes rabougris, lui apprendre à mener un attelage, à soigner les bêtes, et avec quel avenir ?

Ils s'accordèrent finalement sur le fait que la mieux disposée à veiller sur ce nourrisson serait Evangelista Dalery, qui bénéficiait du soutien du fils Liféri. Nul doute que cette mère-née, en mal d'enfant, saurait ouvrir son cœur à ce petit. Elle disposait de toutes les qualités requises et faisait figure d'étoile providentielle aux yeux des Sely…

Depuis l'épisode du marché, où Onésim avait vu Louis pour la première fois, il suivait dans l'ombre ce gamin tout en jambes, toujours dans le périmètre de celui qu'il supposait être le fils Liféri, à la démarche traînante en raison de son pied-bot. Non loin du château de Salignac, Onésim observait le paysage lumineux de la Dordogne avec l'espoir de voir apparaître en contrebas ces enfants dont il connaissait le rituel durant ces chaudes après-midi d'été. Il les guettait jusqu'au moment ultime où cette légère excitation se répandait dans tout son être. Dès que se profilaient les silhouettes des deux amis, panières en bandoulière et une branche de peuplier taillée en guise de ligne, Onésim était aux anges, suivant des yeux Louis qui détachait la barque et la poussait du pied alors que Cyprien avait déjà pris place à son bord. Parfois, les enfants parlementaient afin de décider qui tiendrait la rame. Onésim s'en amusait. Leurs éclats de rire et leurs gestes parfois maladroits pour faire sauter les plumes à la surface de l'eau le faisaient sourire, de même que leur matériel de pêche de fortune qui suffisait à appâter du poisson vorace. Ce vieux solitaire du causse remarqua combien Louis occupait une place légitime au sein de la famille Liféri. Certains signes ne trompaient pas. L'affection que les enfants se portaient suffisait à son bonheur. Leurs tempéraments, de nature à faire surgir leur amitié, le projetaient au même âge vers ses propres souvenirs en compagnie de son ami Amaury. Comme ces gouillats[1] leur ressemblaient !

1 Gamins.

Plutôt que d'imaginer son fils garder les brebis dans le causse, il comprenait que l'amitié du fils Liféri en avait fait un petit homme à l'insouciance heureuse. Onésim était à présent un homme ratatiné par les rudes travaux des labours. Il n'avait vu passer les saisons qu'à travers les exigences de quelques malheureux arpents de terre. En tant que veuf, la solitude lui pesait un peu trop et il n'existait plus que l'enfant lumière pour exhorter son sang à battre dans ses veines. Alors, le soir venu, il s'endormait en pensant à lui, empli de cet espoir d'avoir transmis un peu de cette virile énergie qui l'avait déserté…

Le journal *La Dépêche* prétendait que le redressement du pays viendrait de l'agriculture. Cependant, il restait si peu de bras vaillants à Carennac, que trop peu de charrettes s'ébranlaient vers les champs. Comme partout ailleurs, la guerre avait frappé sans distinction de rang. Non seulement les poilus survivants n'avaient plus le cœur à l'ouvrage, mais, parmi ces nouveaux démobilisés, certains posaient le problème de la violence conjugale et de l'ivrognerie. Le malheur n'épargnait personne, et les édiles du bourg n'en finissaient plus de recenser des domaines abandonnés et de voler au secours des plus nécessiteux. Si certains s'affichaient décrépits et autoritaires, Amaury, en revanche, observait d'un œil perplexe l'émergence de cette société confrontée aux multiples bouleversements : les dommages matériels de la France et de ses colonies, en rapport à l'industrie, aux chemins de fer, aux voies navigables, aux ports et aux routes, se chiffreraient par milliards qu'il faudrait convertir du mark-or en franc-papier… Autant dire qu'il avait bien fait de se retirer du jeu des affaires et d'assister en spectateur aux heures d'infortune. Pour avoir parcouru la seule vallée de la Dordogne, d'Argentat à Souillac, il avait observé que l'activité fluviale faisait figure d'éclopée. Les maîtres pêcheurs et bateliers avaient pour la plupart jeté l'éponge. Il flottait un tel degré de découragement qu'il se demandait encore comment il avait réussi à vendre son entrepôt !

Toutefois, même s'il vivait mollement et sans prestige social, Amaury avait bien l'intention de reconquérir en douceur le cœur de Lorène. Pour tenter d'oublier la guerre et la mort, rien de tel que de cultiver l'amour ! Pour cela, il était à présent désireux de la rassurer. Il la gratifiait d'ailleurs de tous les mérites, à commencer par son courage. Il avait donc décidé de faire preuve de repentance à son égard, conscient que son épouse lui avait offert ses plus belles années. Il ne cessait donc de se demander comment la rendre heureuse, comment adoucir l'amertume du chagrin qu'il lui avait causé. Mais sa position ne resta pas longtemps inconfortable, car même si elle doutait encore de ses intentions, il l'incita bientôt à préparer le brevet supérieur à Cahors, qui lui permettrait une titularisation afin de pouvoir enseigner…

— Voyons, ma chérie… Tu ne vas tout de même pas passer à côté de ton rêve sous prétexte que ton mari diminué a besoin de repos et d'une soubrette dévouée à son service !

Bien que surprise par ce discours, elle commença d'y réfléchir, fidèle à ses principes, en songeant à la relève de la génération montante. Elle n'avait pas déployé tous ces efforts et triomphé d'un certain nombre d'obstacles pour baisser aussitôt pavillon ; aussi consentit-elle à se lancer dans cette grande aventure. Il était à présent question de préparer l'avenir. Amaury pourrait bien se passer d'elle encore quelque temps…

13

À l'heure du crépuscule, Evangelista distinguait à peine les traits d'Amaury. Il émergeait d'une sieste tardive, affalé dans son fauteuil, semblable à une chiffe molle ou plutôt à un mort-vivant. Le médecin le mettait régulièrement en garde sur l'utilité de sortir de son désert, mais il n'était guère plus bavard que les portraits de ses ancêtres qui trônaient accrochés au mur, et il soutenait que seul l'alcool le remettait d'aplomb.

— La nuit dernière, je n'ai pas fermé l'œil ! prétendit-il comme si l'excuse allait encore faire mouche.

Il filait un mauvais coton, et ses lectures extravagantes sur les « sensibilités littéraires » de l'après-guerre n'étaient pas faites pour lui remonter le moral. Gide et Romain Rolland faisaient le procès d'un monde truqué, falsifié, et, même si ce n'était pas faux que de vouloir *démasquer les imposteurs dont les peuples avaient été victimes* pendant ces longues années de guerre, Evangelista le jugeait d'un mauvais œil. Elle préférait la gaîté de son maître à l'époque où il courait le guilledou !

Entre ces hauts murs devenus irrespirables, la gouvernante éprouvait parfois le sentiment que son cœur allait se désintégrer, tant il lui manquait sa seule raison de vivre, son petit Louis, depuis qu'il avait rejoint l'apprentissage du métier de vigneron du côté de Bergerac. La maison lui apparaissait bien vide… Les souvenirs affluaient, ceux de ces années où elle avait couvé les enfants plus qu'il ne le fallait.

— J'ai tout de même bien fait d'insister pour l'adoption de Louis. Reconnaissez que cet enfant n'apporte que du bonheur autour de lui. Songez combien il est positif pour votre fils ! Après tout, ce n'est pas si important d'avoir des parents légitimes. Voyez votre femme et où cela l'a menée ! ajouta-t-elle vertement.

— N'oubliez pas l'essentiel, Evangelista, dit-il en se servant une nouvelle rasade de cognac. Sans moyens, cela ne vous aurait menée nulle part !

— Dois-je vous rappeler que je n'ai jamais eu les deux pieds dans le même sabot ? Je n'ai pas hésité à sarcler les pommes de terre lorsque le pays manquait de bras, à amener les clayettes de cerises Reverchon au marché ! Notez d'ailleurs que la vie est de plus en plus chère : à la foire de Vayrac, la paire de bœufs monte à cinq mille francs, la douzaine d'œufs, à sept francs ! Vous vous rendez compte ? À ce tarif-là, où allons-nous ?

Elle se demanda aussitôt pourquoi elle lui livrait ce genre de détails. Peut-être simplement pour parler. Il fit un geste de la main pour lui prier de se taire.

— Reconnaissez que mes placements et titres de rentes nous mettent tous à l'abri du besoin. J'espère au moins que vous ne vous êtes pas exhibée à vendre au marché devant les gens de Carennac ? railla-t-il.

Elle éclata d'un rire franc.

— N'en déplaise à votre sage prévoyance, je n'ai appris à compter que sur moi-même.

— C'est d'ailleurs ce que je ne saisis pas, qu'au bout de tant d'années, une femme telle que vous n'ait jamais lâché son célibat. J'en connais plus d'un à Carennac qui se dévouerait pour…

— Oh ! je sais ce que vous allez me dire ! Mais la guerre nous a fauché les derniers gaillards robustement constitués qui auraient pu me convenir.

— Vous êtes un mystère qui ne sera jamais élucidé. Étrangement innocente et chaste ! On n'en fait plus des comme vous !

— Bah ! Pas de quoi verser des torrents de larmes sur mon sort. Louis est heureux de vivre et c'est ce qui m'importe aujourd'hui. Je crois qu'il peut faire un bon vigneron, s'il est capable de se forger des qualités dans un monde qui n'est pas le sien…

— Tout se gagne, Evangelista. Mes terres à vignes ne sont que vieux ceps depuis cette maudite crise du phylloxera. Les petits propriétaires ont subi la crise, j'ai racheté ! Cela n'a pas forcément été vu d'un bon œil, mais il faudra bien prendre une décision quant à l'avenir de ces terres-là.

Il était un peu trop tôt pour tracer des plans sur la comète. Louis commençait son apprentissage, tandis que Cyprien étudiait au collège. Toutefois, les garçons semblaient si bien s'entendre qu'ils pourraient peut-être envisager de s'associer plus tard pour faire prospérer le domaine en question du côté de Bergerac. Amaury disposait de trois hectares, mais il allait falloir relever les manches pour arracher les vieux ceps et planter de beaux pieds de vigne…

— Les cultiver et imposer leur prix de vente sont deux choses différentes… Tout cela représente un investissement, et j'ignore si nos fils auront envie de bâtir un domaine.

Evangelista avait de quoi être séduite par ces paroles qui soutenaient des projets communs, vastes et ambitieux, presque trop beaux pour être vrais. Amaury semblait considérer Louis comme s'il eût été son propre fils.

Son maître ne méritait plus ce portrait au vitriol qui avait circulé sur lui. Au fond, aucune raison ne motivait sa générosité envers Louis, si ce n'est qu'il n'avait jamais eu l'esprit étriqué et qu'il haïssait compter. S'il adhérait sans réserve à cette éthique, c'était aussi parce qu'il se montrait avec l'âge de plus en plus soucieux de resserrer des liens. Il parlait peu, mais il agissait. Dans la réalité cependant, Cyprien et Louis n'étaient encore que des jouvenceaux. Rien ne prouvait qu'ils soient un jour capables de faire du vin de qualité, et nul ne savait ce que l'avenir leur réserverait.

Lorène apprit vite à apprivoiser l'agitation qui régnait à Cahors. Elle avait une attirance pour ses maisons à pans de bois, les vestiges des palais et les hôtels de la rue de la Daurade. Bien sûr, le matin, le coq ne chantait plus pour saluer le soleil, mais les heures qui sonnaient au campanile de l'église voisine la rassuraient un peu. Grâce au maire de Carennac, elle avait obtenu une dérogation afin de raccourcir l'enseignement qu'elle devait recevoir à la seule culture générale. Quel bonheur de redécouvrir les poètes anglais côtoyant les classiques français ! Byron et Victor Hugo, Milton et Alfred de Musset. On ne badinait pas avec l'étude de la langue. Au contact de ces grands esprits, elle se sentait grandie, bien qu'elle fût, du haut de ses trente ans passés, l'une des plus âgées aspirantes au brevet supérieur d'institutrice. On lui fit grâce de la formation pédagogique pour laquelle elle avait déjà fait ses preuves. Elle travailla autant que faire se peut, surprenant souvent les autres étudiantes par sa pugnacité. Un monde la distançait de ces jeunes filles sages, voire timorées et peu autonomes en quête de repères, qui débutaient dans la vie. Si elle s'imposait de manière naturelle, de par son âge et son expérience, ce fut sans doute parce qu'elle représentait un modèle de bravoure et d'audace. Si les étudiantes l'observaient avec une admiration non contenue, Lorène leur distillait volontiers quelques conseils, comme elle l'aurait fait avec sa propre fille :

— Ne vous laissez pas déstabiliser dans un entourage d'hommes…

Et pourtant !

Si ses pleins et ses déliés dans sa démonstration de calligraphie à la craie sur le tableau noir le jour de l'examen lui valurent une excellente note, elle fut cependant troublée par l'examinateur, un dénommé Syrius Juniérat, qui semblait également sous le charme de la candidate…

— Je vous ai trouvée remarquable, et, si je puis me permettre, vous êtes très belle.

Ce compliment bien troussé fit mouche. Sous l'effet de cette voix aérienne, Lorène tressaillit. La base de sa gorge se mit à battre follement. Il y avait si longtemps qu'elle n'avait pas reçu d'éloges !

Les yeux de l'homme rayonnaient de convoitise derrière ses petites lunettes. *Des yeux de conquérant*, songea-t-elle, frappée par sa ressemblance avec Amaury, ce qui la troubla davantage.

Reçue à son examen, elle ne fut informée officiellement de sa mutation en qualité d'institutrice à Martel que quelques semaines plus tard. Amaury, les yeux encore rivés sur la mention bien obtenue par sa femme, émit quelques plaisanteries sur la culture des truffes dans le causse de Martel avant de reconnaître d'un ton un peu aigre qu'ils seraient de nouveau séparés dès les prochains mois.

L'automne 1921 arriva vite, et avec lui le jour fatidique de la rentrée des classes. Amaury n'avait pas de mots pour définir ce qu'il ressentait. Lorène lui échappait de nouveau, et cette fois-ci pour servir l'Instruction publique, mais il ne pouvait l'en blâmer, l'ayant lui-même poussée dans cette direction. Entre amertume et amusement, il suivit des yeux ses préparatifs. Sur ses cheveux blonds soigneusement apprêtés en chignon, elle avait fixé son joli chapeau à l'aide d'une épingle. De ses gestes mêlés de grâce et de fébrilité qui masquaient mal son appréhension, elle enfila son manteau dont elle lissa le col à revers.

— Tu fais une bien belle institutrice ! dit-il tandis qu'elle finissait de lacer ses bottines.

Voilà qu'elle se trouvait devant lui avec toutes ses forces encore intactes, alors qu'il n'en possédait plus.

— Je crois qu'il ne me manque rien pour conquérir l'école, souffla-t-elle, le sourire un peu crispé à l'idée de se retrouver sur une estrade devant son tableau noir face à ces écoliers.

Avant d'empoigner la mallette de sa femme, il ne se fit pas prier pour la serrer dans ses bras une dernière fois.

— Martel n'est pas si loin…, murmura-t-il.

Elle l'embrassa et se défit de l'étreinte dans une sorte de glissement…

— Je vais être en retard !

Les premières pluies d'automne avaient tout juste reverdi les champs, lorsque la carriole s'ébranla en direction de Martel. Beaucoup de paysans allaient à pied ; on croisait néanmoins quelques charrettes, des scieurs de long ou des rempailleurs de chaises qui parcouraient les fermes pour chercher du travail. Toutefois, certaines imposantes propriétés aux volets clos envahies par les herbes, semblaient désertées depuis longtemps, et les temps paraissaient difficiles pour tous. Ils traversèrent une partie du causse de Martel, qui n'offrait rien de ces grandes solitudes, mais au contraire tout de ces plaines fertiles. Les cultures de tabac occupaient l'agriculture. Puis, la silhouette de la ville des sept tours se dessina. La carriole la déposa à l'entrée de la cour de l'école sous un ciel aussi pur qu'un matin d'été. L'horizon, marqué par une rangée régulière de marronniers, lui rappela la cour de récréation de l'école de Carennac, ce qui raviva sa confiance. Une vive émotion l'animait lorsqu'elle poussa la porte de la classe d'une poigne énergique. Une lumière généreuse filtrait à travers les larges fenêtres, où toutes les têtes se tournèrent vers la nouvelle enseignante.

— Je suis madame Liféri, votre nouvelle institutrice ! annonça-t-elle à l'assemblée, la gorgée nouée, mais certaine d'honorer un rendez-vous avec son destin.

Dorénavant, un seul objectif comptait : façonner les têtes bien pleines de tous ces petits Quercinois dont elle détenait la responsabilité.

Si ses premiers pas se firent sans hésitation et dans une joie sincère de cultiver une nouvelle image d'elle-même qui lui conférait le plaisir de porter en toute liberté des corsages garnis de cols ronds assortis d'une jupe plissée, elle fut bientôt sujette à ces horribles maux de gorge. Par la force des choses, Lorène goûta au bourdonnement du marché agricole de Martel en espérant y repérer un herboriste. Au milieu des gens de la vallée qui venaient vendre ou échanger leurs animaux de basse-cour, leurs moutons et leurs bœufs, la nuée de paysans se bousculant de bourrades amicales, elle y perdait son latin. L'atmosphère devint vite pesante ; aussi se tint-elle un peu l'écart, près de la cathédrale, en pensant qu'elle aurait davantage de chance de trouver ce qu'elle cherchait. C'est alors qu'elle se fit interpeller sur un ton vif et primesautier. Lorène n'eut pas de peine à reconnaître, dans un manteau léger, l'homme élancé aux petites lunettes, qui ressemblait à un flâneur.

— Monsieur Juniérat ! Je vous croyais à Cahors !

— Je suis venu m'assurer de la bienveillance de notre école de Martel à l'égard de ses jeunes recrues. Comment vous sentez-vous dans vos nouvelles fonctions ?

— Je ne me plains pas. Le directeur est aimable, les enfants des hameaux sont plus dociles que les autres…

— Je vous accompagne ?

— Volontiers… En réalité, je cherchais un herboriste.

— Je suis également friand du remède des plantes. Je crois à leur secrète efficacité. Vous n'êtes pas souffrante au moins ?

Bien qu'elle fût fascinée par la précision réfléchie de son langage, qui laissait déjà percevoir une forme d'empathie, elle se sentit un brin mal à l'aise de le voir surgir là où on ne l'attendait pas.

— Un petit refroidissement, rien de grave…

— C'est de saison ! Votre premier hiver à Martel…, conclut-il de cet air un peu sûr de lui, qui la surprit sans lui déplaire.

C'était curieux comme elle croyait revivre sa rencontre avec Amaury vingt ans plus tôt au marché de Sarlat. Elle éprouvait cette même sensation intense de le connaître depuis longtemps. Elle sentait déjà qu'elle pourrait lui confier ses tourments d'institutrice, ses doutes, pendant qu'ils marchaient en direction de l'école, sans avoir rencontré d'herboriste.

— Je vous en apporterai, de ces herbes de la Saint-Jean que l'on cueille avant le lever du soleil…

C'était déjà une promesse entre eux lorsqu'ils se séparèrent devant la grille de l'école.

14

Si Cyprien avait moins souffert que Louis de leur première séparation, il le devait au bonheur d'étudier au collège de Saint-Céré. Ébloui par la liberté que procuraient les nouvelles connaissances, comme s'il découvrait l'indépendance de l'esprit, il s'était vite adapté à la vie en collectivité. Louis, quant à lui, amené à partager le monde un peu rustre des vignerons sur les coteaux des rivages nord de la Dordogne, pénétrait le quotidien du milieu ouvrier. La trêve estivale à Carennac leur permit de renouer avec la magie de leur enfance au fil de l'eau, où ils dégoisaient sur leurs exploits en barque à l'heure des premiers scintillements d'argent sur la rivière. Ils rapiéçaient un peu leurs souvenirs d'une époque où tout était si simple… Mais Louis ne s'en montrait pas moins reconnaissait envers Amaury de lui avoir obtenu cette place. Il aurait bien eu tort de bouder sa chance, lui qui avait toujours préféré le grand air à l'étude. D'ailleurs, cet été-là, dès que Louis eut repris la direction de l'apprentissage,

Cyprien décida, bille en tête, de mettre à exécution sa petite idée : parler avec son grand-père Desobières. Au collège, il se sentait ridicule, parfois même humilié lorsque la plupart de ses camarades évoquaient une vive affection pour leur « pépé », alors que lui s'obstinait à jouer l'absent dans un silence gêné.

La réaction d'Amaury ne se fit pas attendre :

— Tu sais ce que j'aimerais que tu lui dises, à ton grand-père ?

— Non.

— Que j'ai tracé pas mal de plans sur l'avenir.

Les visites du notaire, maître Tigerie, et sa serviette de cuir noir n'étaient un secret pour personne avant la guerre. Liféri avait engrangé de sérieux profits, et, le temps de la sagesse venu, il s'était orienté vers divers placements.

— Je t'ai parlé de ces terres à vignes du côté de Bergerac, des terres dont les vignerons aux abois voulaient se débarrasser en raison de cette crise du phylloxéra. J'ai investi sans me poser de questions au retour du Sénégal. Et j'ai également employé quelques journaliers à défricher des parcelles dans ce sol couvert de caillasses tout près de Sarlat. Des chênes y poussent au pied des cailloux. La terre y est rougeâtre, il y a ce qu'il faut de genévriers, l'idéal pour…

— Ne fais pas cela ! intervint Lorène qui avait suivi la conversation. C'est extrêmement maladroit d'en parler à mon père. Il va encore penser que tu lui envoies son petit-fils pour le narguer ! Ne passons pas le reste de nos jours à raviver la colère.

Amaury venait de décrire le terrain parfait pour que la truffe s'épanouisse. Lorène dut reconnaître que si son époux avait eu du flair, le mieux était de le tenir secret, car elle faisait indubitablement le rapprochement avec les investissements avortés en raison du comportement malheureux de son défunt oncle Jean.

Lorsqu'il répondit à sa femme « Tu as probablement raison », elle eut le sentiment que sa moitié, qui jadis lui aurait tenu tête avec vigueur, devenait docile.

Quand Cyprien fut autorisé à visiter les Desobières, il savait déjà ce qu'il dirait à son grand-père. Même s'il devinait que leur histoire familiale était nimbée de secrètes blessures, il supposait que Gilles n'allait pas rejeter l'occasion de le connaître. Cyprien était loin de se satisfaire de ce qu'on lui avait dit sur le personnage ; aussi, lorsqu'il se trouva face à l'homme au gilet de droguet boutonné sur sa chemise à la manière de n'importe quel paysan, le visage affaissé sur sa lecture, levant à peine la tête sur une présence imperceptible..., il se figea sur place. Gilles rabattit aussi sec son livre sur ses genoux, et ses yeux circonspects entreprirent un examen approfondi du nouveau venu. Il étudia le jeune homme sous tous les angles, à la manière d'un poulain juste sevré. Malgré sa coupe de cheveux sage qui lui donnait des airs de maturité précoce, Cyprien paraissait un peu gauche dans ce corps frêle qui avait grandi trop vite, mais cela ne gâtait pas son joli visage aux yeux sombres et expressifs. Gilles le jugea attendrissant puisqu'il conclut :

— Ta mère n'a pas échoué ! Tout son portrait !

Le garçon se sentit petit comme un ruisselet face à un fleuve impétueux. Le visage fermé à la moustache longue, la prestance du corps émacié de son grand-père le faisaient douter de lui.

— Quel âge cela te fait, Cyprien ?

— Quatorze, amorça le garçon timidement.

— Te voilà presque un homme… Est-ce ton père qui t'envoie ? interrogea Gilles afin de sonder clairement les intentions de son petit-fils.

Cyprien hocha la tête en signe de dénégation.

— Tu as perdu ta langue ?

— J'ai eu envie de vous rencontrer.

Quand il vit passer la sincérité implacable et la motivation évidente dans les yeux de la chair de sa chair, Gilles se sentit ému.

— C'est tout à ton honneur, mon garçon, le complimenta-t-il.

— Vous savez, mis à part quelques petits chagrins, personne ne m'a rendu malheureux sur cette terre. Pourquoi devrait-on me priver de vous ? Tout cela n'est pas digne d'une famille. D'ailleurs, la situation aurait pu être pire si votre fille était devenue fille-mère par la force des choses. Regardez, c'est le cas d'Evangelista…

— Enfin, mon garçon, qu'est-ce que tu me chantes là ? Même si Evangelista Dalery occupe un statut privilégié au sein de la maison Liféri, elle n'est jamais qu'une domestique ! Tu as des manières effrayantes de mélanger torchons et serviettes.

— Enfin, j'ai cru comprendre que vous aviez renié ma mère.

— Je vois que tu ne manques pas d'aplomb, ni de sens de la répartie… Toutefois, vois-tu, le mariage de ta mère nous a indignés et trahis. Tes parents se sont unis sans notre consentement, une attitude contraire aux principes que nous avons inculqués à ta mère. Autrement dit, nous sommes passés sous les fourches caudines de ton père. Un tel effritement des valeurs familiales chez les Desobières est inconcevable. Comment voulais-tu que nous dissipions autant d'ombres au tableau ?

Cyprien n'avait pas pu prévoir qu'il lui faudrait faire face à une montagne. Il devait cependant se rendre à l'évidence : les choses étaient plus compliquées qu'il n'y paraissait.

Dans un silence de cathédrale, ses yeux regardèrent le sol sans le voir.

— Ta mère est-elle au courant de ta visite ?

Cyprien opina.

— Mon petit… On n'efface pas si facilement les humiliations d'une vie. J'aimerais appréhender les événements avec autant de pureté et d'innocence que tu en es capable, mais, hélas, les blessures d'un père déshonoré ne guérissent jamais.

Le pépé lui tenait décidément de drôles de discours.

— Si mes parents se sont choisis, j'en déduis qu'ils s'aimaient. Pourquoi leur avoir interdit de se marier ? Moi, je suis boiteux, et il est probable que personne ne veuille jamais de moi ! résuma-t-il en toute innocence.

— Je me demande ce que ta mère t'a enseigné, pouffa Desobières. Dans la vie, tout n'est que fourmillement de conventions, problèmes à résoudre. Il serait peut-être temps de réviser tes théories…

Pourtant, la douceur et la spontanéité de ce jeune homme ne déplaisaient pas à Gilles, qui très vite baissa sa garde. Trop souvent claquemuré dans sa solitude depuis son retour de la guerre, il était sans doute heureux de faire la connaissance de son petit-fils et, qui plus est, de se faire prendre par les sentiments.

— J'ai hâte de grandir. Peut-être comprendrai-je un jour quelque chose aux préjugés et aux illusions ? C'est ce genre de chose que vous essayez de m'expliquer ? Mon père, lui, se borne à me parler de sa propre conception de mon avenir…

— Évitons les sujets qui fâchent, dont ton père fait partie. Tu apprendras à tes dépens qu'il n'est pas bon de tracer son avenir en fonction de ce que l'on décide à ta place…, l'avertit Gilles qui n'était pas forcément le mieux placé pour donner des conseils.

Cyprien découvrait, grâce à son grand-père, une autre facette de l'aventure humaine. C'était un univers fondé sur une vieille morale autoritaire qui l'intriguait, mais ne semblait pas aussi rigide que ses parents le laissaient entendre. Plus encore, il fut accaparé par ces émotions inédites à l'arrivée de sa grand-mère, dans sa chaise d'infirme poussée par Madeleine.

Troublée par la présence de ce jeune homme qui avait visiblement émoussé la vivacité de son époux, Sybille arrêta d'un geste brusque les roues de son fauteuil. Après une courte hésitation, clouée dans une sorte d'ivresse, elle tendit ses bras décharnés vers Cyprien en murmurant :

— Viens, mon trésor…

En étreignant son petit messie qu'elle respirait comme de l'herbe tendre, tremblante de confusion, elle pressa ses lèvres intensément sur son visage.

— Il y a tellement longtemps que ton ingrate de mère aurait dû faire le premier pas. Ce n'est pas parce que tes parents ont désobéi que nous devons être privés de ta présence...

Cyprien se laissa malaxer tout entier par sa grand-mère sans bien comprendre ce qui lui arrivait. Pourquoi parler de désobéissance ? Devait-on tout ramener à la seule morale ?

Avec ses pupilles pareilles à des escarbilles, sa robe ample et ses pieds nus, Sybille avait à présent des allures de vieille folle. Ses cheveux clairsemés et blanchis sentaient l'eau de Cologne, et le garçon eut bien du mal à déceler une quelconque ressemblance avec sa mère.

Madeleine apporta aussitôt de ces gâteaux aux noix que Cyprien ne toucha pas.

— Tu ressembles à un ange descendu sur la terre ! s'exclama Sybille sous l'effet d'une bouffée de bonheur.

Gilles tourna aussi sec sa réplique en dérision :

— Tu as de ces manières d'imposer ton enthousiasme !

— Il est bien normal que j'aie encore quelque accès d'espoir. La situation actuelle n'est pas exactement celle que nous aurions aimée, ton grand-père et moi…

Cyprien expérimentait un sentiment très inhabituel. Il n'avait pas envisagé cette manifestation d'affection un peu envahissante et maladroite, à laquelle il répondait par une attitude de garçon poli. Lui qui ne demandait qu'à se familiariser avec la présence de ses grands-parents, découvrait en même temps les mystères de l'homme ! Il avait tant rêvé d'être comme l'une de ces familles aux liens du sang indéfectibles.

— Cyprien, j'imagine que tu vas au collège ? s'enquit Gilles en tapotant ses doigts les uns contre les autres.

— À Saint-Céré. Et votre nom, grand-père, jouit encore d'une très bonne réputation.

— Encore ? Que veux-tu dire par là ?

— Que le commerce est moins florissant qu'avant la guerre, mais que votre renommée de marchand de Souillac reste intacte, se rattrapa-t-il en percevant le sourire désabusé de Gilles.

— On trie, on inventorie et réévalue les denrées qui stagnent dans l'entrepôt, vois-tu, mon garçon. L'embellie économique tarde à venir. Les affaires ne peuvent se réaliser qu'en brassant des flux considérables de marchandises en tous genres, par voie fluviale ou ferroviaire. Malheureusement, le monde change et je vieillis. Petit, tu devras marcher avec ton temps. Ceux qui se sont battus dénoncent le coût d'une guerre inutile et se tournent vers des partis en rupture avec la société que nous avons connue. Les intérêts industriels et commerciaux sont malmenés, l'avenir verra les grèves et les luttes ouvrières…

Amaury et Gilles se ressemblaient étonnamment dans leur combat. Parfois irritables face à la déliquescence du tissu économique, ils essayaient de sauver les meubles tout en gardant la nostalgie du monde d'avant 1914.

Cyprien revint régulièrement chez ses grands-parents durant les heures les plus chaudes de l'après-midi, alors que les Liféri le croyaient sur les bords de la rivière. Ses jeunes pas l'y portaient tel le flair des chiens qui rentrent à la ferme. Il aurait presque pu expliquer à sa mère que Gilles s'était bonifié, qu'il se montrait moins rugueux, que sa soif de tout contrôler s'était éteinte, mais aurait-elle voulu le croire ?

Parfois, lorsque les yeux du grand-père brillaient d'une lueur magnétique, il se plaisait à aborder, comme un numéro de voltige, le sujet des origines familiales. Là, son esprit s'égarait jusqu'à l'obsession. Il se laissait doucement porter par le blason des Desobières, seigneurs du Quercy, qui à la fin de la guerre de Cent Ans avaient repeuplé leurs terres. Ils possédaient alors la plupart des maisons sises autour de l'enceinte du prieuré. À travers ces bribes de passé longtemps enfouies, le jeune homme apprit que l'on avait attribué à l'un de leurs ancêtres, qui avait été doyen sa contribution à la reconstruction du cloître à l'aspect médiéval.

— C'était avant la construction du château des doyens, n'est-ce pas ?

— Oui. Ce nouveau logis date du quinzième siècle, mais le bénéfice du doyenné appartenait alors à une autre famille, proche du grand évêque réformateur de Cahors. Tu sais peut-être que ce château a accueilli le futur archevêque de Cambrai, le célèbre François de Salignac de La Mothe-Fénelon ? Toi qui possèdes déjà un minimum d'instruction, ce nom doit raviver ta mémoire ?

— Oui, bien entendu.

— Plus tard, c'est ton aïeul Abel qui a fait le choix d'installer ses affaires près de l'abbaye de Souillac. Napoléon y a fait construire un pont en 1812 ; cela a valorisé la communication. Bien que vigoureusement critiqué par les gens de notre rang, Abel possédait un tel sens des affaires, un goût de l'aventure et des voyages qui l'ont poussé à faire commerce. Il disposait d'un capital et s'était mis en tête d'établir une sorte de comptoir à Souillac. La main-d'œuvre ne manquait pas, à l'époque. Des hommes prêts à travailler dur. Bien sûr, on utilisait les gabares pour la navigation marchande sur le cours d'eau. J'ai bien connu ce temps pas si lointain où l'on chargeait les grosses gabares. Elles avaient fière allure au fil des eaux, au milieu de ces arbres ployés… Ah ! tu en as, des choses à apprendre ! Mais ta mère ne t'a rien dit de tout ça ? Où a-t-elle la tête ?

Cyprien se contenta de hausser les épaules en signe d'ignorance. Ces ondes du passé, tel le parfum d'un vieux rosier, l'emportaient, sans pour autant le perdre en chemin. Son père lui avait déjà dévoilé un certain nombre d'éléments sur l'histoire des Liféri ; alors, il poursuivait ce désir frénétique de savoir à qui il appartenait.

Madeleine alluma soudain l'interrupteur électrique de faïence blanche de la salle à manger lambrissée de chêne. Il était déjà tard. L'odeur de la soupe enveloppait l'atmosphère, et Cyprien se prit à rêver qu'il dînerait volontiers en compagnie de ses grands-parents, tandis que le heurtoir résonna à grande force sur la porte.

Le pas de Madeleine se précipita dans l'entrée, suivi de quelques chuchotements, puis, elle apparut dans la grande pièce accompagnée d'Amaury Liféri.

Cyprien sentit une étrange tension le gagner au fur et à mesure que s'opéraient les transformations sur le visage de son grand-père. Le petit craignait cette confrontation entre les deux hommes. Qui allait abattre le premier ses cartes ?

Amaury parcourut la pièce du regard avant de s'arrêter sur Gilles à l'œil reptilien, dont la colère gonflait. Son humeur s'était rapidement assombrie, le sang lui montait aux joues, à la seule vision de son gendre dans sa salle à manger.

— Bonjour, monsieur Desobières.

— Je ne me souviens pas de vous avoir invité chez moi ! avertit le doyen, hautain et irascible.

Amaury le fixa sans ciller, comme si le temps s'était arrêté de glisser.

— Effectivement. Je viens chercher mon fils. Il fréquente un peu trop cette maison à mon goût.

— Dans ce cas, en tant que père, votre rôle est de le lui dire. Cyprien a l'âge de raison, n'est-ce pas ?

— Il faut croire que je ne suis pas plus doué pour me faire entendre que vous ne l'avez été avec votre fille !

— C'est un débat sur une question qui n'est plus d'actualité.

Les deux hommes se toisèrent, alors que Cyprien se recroquevillait comme un escargot. Les joutes verbales étaient ouvertes, attisant vieilles rivalités et rancunes.

— Mon fils retourne au collège d'ici quelques jours. Cela coupera la racine de toute guerre, dit-il alors que chacun campait sur ses positions avec des idées très arrêtées.

— Veillez au moins à ce que ce garçon brille par l'esprit ! ironisa Gilles.

Cette éruption de haine, alors que son gendre y voyait une sorte d'attaque personnelle, fit forcément monter d'un cran l'exaspération.

— Sans les bateliers, les marchands n'auraient jamais fait fortune ! Vous avez la mémoire courte, mais, évidemment, lorsque l'on n'a pas de génie, il est bon de croire que l'on appartient à l'élite.

— Sortez d'ici ! ordonna Desobières qui n'en croyait pas ses oreilles.

Amaury ne se fit pas prier pour débarrasser le plancher après avoir intimé à son fils de lui emboîter le pas.

Sur le chemin du retour, le visage du jeune homme reflétait un chagrin amer. Ces deux individus ne savaient communiquer que par la violence. Cyprien devinant à demi-mot que des tas de fantômes peuplaient leur histoire, il comprenait que ces deux-là étaient incapables de tirer la moindre leçon de leurs erreurs. Tout jeune qu'il était, il refusait déjà de s'associer à ces malheurs.

***

En lisant les premières rédactions des « moyens » de l'école de Martel, Lorène comprit qu'elle aurait fort à faire. Ses élèves, qui avaient pour la plupart travaillé l'été sur les exploitations agricoles aux moissons, aux foins et aux cueillettes diverses, ne gardaient que de vagues souvenirs de l'enseignement reçu l'année d'avant. Oublieuses mémoires. Ils perdaient en route les vers des *Fables* de La Fontaine répétées cent fois en classe. Il arrivait à Lorène d'être en proie au découragement. Elle continuait ses corrections à la lueur d'une ampoule, dans ce logement passable, sous les premiers froids d'octobre, accentuant l'impression de solitude.

Sa vie à Carennac lui manquait, et elle repensa aux paroles d'encouragement de Syrius Junériat. Il défendait des idées républicaines, l'école étant selon lui la marche du progrès, et prétendait que la voix et le corps du maître transmettaient des informations qui ne laissaient jamais les écoliers insensibles. Il lui avait même livré de petites astuces pour créer des liens de familiarité avec les élèves les plus récalcitrants et ainsi mieux les diriger vers le savoir. Elle y songea longuement. Syrius trouvait toujours le mot juste, celui qui interpellait. D'ailleurs, cela s'avérait l'une des raisons pour lesquelles elle n'avait pas su résister à son invitation à dîner. Toutefois, elle n'en restait pas moins écartelée entre désir et culpabilité, un sentiment qui la plongeait dans la plus vive confusion.

Ce qu'elle savait de Juniérat se limitait à peu de chose, mais à son contact, elle sentait fuir sa réserve farouche. Il était natif d'une famille rurale de Cahors. Après avoir fréquenté l'École normale supérieure, il était devenu instituteur et avait intégré un groupe appelé l'Union des gauches. Il était à présent chargé du service d'inspection des établissements primaires du Lot. Comme la plupart des hommes, il ne pouvait plus supporter la pensée de la guerre et, même s'il abreuvait Lorène de tas d'anecdotes sur le conflit, ce qu'Amaury n'avait jamais fait, il n'en oubliait pas la fantaisie et le mystère.

En dépit du fait que Syrius fût un veuf fort attirant, elle n'en restait pas moins une femme mariée, exclue de l'esprit de liberté et du vent novateur des Années folles qui rassasiaient les mentalités des grandes villes. Le goût de l'émancipation féminine restait très mesuré à Martel, où le devoir d'obéissance au mari s'avérait profondément ancré dans les mœurs. Pourtant, Syrius aimait flirter, et ses baisers chastes prouvèrent dès ce premier dîner qu'il n'était qu'attente, rompu à la drôlerie et aux usages plus citadins. Il y avait de l'avant-garde dans sa façon de déclamer des vers de Lamartine ou de Blaise Cendrars, puis, voilà qu'il se mettait à lui parler des poètes surréalistes dont elle ne connaissait presque rien, une manière habile de lui prouver qu'elle devait se sentir libre d'agir et de choisir. Cela révolutionnait son cœur et son esprit…

15

Sur les terrasses qui longent la Dordogne, l'automne hésitait encore à jeter son dévolu sur ses coteaux un peu rougis. Louis ne s'attendait pas à être aussi ému par la lumière éblouissante de ces grandes plaines alluviales du Bergeracois. Impressionné par l'étendue du trafic fluvial sur les eaux navigables qui baignaient les quais de Bergerac, il percevait l'activité soutenue issue de la vinée qui descendait la rivière. Au port, les marchands coiffés de feutres négociaient leurs affaires, sous le grondement assourdissant des barriques neuves roulées sur les pavés par les portefaix. S'opérait le déchargement des caisses et des ballots, sous des effluves de lie de vin. L'effervescence battait son plein dans l'air humide de la berge. Après avoir assisté un moment à ce spectacle, Louis suivit des yeux les chalands et les courtiers en vin qui traversaient le pont afin d'accéder au quartier de la Madeleine, rive gauche en aval du port, où se tenaient les principaux entrepôts, les tonneliers et cabaretiers…

Le monde si vaste s'ouvrait devant lui, alors que des bribes de conversations lui ramenaient des résonances inconnues. D'instinct, poussé par une vive curiosité, il arpenta la rue Neuve-d'Argenson, se laissa guider par le charme des hôtels particuliers aux balcons en fer forgé, où l'on y faisait bonne vie, peut-être à l'image de celle que menait Léon Cornebuse, le patron qui se destinait à le recevoir pour son apprentissage de vigneron. Peu après, il s'engouffra dans la voiture publique qui devait le conduire au domaine du Haut-Montcourt du côté de Creysse et de Lembras, au nord de Bergerac. Bientôt, le paysage s'ouvrit sur de vastes étendues, où de gros échalas soutenaient des sarments à intervalles réguliers, permettant de laisser passer une charrue traînée par une paire de bœufs.

Le propriétaire au teint basané et à la barbe touffue bourrait sa pipe au milieu de son champ de vignes que le soleil éclairait généreusement, lorsqu'il vit arriver de loin son jeune apprenti, béret vissé sur le crâne, la démarche décidée.

— Alors comme ça, c'est toi l'envoyé de Liféri ? lança-t-il dès que le nouveau venu eut traversé les interminables rangées de vignes.

— Oui, monsieur, répondit timidement Louis en effectuant un petit salut de la tête qui s'adressait également au valet de vignes travaillant dans les plants voisins.

Cornebuse dévisagea le jeune homme, tout en soufflant une bouffée de fumée de la pipe qu'il venait d'allumer.

— Tu vas loger là-haut, dit-il en désignant de sa main tavelée de taches brunes la somptueuse bâtisse de pierres blanches du domaine du Haut-Montcourt qui montait la garde sur l'ensemble des vignobles de pécharmant.

C'était vague, mais le ton n'admettait pas de réplique, et Louis n'en sut davantage que lorsque Charles, le valet, lui livra les premières explications. Tandis que le regard de l'apprenti se perdait devant l'immensité de ces ceps encore feuillus, Charles, au menton volontaire, donnait l'impression que la vigne n'avait plus aucun secret pour lui.

— N'aie crainte, lui dit-il dès que Cornebuse eut quitté les lieux. Même si le maître est un peu bourru, ce n'est pas un mauvais bougre. Il est exigeant, voilà tout… C'est qu'il y en a pour de l'argent derrière les vingt hectares que tu vois là. Il s'agit du fruit de l'assemblage de plusieurs cépages, merlot et cabernet, dont on doit la supériorité à son excellente exposition ainsi qu'à la nature caillouteuse du sol légèrement argileux.

— Les vendanges sont juste terminées, n'est-ce pas ? s'enquit Louis en manifestant la déception d'arriver après la fête.

— Ça oui ! Et il nous a fallu des bras !

Le futur apprenti se doutait bien qu'il ne s'agissait pas d'un métier de tout repos, mais d'une vraie science qui donnait du grain à moudre, où la concurrence devait être terrible.

— Avant de faire du vin, sais-tu, il faut commencer par soigner la vigne. Bientôt, tu verras les ouvriers agricoles le dos courbé sur la besogne pour réaliser la taille qui suit les vendanges, mais en attendant je peux t'affirmer que tu as de la chance que Cornebuse t'ait pris en apprentissage, car en réalité, si le fils n'avait pas été fauché dans cette maudite guerre, il travaillerait uniquement en famille, comme ils le font depuis plusieurs générations.

Louis était ému, d'autant plus qu'accompagné de Charles, il observa le travail d'un salarié qui préparait un terreau obtenu à partir d'un résidu retiré des cuves afin de l'utiliser au printemps suivant pour relever la fécondité des vignes. Puis, ils arpentèrent la grande allée qui menait à la maison de maître, où l'on accédait par un porche aux bâtiments comprenant les chais, les cuviers, les remises, le pigeonnier, la grange. Les rouliers transportaient des caisses dans un bruit résonnant.

— Le vin est donc mis en bouteilles au domaine ?

— Oui, le patron en a décidé ainsi. Le maître verrier nous fabrique des bouteilles au culot épais sur le modèle de celles que les négociants bordelais du quai des Chartrons ont choisies.

Louis eut un coup d'œil admiratif tandis que Charles lui soufflait déjà quelques mots sur le vin de couleur sombre qu'il découvrirait sur ce territoire. Les explications lui paraissaient intéressantes, mais son enthousiasme retomba aussitôt lorsqu'il se vit conduire au dortoir établi sous un hangar. Là étaient logés les ouvriers. On y dormait sur des grabats qui puaient la sueur…

Il compensa ce désagrément par un travail sans relâche, porté par une soif inextinguible d'apprendre, suivant la méthode de Charles qui taillait les ceps en laissant des arcs afin de multiplier les grappes. Le valet lui lâcha un peu de lest et, si Louis avait peu de contact avec Cornebuse, le maître l'observait à distance, de même qu'il le faisait avec tous les employés du domaine. Bien que ne se satisfaisant guère de cette vie en communauté, l'apprenti prit vite ses marques, et sa progression fut rapide, si bien qu'on lui confia ses premières responsabilités. Parmi ces parfums de bois, de vins et de fûts de chêne, Louis dressait déjà secrètement des plans sur la comète tout en s'écroulant de fatigue chaque soir au dortoir miteux…

Ce vin représentait l'élan commercial de la moyenne vallée, autant dire que, s'il était chanceux, de vigneron il pourrait envisager de devenir négociant pour une grande maison au sigle doré qui achète le raisin. Cette corporation brassait deux fois plus de capitaux que les tonneliers ou de simples marchands… À moins qu'une autre opportunité ne se présente : devenu vigneron confirmé, il pourrait peut-être acquérir un domaine afin de travailler à la manière de Cornebuse, tandis que Cyprien jouerait le rôle de la tête pensante. Brillant comme il était, il ferait un excellent œnologue. Louis rêvait déjà d'une offensive foncière à tout juste quinze ans ! Il oubliait toutefois qu'acheter une exploitation d'un seul tenant restait rare, signe indéniable d'une prospérité familiale, la plupart des vignerons devant se contenter de parcelles morcelées.

— Viens voir un peu ça ! lui lança Charles un matin, comme le jeune apprenti s'apprêtait à prendre du service. Le valet l'entraîna vers les chais afin de l'inciter à jeter un coup d'œil sur le processus de la fermentation. Devant le mouvement sans repos des cuves, on discernait les montées de gaz au travers du magma, un spectacle captivant issu de la vendange rouge.

— Je suis bien incapable de te l'expliquer, mais je sais que le flux gazeux va s'estomper d'ici deux ou trois jours. C'est le rôle du vinificateur d'ausculter la cuve. Il va examiner la couleur, vérifier la température, déterminer l'acidité expliquait Charles.

Une voix de l'ombre vint soudain troubler leur quiétude :

— Vous n'avez rien à faire au milieu des travaux du maître de chai ! maugréa Cornebuse en les toisant d'un air hautain dans son costume taillé sur mesure. Tu commences ton apprentissage, n'est-ce pas, Dalery ? La vinification fait l'objet d'un enseignement auprès du maître de chai… Liféri m'avait signalé que j'aurais affaire à un garçon docile et attentif ; alors, contente-toi d'exécuter les ordres. Je n'aime guère les gars qui fourrent leur nez partout. Ils ont trop vite fait de se prendre pour le roi de la basse-cour !

Bien que l'initiative d'explorer le chai vînt de lui, Charles laissa Louis endosser la responsabilité de la faute à lui seul. Il savait que le patron détestait que l'on prenne des libertés, mais l'ouvrier avait pris l'habitude de descendre les deux tiers de la bouteille de piquette destinée à la tablée chaque soir. Forcément, il ne s'interrogeait plus sur grand-chose.

Louis n'était guère à sa place parmi les ouvriers. Peu à l'aise au milieu des conversations, des plaisanteries et des rires graveleux auxquels il ne se mêlait guère, il se sentait observé à la dérobée. Malgré cela, il comprit rapidement qu'il lui faudrait jouer des coudes et passer par une coopération laborieuse s'il voulait un jour exercer ses talents de vigneron sur d'autres terres. Même s'il se réveillait fatigué d'avoir dormi sur un grabat miteux, rien ne devait contrarier sa progression ; aussi redoubla-t-il d'efforts.

Dès qu'il sut planter une parcelle de vignes, eut compris l'importance de l'affinage dans certaines barriques de chêne, il nota précautionneusement dans un cahier toutes les réflexions qui lui paraissaient judicieuses et en déduisit que, pour produire un bon vin, aucune dépense ne devait être épargnée…

Toutefois, lorsque le syndicalisme rural commença de gagner du terrain, alors que le gouvernement venait de voter la journée de sept heures en viticulture, l'ambiance se tendit brusquement et les esprits s'échauffèrent au domaine des Cornebuse, où le temps de travail abusif était monnaie courante. Bien que l'on fût loin du mouvement coopératif des vignerons libres fondé dans le sud de la France, les ouvriers songèrent à s'embrigader parmi les syndicats, à revendiquer de meilleures conditions d'habitat ainsi que des augmentations de salaire. Louis ne reconnaissait plus Charles, qui s'était transformé en un véritable trublion, l'un des premiers à l'initiative de la grève. Le patron vit rouge lorsque les ouvriers, qui s'étaient donné le mot, cessèrent le travail.

— Nous avons annoncé la décision de lancer le mouvement de grève que vous n'avez pas pris au sérieux ! l'informa le leader en exprimant vivement ses griefs à l'encontre du patron.

Certes, Cornebuse n'était pas du genre à se laisser intimider par la menace de destruction des plants, mais devant la délégation d'ouvriers agricoles groupés devant son porche pour en bloquer l'accès, son léger sourire railleur s'estompa vite. Le patron dut faire appel à la protection de la gendarmerie pour échapper de peu au lynchage. Toutefois, ce climat de révolution ne plaisait guère à Louis, qui n'acceptait pas de se faire débaucher, pas plus qu'il ne tolérait ce chômage forcé.

— Il y a des limites à s'exténuer à la tâche ! Ce travail est dur et ingrat ! prétendait Charles, qui n'était pas le dernier à revendiquer.

— Je ne suis pas d'accord avec vos méthodes de sagouin, martela l'apprenti tandis que l'ouvrier le dévisageait bizarrement.

— Que connais-tu des exigences du métier ? Du combat contre la maladie de la vigne ? Des conséquences des gelées sur les sarments ? Des engelures qui déforment les mains affectées à la taille l'hiver ?

Tu viens d'arriver et tu veux nous donner des leçons ? Je vais te dire : tu as de vraies manières de bourgeois…

— Je n'ai pas envie d'abandonner le travail de la vigne, c'est tout. Ni de jouer les martyrs. Il est impératif pour moi de m'attirer les bonnes grâces du patron.

Le valet ricana jaune avant de se dresser, furibond :

— Écoutez-moi ça, vous autres ! Il ignore la misère du prolétariat ! Le nouveau sort de la cuisse de Jupiter, répandit-il dans les rangs où les hommes prêchaient que l'élimination de la bourgeoisie était la seule issue.

— Vos mœurs ne font que retarder les travaux, et nous allons le payer un jour ou l'autre… Il doit bien exister d'autres méthodes pour se défendre, insista Louis.

— Tu vas nous donner des leçons ? Pèse-tes mots ! On voit que tu as toujours mangé à ta faim et que tu n'as aucune idée de ce que la plupart d'entre nous ont traversé en raison de la crise du phylloxéra.

Louis prit soudain conscience qu'il avait toujours été heureux et libre, malgré la guerre. Pour la première fois, il éprouva du regret d'avoir quitté l'enfance protégée qu'il avait connue. Les images les plus douces effleuraient sa mémoire, peuplée des odeurs familières des bords de la Dordogne par les matins frileux, lorsque les jeunes gens, face au vol des étourneaux, s'étaient juré une amitié éternelle. Cette relation fusionnelle aurait fait pâlir de jalousie n'importe lequel de ces ouvriers, dans leurs blouses défraîchies, à qui il n'aurait jamais confié le moindre de ses secrets…

Les regards agressifs convergèrent vers Louis, qui comprit un peu tard qu'il avait eu tort de dévoiler le fond de sa pensée. Cela n'avait pas été du goût d'un garçon robuste aux traits ingrats, qui se dirigea vers lui pour lui administrer une gifle retentissante, sous les applaudissements de quelques grévistes.

— Tiens ! Tu réfléchiras davantage, la prochaine fois, avant de déblatérer sur notre compte !

L'apprenti sentit monter sa colère impuissante. Il serra les poings en éprouvant du mal à ordonner sa pensée. Il se trouvait face à une meute de loups affamés, à la lueur provocante dans le regard, la violence décuplée par le vin. Ces hommes le dégoûtaient, mais il n'avait pas l'intention de prolonger son cauchemar dans ce monde de brutes. Aussi passa-t-il outre la vigilance des ouvriers qui cuvaient leur vin le soir même et se rendit au château afin de rencontrer Léon Cornebuse en personne.

En voyant arriver Louis, la jeune Églantine Cornebuse se demanda ce que ce jeune homme pouvait leur vouloir à cette heure déjà tardive. Étant donné qu'elle craignait une nouvelle altercation, sa main droite se crispa sur la poignée de la grosse porte d'entrée, dont le linteau était surmonté d'un décor de bas-relief. Louis aperçut cette jeune fille si bien mise qu'il comprit qu'il n'avait pas affaire à une servante.

— N'ayez aucune crainte, la rassura-t-il. Je voudrais simplement parler avec monsieur Cornebuse.

— Je ne pense pas que cela soit possible, le rabroua froidement la grande brune à l'expression méfiante.

Louis resta bouche bée devant autant de beauté. Elle se ravisa :

— D'abord, qui êtes-vous ?

— Je suis un apprenti vigneron à votre service depuis peu. Je m'appelle Louis Dalery. Je dois faire part à votre père de ma façon de penser. Je ne suis pas d'accord avec tous ces révolutionnaires qui vous mènent la vie dure.

Devant cette fougue de débutant, Églantine éclata d'un rire cristallin. Son regard vert s'illumina d'un éclat d'or, et cette seule note de légèreté suffit à redonner courage à celui qui faisait figure d'intrus.

Toutefois, ce début de complicité s'estompa rapidement, et les sourcils de la châtelaine se froncèrent. Dans son ignorance, l'adolescent était bien loin d'imaginer combien la jeune fille et son père s'attelaient à faire rayonner ce vin.

— Vous êtes pourtant tous logés à la même enseigne, vous, les ouvriers.

Louis aurait pu y percevoir une intonation méprisante, mais, curieusement, il ne se sentit pas concerné.

— Je suis là pour recevoir un enseignement et non pour contester les méthodes. Je refuse de me rendre complice de leurs agissements de révolutionnaires et je souhaiterais me remettre au travail dès demain, plaida-t-il avec orgueil.

Elle l'observa longuement en cherchant à sonder ses intentions, puis, jugeant Louis inoffensif, elle consentit finalement à l'accompagner auprès de Léon Cornebuse.

Aussi ébloui par la prestance de l'hôtesse que par le décor du château, l'apprenti s'arrêta sur un tableau de maître au cadre doré, qui trônait au-dessus de la cheminée en marbre. Des peintures en trompe-l'œil ornaient également la cage d'escalier, où Églantine le précéda de sa démarche souple. Quand elle se trouva devant le bureau de son père, elle se retourna avec empressement vers l'apprenti :

— J'ai oublié de me présenter, dit-elle tout bas. Je suis Églantine Cornebuse… La fille de votre patron. Et voici qu'une idée me traverse l'esprit : peut-être pourriez-vous devenir notre médiateur ?

Sans même afficher son insolente prospérité, mademoiselle Cornebuse lui faisait beaucoup d'honneur, et Louis se sentit sur la bonne voie pour affronter son père.

— Alors, comme ça, jeune homme, tu estimes que les valeurs sont bafouées ? schématisa Léon, la pipe entre les dents, le visage éclairé d'un fin sourire, alors qu'il s'affairait à signer des documents à la lumière tamisée de la lampe de son bureau, où la large fenêtre donnait sur une partie de ses vignobles.

— C'est que, vois-tu, poursuivit-il, j'ai toute la presse sur le dos. Elle est là à guetter mes moindres faits et gestes. La maison a souffert du phylloxera, un puceron qui nous a rongé tout le vignoble. Les ceps séchaient sur pied ! Tu en as entendu parler, je présume ?

Louis opina timidement.

— Cela a ruiné bien des petits vignerons, qui ont été contraints de vendre leurs parcelles pour travailler chez moi. En conclusion, nous n'avons pas les reins suffisamment solides pour répondre aux desiderata des ouvriers. Ils ne comprennent pas que des difficultés économiques grandissantes ne feront qu'aggraver la crise. Ils seront toutefois les premiers à en payer les conséquences, expliqua Léon sans gaieté de cœur.

— Et si je devenais votre porte-parole ? intervint soudain Louis en s'inspirant des propos d'Églantine. Parfois, il suffit de quelques négociations pour rétablir l'ordre…

Cornebuse réfléchit un instant avant d'adresser à ce petit bonhomme un regard circonspect. Le patron alla à la pêche aux renseignements afin de se faire préciser qui étaient les meneurs du mouvement, et il saisit vite que son jeune apprenti était vraiment disposé à l'aider. Pourtant, ce n'était encore qu'un enfant piégé par ses idéaux, persuadé que le fait d'avoir trouvé sa voie permettait de s'abriter sous un large parapluie. Louis se portait volontaire, mais le patron craignait que cela ne se retourne contre lui. De là à se casser les dents sur cette horde de révolutionnaires, il n'y avait qu'un pas.

Finalement, après réflexion, puisque tout concourait à lui faire confiance, Cornebuse accepta la proposition de Louis. Ce jeune apprenti pourrait être son homme.

— Si tu refuses de prôner la solidarité, tu ne te feras pas que des amis… Y as-tu songé ? l'avertit encore le patron.

— Je l'avais bien compris, et cela m'est égal.

— Bien ! fit Cornebuse en se malaxant le menton.

Le dirigeant se décida à lâcher un peu de lest, en accordant aux ouvriers une augmentation de salaire, à condition qu'ils se remettent promptement au travail. Il n'était pas question dans l'immédiat d'appliquer cette loi qui réduisait le temps de travail, n'en déplaise aux salariés…

— Puisque tu acceptes de te mettre en danger pour la bonne cause, je te propose de dormir au château. Tu y seras en sécurité et cela nous permettra d'établir nos plans.

— À vos ordres, monsieur Cornebuse ! répondit Louis qui se félicitait de cette confiance nouvellement instaurée, tout autant qu'il jubilait à l'idée de dormir dans un bon lit.

Le lendemain matin, depuis la fenêtre de sa chambre, il fut saisi d'une soudaine inspiration qui le jeta dans une infinie rêverie. Il s'imagina à la tête de tous ces vignobles aux feuilles d'un pourpre grenat, qui se déployaient quelques mètres plus bas. Se protéger des mauvais coups n'empêchait pas de les recevoir, pourtant, cette grève arrivait à point nommé pour lui fouetter les sangs… Il devenait un représentant de l'ordre… Quels arguments allait-il mettre en avant face aux ouvriers ? Il aperçut Églantine au loin, un châle sur les épaules, qui marchait au milieu de l'allée en direction des grilles en fer forgé. Sa chevelure brune flottait au vent léger sous sa coiffe, sa démarche aérienne le fit frissonner, et il se souvint de ses magnifiques yeux verts… Non, il ne voulait pas la décevoir.

Ce même matin, Louis tira au clair les plans de négociations possibles. Après avoir obtenu l'aval du patron, tenaillé par une légère peur avec laquelle il faisait bon ménage, il constata, en se rendant au hangar où se tenaient les grévistes, que quelques plants avaient été mis à mal. De loin, il entendit cingler des expressions comme « martyre du capitalisme » ou « inspection du travail ». Il n'eut pas même le temps de se demander comment désamorcer la bombe, qu'il vit surgir deux de ses camarades.

— C'est un coup de pied au cul que tu es venu chercher ?

— J'ai quelque chose d'important à vous dire, formula-t-il sous le joug des regards menaçants.

— Ah oui ? ricana le vigneron en lui emboîtant le pas. Et que dit Cornebuse à propos de ce hangar miteux qui part en déconfiture ? Car tu viens bien du château ? N'est-ce pas ? railla-t-il tandis que d'autres ouvriers encerclaient Louis.

L'apprenti essaya de parler, mais on ne l'écouta pas. Des réflexions humiliantes fusaient sur son compte, tandis qu'il essayait d'entamer son discours. Jamais le fils Dalery n'avait lu autant de mépris dans le regard des hommes qui l'accusaient de ne jamais avoir ployé sous la charge d'une hotte pleine de lourdes grappes sur le dos, à la saison des vendanges. Peu à peu, il se sentit devenir la proie d'une force sombre et, même s'il voulait jouer les esprits forts, il ne parvenait toujours pas à placer un mot…

La tension monta d'un cran, et les ouvriers, en proie à trop d'injustices, passèrent à l'attaque. Louis, roué de coups de pied, n'était déjà plus en état de fuir, lorsque ses opposants s'acharnèrent sur lui. Le malheureux n'eut ni le temps ni la force de riposter. Personne n'eut le courage de lui venir en aide. Il fut ensuite abandonné à son triste sort, au milieu des champs de vignes piétinés à outrance. C'est à peine s'il eut la force de regagner le château sur ses jambes chancelantes, le visage ensanglanté. Il couinait de douleur lorsqu'Églantine se posta devant lui en laissant échapper un cri d'effroi.

— Louis, mon Dieu, que vous ont-ils fait ?

La respiration du fils Dalery était si rapide, quand elle l'aida à gravir les marches qui montaient au perron, qu'elle craignit le malaise. À bout de forces, il pesa lourdement sur l'épaule de la jeune fille, qui eut peine à l'accompagner jusqu'à la chambre d'une domestique, où il s'allongea sur un lit.

Devant cette défaite de Louis, une sorte de culpabilité envahit Églantine, qui fit aussitôt appel au médecin. Elle et son père n'étaient-ils pas un peu responsables de ce tournant dramatique ? Ces ouvriers ruminaient leur haine depuis plusieurs jours déjà. Ils auraient dû, en tant que patrons, envisager ce débordement.

L'orage couvait dans le lointain, la nature s'était murée dans un étau, et les oiseaux volaient en rase-mottes au-dessus des vignes, lorsque le docteur Brissard se pencha sur Louis. Sans exprimer le fond de sa pensée, il appliqua les premiers soins sur son visage tuméfié.

— Il serait plus sage qu'il reste à l'écart. Je crains que vos hommes soient devenus fous, dit-il à Cornebuse, agacé par ce jeu du chat et de la souris.

— La virulente campagne du parti communiste s'organise. Il faut éviter que cette contagion syndicale ne se propage, indiqua le patron.

Les forces de l'ordre arrivèrent au domaine sous une pluie battante. Il fallut pourtant encore attendre quelques jours pour parvenir à un accord. De son côté, la justice contint le mouvement revendicatif par des condamnations pour les dégâts occasionnés. Même si l'accalmie revint, l'amertume demeurait présente dans le cœur de Louis, certain que les semeurs de trouble étaient traités avec plus d'indulgence que les travailleurs…

16

Quand Evangelista, drapée de son tablier de cuisine, eut remis un peu d'ordre dans sa chevelure rousse parsemée de fils d'or, elle s'empressa d'aller ouvrir la porte. Le soleil hivernal avait juste percé l'écran de nuages, mais elle faillit tomber à la renverse en apercevant le petit visage malingre de son fils. Ses souliers élimés et sa veste défraîchie complétaient le tableau. Elle serra avec l'amour d'une mère ce corps de grand échalas. La voix de Louis se réduisit à un murmure :

— Je n'y retournerai pas…

Elle posa sur lui un regard mêlé d'anxiété et de tendresse, avant de l'entraîner vers le salon, où la famille se trouvait rassemblée pour fêter Noël. Les flammes dansaient dans la cheminée, sous le crépitement du bois. De doux effluves de soupe au lard et de truffes embaumaient l'atmosphère. Lorène, Amaury et Cyprien abreuvèrent aussitôt Louis de questions sur son apprentissage à Bergerac. Bien que la presse locale ne fût pas avare de commentaires sur les grèves qui sévissaient autour des chemins de fer, celles du monde ouvrier où l'on décrivait les conditions de vie précaires, les Liféri voulaient encore croire que cela ne reflétait pas tout à fait la réalité… L'hébétude du jeune vigneron et son malaise évident leur confirmèrent pourtant le contraire. Tout était occasion de révolte, dans un pays où la valeur du franc avait chuté de plus des deux tiers et la crise de la vie chère s'ensuivait. Mais Louis avait sa dignité, et il se ressaisit en prétendant qu'il avait beaucoup appris de sa formation chez les Cornebuse. Amaury ne put que le complimenter pour son courage et sa pugnacité, lui qui était devenu un véritable loup solitaire, appréciant autant de traquer le lièvre ou le perdreau sur les coteaux désolés, que la simplicité de faire griller des châtaignes dans une grande poêle, dans l'endormissement de l'hiver. C'était à la génération montante de reprendre le flambeau !

Au retour de ces vastes combes silencieuses, l'ancien aventurier commerçant se contentait d'imaginer des rangées d'écoliers pendus aux lèvres de leur maîtresse, madame Lorène Liféri, qui enseignait à l'école de Martel. Il rêvait en faisant craquer les châtaignes sous ses doigts. Cyprien, quant à lui, incarnait toujours la même simplicité de ceux qui ne quittent jamais vraiment les études, ce qui amusait son père, lui qui au même âge, participait déjà à la vie active et trépidante de l'avant-guerre. Mais le contexte économique avait bien changé, et la désertification des bourgs de la vallée faisait envisager la nécessité d'une reconversion. Le moment semblait opportun au chef de famille d'évoquer avec les garçons la possibilité d'exploiter ces terres à vignes dans lesquelles il s'était risqué à investir. Il sonda Cyprien :

— Et si nous descendions sur ce versant nord de Bergerac où se trouvent les vignobles en question ?

— Nous irons avec Louis.

— Je l'entendais ainsi ; ce sont nos intérêts communs.

Lorène aimait les écouter sans se mêler de la conversation. Cette légère distance lui permettait de mesurer leur goût pour le risque et la force de cet espoir en haleine. Ces affaires, réservées aux hommes ingénieux, les rendaient touchants… Au point de lui faire momentanément oublier Syrius Juniérat, qui envahissait un peu trop ses pensées. Même si l'attirance qu'elle éprouvait pour lui était une folie, cet interdit ne restait pas plus déloyal que toutes les entraves qu'Amaury avait faites au sacrement du mariage !

Evangelista se leva pour tisonner le feu. Depuis deux jours, elle s'activait en cuisine sans soumission ni amertume, enjouée par cette aventure culinaire de Noël dans laquelle elle aimait faire cavalier seul, refusant systématiquement l'aide d'une servante débrouillarde.

La nuit était déjà tombée, quand arriva la famille de Sarlat. Lorène, qui n'avait pas revu sa tante Doris depuis le décès de son fils Basile à la guerre, fut frappée par son visage terne et vieilli. Elle s'étiolait comme une fleur qui flétrit. Son fils Hypolite, qui se relevait difficilement des épreuves du front, tenait à présent les affaires de la ferme, et il avait l'air de protéger sa mère non moins qu'un être vulnérable. Lorène, qui l'avait vite remarqué, prit soin de ne pas manifester son trouble.

Les réjouissances commencèrent avec un souper léger pour patienter jusqu'au réveillon.

À l'heure où la chorale entonna le *Minuit, chrétiens* dans l'église de Carennac, tandis que l'on célébrait la naissance du Christ sous un ciel couvert, chacun vivait sa foi comme un grand moment d'émotion. Les livres de messe dorés à l'or fin étaient ouverts sur les plus beaux symboles de paix, au lendemain d'une guerre si meurtrière. Il ne neigeait plus lorsque les cloches carillonnèrent au sortir de la messe de minuit, mais une fine pellicule blanche parsemait le chemin. Les femmes, surtout, avaient hâte de se réchauffer au coin du feu. Au retour, Amaury s'empressa de raviver les braises avec le soufflet, et Evangelista prépara la table. Un candélabre illumina la porcelaine blanche et les couverts en argent qu'elle dressa sur une jolie nappe. Alors que le réveillon s'annonçait gai et festif dans une opulence de mets choisis, accompagnés de vins millésimés, soigneusement décantés dans des aiguières, l'on conversait familièrement. Doris ne participait guère, comme si d'étranges pensées lui pesaient sur la conscience.

— Ce n'est pas encore le moment des oranges de Noël et des pralines ! intervint Hypolite en voyant sa mère grignoter, à la manière d'une enfant, les friandises disposées sur la table.

Dût-on mettre sur le compte de la fatigue ou du vin le discours que tint Doris peu après ? Toujours est-il que les Liféri furent bientôt rattrapés par les fantômes du passé.

— Lorène, ma chérie… Si ta mère n'avait pas eu l'imprudence de confier à mon pauvre Jean une telle somme d'argent, cela n'aurait sans doute pas compromis à ce point nos relations familiales ! Quelle tristesse de se tenir aux mêmes rangs d'une église la nuit de la Nativité sans échanger la moindre fraternité !

La réflexion arrêta brusquement les rires. Que Doris eût exprimé librement le fond de sa pensée jetait un froid.

— Maman, je t'en prie ! s'insurgea Hypolite.

— Si mon Jean avait eu la tête à se lancer dans les placements, il n'aurait pas attendu Sybille pour le faire…, poursuivit Doris à brûle-pourpoint sans se soucier de jouer les trouble-fêtes.

Lorène regarda sa tante de guingois. Elle sentit le chapon lui rester en travers de la gorge. Amaury se demandait pourquoi Doris s'en prenait autant à Sybille.

— Ma parole, on vous aurait servi du cheval enragé un soir de Noël que ce ne serait pas pire, ma tante ! releva Amaury.

Doris eut une grimace d'agacement. Ses yeux se plissèrent. Au lieu de temporiser, elle aggrava son cas :

— Le frère et la sœur étaient unis comme les doigts de la main… Je peux en témoigner ! Jean manipulait Sybille à sa guise, et elle, aveuglée par sa confiance, fermait les yeux sur les mauvaises passes de mon mari. Il en a misé, des sommes astronomiques au jeu ! J'ai souvent tremblé, craignant qu'il n'hypothèque le domaine auprès de ses créanciers. À plusieurs reprises, nous avons failli sombrer dans le plus grand dénuement. Les femmes sont trop conciliantes ; c'est aussi valable pour toi, Lorène !

— Maman, tais-toi, je t'en prie ! fit Hypolite, effaré.

Lorène découvrait chez sa tante un personnage rance et perfide, et ce talent destructeur lui était incompréhensible. Ce mélange d'aigreur et de regret lancé comme un trait d'humour bravache la fit réagir violemment :

— Tu n'es tout de même pas venue jusqu'à Carennac en ce soir de Noël pour régler le compte de ma mère !

Doris eut un sourire ironique.

— Tu défends ta mère, à présent ?

Lorène lui fit signe de se taire. Malgré tout, elle se demanda si c'était le deuil de son fils qui avait donné à sa tante cet esprit revanchard au point de s'en prendre à la terre entière. Basile, le cadet, avait toujours été son fils préféré, le seul à être capable de partager ses terribles angoisses de veuve, mais nul n'était responsable s'il avait perdu la vie la baïonnette au fusil dans un corps à corps sanglant, dès la première bataille de la Marne en 1914. Quel était l'intérêt de Doris de déterrer ce secret de famille que Lorène avait soigneusement tenu contre sa conscience, alors que l'on espérait la paix et la fraternité en ce soir de Noël ?

Les réunions de famille n'étaient déjà pas le fort d'Amaury. Si la tante se mettait à dérailler dans des histoires tirées d'une boîte de Pandore, il ne pouvait y répondre que par une rodomontade, en prétendant qu'elle avait laissé sa tête au fond des brumes d'avant-guerre. Embarrassée par la tournure scabreuse que prenait la discussion, Evangelista, quant à elle, s'essuyait nerveusement la bouche avec sa serviette de table. Cette remarque de Doris ravivait la vérité sur les principales raisons de la tentative de suicide de Sybille, ce qu'Amaury ignorait, car Lorène avait pris soin de le cacher à son époux pour éviter de ranimer de vieilles querelles.

Soudain, Amaury planta son regard réprobateur dans celui de sa femme : il attendait qu'elle lui fournisse une explication valable. Lorène s'efforça de rester digne, malgré l'entourloupe de sa tante.

Après s'être ressaisie, elle se livra :

— Je sais que tu ignorais encore la raison de la tentative de suicide de ma mère, puisque c'est bien de cela qu'il est question… Doris a dit la vérité : maman s'est fait flouer par son frère en lui confiant son pécule afin qu'il investisse dans des truffières, mais il a bêtement perdu cette somme au jeu avant de mourir.

— Et il a fallu la nuit de Noël pour qu'éclate la vérité ? s'empressa Amaury.

Doris savourait une certaine victoire du devoir accompli.

— Cette vérité, reprit Lorène, mon père ne l'a jamais supportée…

Amaury restait songeur, comme s'il venait d'identifier un agresseur en la personne de Doris. De son côté, Lorène se sentit brusquement soulagée d'avoir mis fin à ce secret trop lourd à porter. L'atmosphère s'emplit d'une sorte d'étrangeté. Le silence n'était rompu que par le crépitement des bûches dans la cheminée. Le vent froid de la nuit d'hiver s'était levé sous forme de grandes bourrasques, et les flocons de neige répandaient leurs paillettes de cristal sur les chemins. Les garçons, eux aussi, tombaient soudain sous le sortilège du passé qui envahissait la veillée. Peut-être prenaient-ils conscience pour la première fois, de la fragilité du monde qui les entourait ?

— Quand bien même ce serait… Ce passé trouble n'a rien à faire à notre table un soir comme celui-ci ! regimba Amaury pour la fierté de Lorène.

La phrase fut interrompue par le rire flûté d'Evangelista qui apportait le dessert.

— Joyeux Noël ! s'écria-t-elle en posant sur la table un succulent gâteau de sa composition.

Même si Doris avait pris un malin plaisir à cracher son fiel sans que Lorène vît venir le coup, elle regrettait déjà d'avoir été trop loin dans les confidences. À présent, elle se confondait en compliments sur le succulent dessert…

En mangeant du bout des lèvres sa part de gâteau, Lorène préférait voir la farce plutôt que la tragédie. Sans le vouloir, sa tante l'avait peut-être libérée de ses horribles cauchemars qui continuaient de la hanter depuis la dernière visite qu'elle avait rendue à son père, ce fameux jour où il lui avait avoué la vérité. Malgré cela, elle ne pouvait que plaindre Doris, qui avait si mal vieilli. Cette posture agressive dispensée à petites touches, confirmait une sorte de dénouement d'une histoire familiale que Lorène aurait volontiers abandonnée en chemin…

Bien qu'ils fussent un peu artificiels, la joie et les rires ressurgirent comme un torrent, grâce à la présence de Louis et de Cyprien, qui eurent vite fait de tirer un trait sur cette parenthèse sordide. Légèreté du propos, sourires malicieux au coin des lèvres, ils réussirent, par une observation juste et une attention délicate, à sauver la tournure d'une nuit de Noël plutôt chaotique.

Quelques jours plus tard, dans la blancheur de l'hiver, Amaury conduisit les garçons à la découverte des terrains à vignes, autour des vallons profonds aux beautés singulières. Sous ce froid mordant où le gel avait figé les arbres, il comprit pourtant qu'il avait présumé de ses forces. Bien qu'il n'en laissât rien paraître aux garçons, sa faiblesse l'exaspérait, après une longue marche sur les bords de la Dordogne ensommeillée par la léthargie de janvier. Louis constata que les terres d'Amaury se trouvaient en réalité tout près du domaine des Cornebuse, entre Creysse et Lembras, ce qui le fit sourire. Si les racines et l'herbe jaunâtre et desséchée par l'hiver tapissaient le sol des terres à vignes, les indices de qualité, quant à eux, ne trompaient pas : sol argileux, légèrement calcaire et caillouteux, ce qui d'ailleurs n'échappa pas à Louis, devenu un véritable expert en la matière. Cyprien, les joues rosies par le froid, se contenta de juger ces coteaux caractéristiques, remarquablement exposés. Les garçons se concertèrent du regard, intrigués qu'ils étaient par les bâtiments abandonnés, comprenant des communs : chai, grange et maison de vigneron.

— Père, tu nous as caché cela ! s'exclama Cyprien avant de le bombarder de questions auxquelles Amaury répondit très sommairement.

— Les murs, c'est du détail ! Moi, je vois le chardon, le noisetier, le genièvre, mais également la mélique et les ronces qui poussent sur ce sol. J'ai beau ne pas m'y entendre beaucoup en matière de vignobles, la botanique est un guide infaillible. Ce coteau n'est pas si éloigné de la rivière ; les ceps souffriront moins des gelées.

— Louis, qu'en penses-tu ? s'enquit le chef de famille.

— Les meilleures conditions sont réunies, mais il faut bien sûr renouveler la vigne trop appauvrie, constata à l'œil nu le fils d'Evangelista. Et qui dit créer une nouvelle espèce, dit avoir recours aux semis.

— C'est à ton avis la meilleure façon d'obtenir des vignes saines et de longue durée ?

— Oui, pour cela, il faut laisser mûrir les graines dans un lieu sec et frais bien nettoyé des semences étrangères. Confiés au bon moment au cœur d'une terre correctement labourée, les plants devraient être fertiles.

— Je vois que tu n'as pas perdu ton temps chez les Cornebuse, dit Amaury, rassuré par sa volonté de mener à bien ce projet ambitieux.

— C'est au premier printemps que l'on sème ?

— Oui, la nature est prodigue, mais il y a un certain nombre de précautions à prendre. On m'a appris que le cep issu de semis est le plus viable. Comptons deux ans de soin, une taille convenable… Les premières grappes peuvent apparaître d'ici cinq ans…

Amaury fut soudain frappé d'un drôle de pressentiment qui lui provoqua une sorte de malaise. Il sentit son corps s'engourdir de froid tandis que le vent leur cinglait le visage. Il resserra le col de sa vareuse. Cinq ans… C'était si loin… Verrait-il ces coteaux en pente douce couverts de rangs de vignes étoffés de leurs belles grappes dissimulées entre les feuilles ?

— Es-tu souffrant ? demanda Cyprien qui avait noté la pâleur de son père, que l'on aurait pu croire au bord de la syncope.

— Ce n'est rien, rentrons, dit-il en sachant qu'à cette saison, le crépuscule tombait tôt et qu'il plongerait sous peu les chemins de la vallée dans une pénombre glaciale.

17

Le sol fut ameubli et fumé par des journaliers qui avaient d'abord pris soin d'ouvrir des tranchées pour favoriser les influences atmosphériques. Afin de réunir les meilleures conditions de démarrage, Amaury et Cyprien s'étaient mis d'accord pour confier à Louis les initiatives de départ. Au premier printemps, il s'était occupé de sa semence en prenant soin de la recouvrir d'un peu de terre et de l'arroser souvent. Un soigneux sarclage lui permit par la suite d'éviter les mauvaises herbes. Lorsque les plants montrèrent les signes d'une belle végétation, Louis suggéra une visite à Amaury. Mais curieusement, à peine le pied à terre, il se mit à vaciller. Celui qui s'était jadis engagé dans la vie tel un mercenaire, flairait le déclin de ses forces et en éprouvait de la crainte. L'insomnie tirait ses traits. Il essaya de confier à son fils qu'il sentait rôder la mort, mais Cyprien perçut ce manque de maîtrise de soi tel un outrage. Son père demeurait à ses yeux un être exceptionnel, et l'idée de le perdre le plongeait dans un immense vide intérieur.

Il souffrait tant dans sa chair, qu'il n'alla pas jusqu'à lui dire qu'il l'embêtait avec ses sornettes, mais ce fut tout comme…

— Pas d'illusions rassurantes, mon garçon. Il faut que tu apprennes en prévision du jour où je ne serai plus là.

Cette tirade fut fort déplaisante à Cyprien, qui estimait que son père s'enfermait dans son propre cachot en prenant ses distances avec la vie. Elle s'accompagnait de ses yeux qui avaient perdu de leur expression volontaire.

— Promets-moi de faire alliance avec Louis. Vous avez tout à gagner de votre entente pour la bonne réalisation de vos affaires. Nous avons trop souffert des chicanes et des querelles familiales, un peu comme un poison qui te dévore toute une vie. Tu dois continuer d'étudier les grands principes de la viticulture, de l'œnologie et du commerce. Tu en as la tête.

Fidèles à l'esprit des années 1920 marquées par une volonté de renouveau et influencées par un idéal patriotique, les professeurs qui faisaient régner une discipline sévère au lycée de Périgueux inspiraient un respect quasi religieux à Cyprien. Il devint de plus en plus exigeant dans la maîtrise de soi. Au sein d'une société en transformation radicale, il découvrait des courants de pensée émergeant d'une Europe mise à feu et à sang. L'Action française fut bientôt au comble de son rayonnement autour du culte des héros morts. Elle présentait le fascisme ainsi qu'un réflexe de défense face au communisme, et le nombre de ses émules augmenta. Une grande partie de la jeune génération, révoltée par la République qu'elle jugeait peu respectable, approuvait cette démarche érigée contre le laxisme parlementaire et la montée du bolchevisme. Cette éthique de l'engagement, comme une manière de préserver les acquis du modèle français, ne convainquit pas plus Cyprien que celle de la socialisation. Dans son esprit de lycéen, la défense d'un pays ne pouvait être associée qu'à la démocratie. Ainsi, sa jeune expérience et l'influence de son cercle amical l'amenaient à penser que cette culture républicaine n'était pas encore moribonde et qu'il revenait à la jeune génération de restaurer l'ordre dans une quête de justice, afin d'éviter à tout prix un nouveau carnage… Le jeune homme était du genre à tout étudier avec une curiosité placide, sans pour autant tomber sous le joug du militantisme politique, car il n'avait pas besoin du prestige factice dont certains de ses camarades s'affublaient. Absorbé par l'étude, l'élève se contentait de poursuivre son but, tout en écoutant ses camarades évoquer un sujet qu'il connaissait si peu : les filles. Cet instinct irraisonné mettant tous les sens des garçons en éveil sitôt qu'ils en observaient une, le laissait démuni, gagné par une forme d'anxiété, lui qui était tout autant attiré par leur mystère que terrorisé à l'idée de leur parler. Si certains de ses camarades se vantaient de leurs prouesses amoureuses afin de prouver à tous leur virilité, la plupart n'avaient jamais dépassé le stade du premier baiser. Cyprien, même pas ! Il en éprouvait une certaine mélancolie, parce qu'il se sentait vulnérable, craignait d'être ridiculisé par le groupe, s'il avouait son inexpérience. Cette difficulté à s'intégrer au monde des hommes le renvoyait à son infirmité. Il vivait cela comme une nouvelle épreuve pour accéder pleinement à la masculinité.

Alors qu'Amaury avait chevauché le causse parmi les corolles de boutons-d'or et de coquelicots sous l'odeur de l'herbe fraîchement battue au fléau, il s'arrêta, ivre de poussière et de soleil, à l'auberge Calypso de Carennac. Son fils venait d'être reçu bachelier, et, pour fêter l'évènement, il offrit des tournées générales à tous les traîne-savates, parla fort comme par le passé, ravivant l'eau souterraine des souvenirs endormis depuis trop longtemps. Envolé le désarroi, le mal de vivre ; les flots se déchaînaient de son implacable verve. Bien que le temps et la guerre, ses ennemis impitoyables, eussent dispersé ses rêves chimériques, il était gai comme un pinson ! Ah ! les femmes légères... Il en avait eu ! Il s'était grisé d'aventures et vautré dans la gaudriole à l'époque où rien n'aurait pu ralentir sa frénésie de dépaysement. Il avait toujours été seul maître à bord, mais cette sale guerre avait interrompu la course de ses ambitions... Il rentra chez lui en titubant, le visage rougi. Il se plaignit de crampes en traînant son corps souffreteux et frissonnant, avala une soupe au lard et monta se coucher. Le lendemain matin, Evangelista, s'inquiétant de son absence, se rendit à son chevet et le trouva mort dans son lit en entrant dans sa chambre !

Le choc fut si terrible que ses jambes se seraient certainement dérobées sous elle si ses mains ne s'étaient cramponnées au montant du lit. Elle hurla, ne sachant maîtriser une grande nervosité soudaine. Une angoisse gigantesque l'étreignit, tandis que d'autres cris désespérés jaillirent de sa gorge.

Le médecin conclut à une attaque d'apoplexie. Il fallut prévenir rapidement Lorène, qui rentra de Martel la torpeur figée dans son esprit. Le visage de son époux lui apparaissait à travers les souvenirs marquants, et la touffeur de l'orage qui couvait l'oppressait tout autant que le malheur qui venait de s'abattre. Avait-elle refusé de voir Amaury usé jusqu'à la corde ?

Selon le rituel, les visages connus vinrent tirer l'eau bénite et offrir leur réconfort chez le défunt, où la veillée mortuaire fut longue et éprouvante. La cérémonie des funérailles déploya une foule recueillie. Sans doute était-il réconfortant de voir tous ces gens partager leur peine. Les vitraux religieux filtraient les rayons du soleil qui se reflétaient sur le catafalque placé au milieu de la nef. Les Liféri n'y croyaient toujours pas vraiment, alors que les cierges se consumaient lentement à l'image de nos vies terrestres. Lorsque le prêtre lança les invocations latines sous l'odeur de l'encens, Lorène, livide dans sa robe noire et mantille, évitait les regards, dissimulant à peine ses yeux rougis qui laissaient présumer de sa lutte intérieure. Plus tard, au moment où le cortège s'ébranla parmi les sépultures entretenues du cimetière, elle eut besoin de bras pour soutenir ses pas dans cette rude épreuve. Son compagnon de toute une vie venait de s'effacer sans bruit. Cyprien et Louis serraient les dents pour cacher leur trouble au moment où fut actionnée la mise en terre du cercueil. La veuve posa sa main gantée sur l'épaule de son fils, dont les cheveux châtains plaqués en arrière lui conféraient un visage grave. À plusieurs reprises, l'éplorée mordit son mouchoir pour étouffer les sanglots qui s'échappaient malgré elle de sa poitrine oppressée.

Au retour, Lorène aperçut le reflet de son visage dans le miroir et elle fut saisie par sa dureté glaciale. Ses pensées s'égaraient. Elle ne se reconnaissait plus dans cette horrible expression et songea immédiatement à sa tante Doris et aux paroles déplacées qu'elle avait formulées au cours du dernier réveillon. Comment les épreuves de la vie pouvaient-elles manipuler aussi cruellement les êtres ? Combien de temps l'image du corps sans vie d'Amaury allait-elle la hanter ? D'autant plus que la culpabilité d'avoir passé la soirée auprès de Syrius Juniérat à Martel le soir de la mort de son époux n'en finissait plus de la ronger… Plus que jamais, il convenait d'admettre que l'on n'échappe pas à son destin.

Le jour venu, elle se rendit à la convocation de maître Tigerie, le notaire, accompagnée de Cyprien et de Louis, pour l'ouverture du testament. Lorsque l'assermenté s'apprêta à faire état des dernières volontés du défunt, Lorène pressentit qu'elle ne serait pas au bout de ses surprises. La mère et le fils échangèrent un bref coup d'œil, alors que Tigerie s'apprêtait à annoncer la couleur…

La majeure partie des biens d'Amaury, patrimoine construit, terres et terrains constructibles achetés grâce à des spéculations, revenait à son épouse et à son fils Cyprien, ainsi qu'une rente confortable, fruit de placements judicieux. Jusque-là, pas de surprise. Si Amaury leur assurait une sécurité matérielle, il n'oubliait pas Louis, à qui il léguait au même titre qu'à Cyprien ses trois hectares de vignobles près de Bergerac. L'affaire se corsa à la lecture de l'ordre de succession qui renfermait plusieurs legs. Dans ce dernier paragraphe, où Amaury demandait pardon d'avoir été un époux indigne, Lorène aurait été à deux doigts de songer que tout avait été pardonné, si le défunt n'avait poussé la muflerie jusqu'à exiger une donation à celles dont la fréquentation s'était avérée des plus agréables.

— Je crains de vous avoir mal compris, maître ! Ayez la bonté, s'il vous plaît, de me répéter les dernières lignes.

Non seulement le notaire relut, mais par la suite, il énuméra :

— À Calixte Belgira, la somme de mille francs. À Sylvaine Delage, la somme de cinq cents francs. À Annette Buis, la somme de mille francs.

La veuve suffoqua. Comment avait-il pu abandonner de tels vœux à son notaire ? Maître Tigerie eut un petit claquement de langue dubitatif après la lecture des dernières clauses. Les joues de Lorène virèrent au cramoisi. La honte l'assaillait. Amaury trouvait encore le moyen de l'humilier devant les garçons à titre posthume ! La déception faisant place à la colère, sa réaction ne se fit pas attendre :

— Qu'il ait été généreux vis-à-vis de ses maîtresses à mon insu, passe encore, mais que ces femmes aient accès au patrimoine familial, c'est en tous points scandaleux !

— Calmez-vous, madame. Le comportement de feu votre époux n'a que l'importance que vous voudrez bien lui accorder, plaida le notaire, rompu à ces moments délicats d'ouverture de testament.

— Tout de même ! C'est trop fort ! Il n'avait même pas pris ses dispositions pour étouffer son passé sulfureux… Ce n'est que méprisable égoïsme ! s'exclama-t-elle face à Tigerie, retranché dans son devoir d'impartialité.

Cet alinéa de la succession lui donnait la sensation d'accéder à tout un pan du passé dans le présent. Même si son ressentiment ne servait à rien, sinon à ranimer de mauvais souvenirs, elle dut lutter pour dissiper sa gêne, tout en songeant que les dernières volontés d'Amaury seraient respectées. Il fallait donner le change, et elle appuya un instant sa nuque contre le dossier du fauteuil pour reprendre son souffle. Après tout…, ce testament était authentique sur la forme et sur le fond. Elle n'allait pas réclamer de diligenter une enquête juridique !

Sur le visage de Cyprien, le bonheur de vivre n'apparaissait plus que timidement. La gravité de son sourire montrait la place du doute. La dernière clause du testament paternel avait sensiblement égratigné le modèle, mais il refusait d'y accorder trop d'importance. On ne bâtit pas une fortune sans blesser des susceptibilités. Le fils ne revint pas sur ce manque cruel d'élégance, sachant qu'il n'aurait pas eu grand-chose à en dire.

En cet été 1923 à Carennac, Cyprien remisa avec une émotion nostalgique les effets personnels de son père, lettres et albums photo, et s'arrêta sur le livre de comptes de son aïeul Liféri, que son père avait soigneusement conservé dans son secrétaire. Une époque légendaire de la batellerie s'éveilla soudain sous la plume précise de son ancêtre, qui, propriétaire de deux gabares de vingt tonneaux environ, voyageait trois fois par an à Bordeaux en période des eaux marchandes. En l'absence d'un bateau, il chargeait et déchargeait le second pour optimiser le temps restreint de la navigation, recrutant une main-d'œuvre fluctuante selon les besoins de la navigation, une habitude qu'avait plus tard conservée son père qui employait des journaliers pour toutes sortes de travaux. Les coûts des transports pour la descente et la remontée des marchandises étaient fixés selon la nature de la cargaison, le tonnage, la distance, ce qui faisait souvent l'objet de contestations et de négociations permanentes avec les marchands. Son aïeul avait noté soixante-cinq apparitions au tribunal du commerce pour des litiges de toutes sortes. L'avance que les gabariers percevaient du marchand pour le voyage leur permettait de régler les péages de la vallée, ceux qui avaient cours sous l'Ancien Régime, la nourriture de l'équipage, de quoi rémunérer les bouviers qui aidaient aux déchargements. Tout était soigneusement noté : le prix de transport du tonneau de vin, d'une charge de châtaignes, d'un muid de sel qui variait d'une saison à l'autre. Sa clientèle de marchands restait stable, mais le nom de Desobières revenait fréquemment, notamment pour du merrain qu'ils avaient acheté ensemble afin de commercer avec les tonneliers. Le maître de bateaux faisait travailler de petits artisans ; autant dire qu'une longue chaîne de dépendance commerciale avait vu le jour.

Bien que Cyprien s'arrachât les yeux sur de minuscules caractères annotés à l'encre violette qu'il pouvait à peine déchiffrer, il constata que l'aïeul s'indignait en raison des affrontements qui survenaient avec Desobières, devenu le marchand incontournable de Souillac. S'il s'en remettait à la protection de Saint-Front, dont la chapelle dominait les rapides de la Gratusse, ce n'était pas pour de simples tracasseries, mais bien parce qu'il semblait vivre une pression quotidienne : *Il empoisonne mes jours... Il aura ma peau,* lisait-on.

— Tu as vu ça ? s'écria Cyprien en s'adressant à sa mère, qui était bien placée pour savoir que les torts étaient partagés.

— Ces métiers ont de tout temps existé à travers les rapports de forces, il faut te faire une raison.

La société avait bien changé. Comment expliquer à son fils que jadis, du côté de ce rapide, ils mettaient leur cargaison sur de petites barques louées aux bateliers pour se lancer sur les eaux écumantes du côté de Lalinde ? Le but était d'atteindre sain et sauf Saint-Capraise, là où le maître de bateau pouvait reprendre la direction de sa nef. Les hommes étaient souvent à bout de nerfs, parfois prêts à en découdre pour un oui ou pour un non.

— Ce livre est incroyable. Garde-le précieusement, mais par pitié, ne prends parti ni pour l'un ni pour l'autre, c'est le conseil que je te donne.

— Mais regarde, ce n'est pas tout ! L'aïeul Liféri note que jadis, la Dordogne était encombrée de pêcheries, sortes de barrages formés par des pieux, des moulins à nef pour moudre le blé, qui empêchaient les convois dans certains courants.

— Mais oui, il a fallu attendre la Révolution pour que péages, pêcheries et moulins à nef soient supprimés. Je te rappelle que ce fut sous le Second Empire que la batellerie connût son apogée.

Cyprien imaginait mieux le passage des marchandises de la montée – café, sucre, épices, morues – que ses grands-pères se chargeaient d'écouler depuis Souillac vers le haut pays. Il comprenait pourquoi un canal latéral avait été construit. Barrages, écluses. Les ports remplacèrent leur quai de terre battue par des cales en pierre, et les chemins de halage furent améliorés, ce qui avait permis d'établir de plus gros commerces comme la résine, la gomme, le goudron, les cuirs…

— Nos histoires familiales sont tellement imbriquées dans une passion commune qu'elle enlève l'usage de la raison. Mais sais-tu, Cyprien, tout passe. Il y a eu le temps de l'énergie hydraulique avec les moulins à blé, le temps de la métallurgie ruinée par la concurrence des usines du Nord, celui de la batellerie remplacée par le rail… L'important est que tu puisses poursuivre tes études à Bordeaux pour accomplir tes projets dans la viticulture.

Il fit oui de la tête pour donner le change, comme elle le faisait de son côté pour lui prouver qu'elle tiendrait le coup, que son courage ne s'effriterait pas. Le jeune homme était toutefois en proie à une certaine anxiété. Sa petite santé et son humeur absente laissaient planer sur son avenir une menace diffuse. Derrière ses manières humbles et studieuses, toutes sortes de questions fusaient dans son esprit. Serait-il un jour capable d'entretenir une exploitation ? Endosser la responsabilité d'un domaine ? Adopter la mentalité des agriculteurs pour lesquels la terre est sacrée ?

Lorène vint poser sa tête contre l'épaule de son fils. Elle avait deviné à quel point cet enjeu le faisait douter de lui, mais elle savait qu'au fond, il trouverait sa propre stratégie pour s'affirmer. Là-dessus, elle était confiante.

18

La curiosité était un aspect marquant de la personnalité de Cyprien qui, en dépit de son pied infirme ralentissant ses déplacements, ressentit le besoin de sortir de son confinement pour établir des liens avec Bergerac avant d'entreprendre ses études à Bordeaux. Une petite chambre dans une maison de pierres et briques non loin du cloître des récollets lui permit de se livrer à une observation assidue de la ville à l'activité soutenue, dominée de tout temps par la présence de riches marchands huguenots. Il longea les abords de la fontaine, rythmés par les coups de battoirs des lavandières, et son premier réflexe fut de se risquer à la chambre de commerce, où négociants et courtiers débattaient des fondamentaux du négoce des vins. Il hésita un court instant avant de se jeter à l'eau, puis estima qu'il était en son droit de prendre quelques informations utiles. Il se glissa dans une somptueuse salle aux murs lambrissés, où se tenait une assemblée d'esprits éclairés sur la question de la loi établie à l'offre bergeracoise, afin de faire valoir et reconnaître un cru et un patronyme. Après la crise de 1880-1890, qui avait réduit de quatre-vingts pour cent l'étendue des vignobles en raison du phylloxéra, les plus puissants avaient bien essayé de rebâtir sur les ruines grâce aux hybrides américains, mais seuls les crus les plus estimés de Monbazillac avaient eu voix au chapitre. Une poignée d'hommes débattaient des vieilles traditions du privilège d'entrée, tout autant que de l'importance de l'estampe sur le cul des barriques ; on consultait la liste des vendeurs seuls habilités au marché des vins de Bergerac tout en échangeant son point de vue. Inutile de préciser qu'au milieu de ces Bergeracois de souche, issus de familles de vieille noblesse militaire ou de riches marchands huguenots au statut reconnu de tous depuis l'opulence du commerce avec la Hollande au dix-septième siècle, le jeune Liféri arrivait comme un cheveu sur la soupe. Loin de montrer patte blanche, il avait en tête ses terrains en friche, lorsqu'une main ferme se referma sur son épaule :

— Que faites-vous là, jeune homme ?

Binocle sur le nez, un négociant porta sur lui un regard accusateur. L'irruption d'un étranger dans le cercle de la classe dominante n'était pas d'usage.

Bien que la jeunesse lui autorisât toutes les hardiesses, le jeune homme n'en menait pas large au milieu de cette ambiance un peu collet monté, où il se sentit prisonnier d'une nasse. Il lui passa par la tête d'avouer la vérité :

— Mon père m'a légué un héritage plein de promesses, dit-il en récapitulant la position de ses terres entre Creysse et Lembras. Je compte en faire un espace productif. Mais pour cela, je dois apprendre l'art du commerce, ses rites.

— Il y a ici, jeune homme, une corporation qui pratique une viticulture de qualité mettant à l'honneur un savoir-faire. Les affaires se règlent selon une certaine conformité, le prévint le binoclard.

Cyprien sentit la moquerie monter sur le visage de certains négociants qui avaient entendu ses propos.

— Vous parlez sans doute des appellations ?

— Et ce n'est pas rien… Seule notre commission est habilitée à goûter les vins.

Cyprien ignorait tout de la grande offensive foncière menée par les Bergeracois dans le cadre de la vinée au lendemain de la crise du phylloxera. Certains avaient dû vendre leurs terres, d'autres avaient été contraints de s'allier pour établir de plus hautes ambitions. On lui demanda son identité. À l'annonce de son patronyme, certaines figures se renfrognèrent et laissèrent poindre une fureur.

— Pas de politesse pour le fils Liféri ! scanda un homme plein de rudesse. Cet étranger a raflé des terres pour une bouchée pain au moment où tout allait de mal en pis !

— Dehors, cet intrus ! cria un notable de la communauté agissante.

Chassé comme un malpropre, Cyprien se retrouva dans la rue, seul face à son désœuvrement, la poitrine gonflée de rage. Ce monde l'impressionnait. Il y avait là tout le symbole d'une pérennité viticole. Seul, il n'avait aucun moyen de se défendre face à tous ces privilégiés issus de l'élite bourgeoise de la ville, qui pratiquaient une viticulture de qualité depuis plusieurs générations. Ils préservaient leurs intérêts de producteurs. Quoi de plus normal ? Cyprien comprenait qu'ils s'étaient beaucoup investis dans la grande offensive foncière et acceptaient mal qu'un étranger marche sur leurs plates-bandes. Autant dire que, s'il avait été reçu comme un chien dans un jeu de quilles, ils avaient leurs raisons, mais il préférait ne pas les connaître, car il voulait défendre son héritage coûte que coûte ! Pour que son statut soit reconnu, il lui faudrait établir des alliances, et là, les choses se corsaient…

Les yeux ternes et la mine sombre, le fils Liféri marchait la tête basse dans les rues de Bergerac, lorsqu'il heurta de plein fouet une jeune fille qui, ahurie par le choc, manqua tomber. Son chapeau à la plume d'aigrette roula aux pieds de Cyprien.

Il s'excusa et elle se mit à rire. Ses prunelles d'un vert profond brillaient d'un éclat indéfinissable. Pour se faire pardonner, il l'invita aussitôt à prendre un rafraîchissement. Elle hésita. Il y avait de l'inconvenance à s'afficher avec un inconnu, mais ce jeune homme semblait si navré que cela le rendait touchant, et elle finit par accepter. Ils s'attablèrent chez l'aubergiste le plus proche, où les colporteurs côtoyaient les ouvriers aux mains abîmées par le travail.

— Églantine Cornebuse ! annonça-t-elle en engageant une poignée de main énergique avant d'entreprendre la conversation sous des effluves de vin et d'eau-de-vie.

— Du domaine de Haut-Montcourt à Creysse ? Seriez-vous à tout hasard la fille de Léon Cornebuse ?

— Ça alors, mais comment le savez-vous ? s'enquit-elle, médusée.

— Je n'ai aucun mérite, mais permettez-moi tout d'abord de me présenter avant de vous expliquer. Cyprien Liféri de Carennac, qui vous remercie d'avoir accepté cette invitation.

Églantine rougit. Sa nature spontanée lui jouait parfois des tours.

— Mon défunt père et le vôtre étaient en relations d'affaires. Le mien était négociateur aux colonies et marchand à Souillac. Tous deux ont visiblement été capables de dépasser l'esprit de rivalité en affaires. Sans doute partageaient-ils la même idéologie.

Églantine était incapable de répondre à cette question. Son père était un être subtil et complexe qui parlait peu de ses relations d'affaires, restait méfiant en toutes circonstances, et elle suivait cet exemple. Toutefois, elle fit remarquer à Cyprien que le vin n'avait rien à voir avec les autres négoces.

Un maigre sourire se dessina sur les lèvres du jeune Liféri, qui l'avait déjà deviné.

— Vignerons, courtiers, négociateurs, ce monde-là est un cercle fermé avec ses propres codes, renchérit-elle. Cela me fait penser… Votre père ne nous a-t-il pas recommandé un apprenti du nom de Louis Dalery, il y a de cela deux ou trois ans ?

— C'est exact.

Cyprien espérait que la jeune fille lui livre l'opinion qu'elle avait eue de Louis, mais son éducation lui interdisait toute familiarité, au point qu'elle n'émit pas le moindre jugement sur le travail du jeune Dalery.

— C'est actuellement Louis qui s'occupe des vignobles que mon père nous a légués du côté de Lembras, dit-il fièrement en espérant un petit encouragement. Quant à moi, j'envisage d'apprendre l'art de la vinification et celui des négoces.

Même si Églantine le complimenta, elle ajouta que la démarche s'avérait ambitieuse, car tout ne s'apprend pas dans les manuels. Malgré le joli minois de la demoiselle, il s'agaça de l'entendre déblatérer des lieux communs – qu'il lui faudrait du courage et de la pugnacité pour parvenir à son but… Il aurait bien sûr préféré que quelqu'un comme son père, qui devait connaître toutes les ficelles du métier, devînt son mentor, mais cela n'existait que dans les contes de fées !

Brusquement, une rafale fit s'envoler le chapeau d'Églantine vers la rue en pente. La grande brune courut avec élégance pour le ramasser et revint vers Cyprien pour mettre un terme à la discussion en prétextant un rendez-vous. Le jeune homme ne savait comment interpréter cette rencontre. Bien qu'il eût le sentiment d'être regardé tel un intrus, il resta tout ému devant cette silhouette longiligne traversant cette place cerclée de marronniers. La solitude le rattrapa aussi vite que la réalité de cet héritage qu'il détenait entre ses mains et qu'il ne savait comment manœuvrer.

Cyprien se sentit dans l'urgence et la nécessité de prendre ses résolutions, comme si l'ombre d'Amaury préconisait l'action.

Lui qui d'ordinaire avait le sommeil facile, ne ferma pas l'œil de la nuit, car il était persuadé qu'il n'obtiendrait rien dans l'immédiat, du monde clos de Bergerac. Il s'en alla à Lembras saluer Louis, déjà à pied d'œuvre dans les vignobles avec les journaliers, le visage tendu par la concentration. Le paysage s'était modifié grâce à la pluie qui avait fait croître les plants.

De nouvelles variétés avaient fait leur apparition : les hybrides importés d'Amérique, suffisamment résistants au phylloxera. Même si ces nouveaux plants nécessitaient moins de traitements, les mains lestes et habiles ne lésinaient pas sur les apports en fumier et en matières organiques récemment introduits en agriculture. Cela redonna du baume au cœur de Cyprien.

— Chacun a le droit et le devoir de prospérer ! formula Louis qui avait dû lire dans les pensées de son ami.

L'espoir d'unir leurs capacités leur était offert, et il reviendrait bientôt à Cyprien de prodiguer ses conseils et instructions lorsqu'il aurait étudié les fondamentaux à la faculté de Bordeaux. Son exigence lui serait précieuse. Avant de partir à la conquête de son destin, Cyprien établit les dernières démarches pour créer ensemble une société d'exploitation viticole, certifiée devant notaire, où les amis étaient associés à cinquante-cinquante en cogestion, puis il serra Louis dans ses bras avec effusion, comme un frère, en ayant le sentiment de ne former qu'une seule et même personne.

Cyprien prit le train pour Bordeaux. Il était partagé entre appréhension et vague curiosité, peut-être parce qu'il n'était pas tout à fait un homme, mais en pleine métamorphose de lui-même. Aussi, quand il se retrouva sur le pavé face à ces immenses chais du quai des Chartrons, il fut impressionné par les distilleries et les imprimeries autour de la chapelle Saint-Nicolas. Ses yeux se brouillèrent. La dynastie des négociants et courtiers, fines bouches aux redingotes élégantes et à l'allure pressée, formés à la juste mesure, le projetait au cœur d'un univers totalement inconnu. S'il était saisi par le fourmillement des experts sans même les connaître, il n'en demeurait pas moins fasciné par le charme des bords de la Garonne avec ses dockers et ses marins, où flottaient des effluves de lie-de-vin. Ce fut finalement dans le quartier très haussmannien de la faculté de sciences de Bordeaux qu'il nourrit son esprit et s'acharna à étudier l'histoire du négoce des vins et les principes essentiels de l'œnologie comme l'héritage historique. Il se fit sa propre culture du Médoc, du Graves ou du Saint-Émilion, apprit à en analyser la complexité géographique. Grâce à la presse française et européenne, il acquit une vue d'ensemble sur la production viticole commercialisée. Outre les techniques enseignées dans le programme de l'Académie du négoce, les enseignants lui donnèrent accès à leurs cercles, afin qu'il puisse mieux se familiariser avec la culture négociante. L'esprit de Cyprien absorbait avec exactitude tout ce qui se présentait : la simplification de l'encépagement suite à la crise phylloxérique, la minutie des vendanges, l'égrappage, les mécanismes de l'extraction des moûts, la longue fermentation, l'importance du vieillissement en fût…

Le jeune homme y vit bientôt plus clair, tandis que sa froide détermination l'aidait à consolider ses acquis. Ainsi, fort de ses nouvelles connaissances, il comprenait mieux la politique du cercle de Bergerac et l'utilité d'une confrérie pour délimiter une zone d'appellation. Il s'employait à bâtir des liens utiles avec quelques étudiants qui, tout comme lui, cherchaient à revêtir les habits de notables.

Chaque fois qu'il recevait une lettre de Louis, une bouffée d'espoir renaissait dans le cœur de Cyprien, un élan fabuleux dont il avait tant besoin. Si le vigneron expliquait à son ami combien leurs vignes plantées sur trois hectares se bonifiaient avec le temps, l'étudiant lui confiait une partie des secrets de ces mécanismes à la pointe du progrès viticole, enseignés à Bordeaux.

Non seulement Louis avait investi dans ce qu'il se faisait de mieux en matière de charrues, d'outils et de sulfateuses, mais il évoquait également les exonérations fiscales auxquelles ils avaient eu droit et envisageait de rénover la maison de vigneron campée au cœur de l'exploitation. Bien qu'au four et au moulin, Louis donnait l'impression de s'en sortir haut la main. Cyprien restait toutefois étonné que son ami s'accommodât aussi bien de la gestion des comptes, un sujet sur lequel il s'entêtait à rester discret. Si l'organisation générale prenait tournure, Louis faisait savoir à son ami qu'il se languissait de son retour pour asseoir la suprématie patronale.

***

Lorsque le soir pâlissait sur Martel, Lorène bouillait d'impatience à l'idée de retrouver Syrius Juniérat dans le léger désordre de l'appartement de fonction qu'elle occupait, tel un abri de fortune pour un amour clandestin. Depuis qu'il était entré dans sa vie, non seulement il l'entourait de délicates attentions, mais elle avait perçu en lui un équilibre intellectuel harmonieux qui, associé au piment de l'interdit, rendait cette relation très passionnée. Si elle n'avait pas ressenti une telle attirance émotionnelle depuis des années, elle avait également obtenu sa promesse de discrétion quant à leur liaison, car il aurait été mal vu, en cette période de veuvage, d'éveiller le soupçon sur la nature de leurs rapports. Ce soir-là, l'homme qui était à la fois l'amant et le confident privilégié, remarqua aussitôt dans la forêt de ses boucles blondes, son visage creusé par des ombres et ses yeux tristes, qui ne demandaient qu'à s'épancher.

— C'est cette lettre de mon fils ! dit-elle en se mordant les lèvres.

Même si Syrius ne connaissait pas Cyprien, il savait, grâce au portrait dressé par sa mère, que la nature posée du jeune homme le prédisposait au travail et qu'il avait entamé avec brio son cycle d'études supérieures, bien que son aisance matérielle eût pu l'épargner de tant d'efforts.

— Tu permets ? s'enquit Syrius en s'emparant de la lettre que Lorène avait encore entre ses mains.

Bordeaux le 18 avril 1925
Ma chère maman,
Alors que la crise de l'après-guerre semble toucher à sa fin, Bordeaux, qui regorge de lieux de négoces, reprend vie, et je tiens à t'expliquer le plus simplement possible pourquoi je trouve chaque jour la motivation de poursuivre mon but. Le mouvement de marchandises du port a enfin augmenté, la hausse est de nouveau esquissée (l'exportation viticole girondine est le reflet du commerce vinicole français dans son ensemble), ce qui n'avait pas été le cas depuis longtemps. Aux alentours, si les vignobles se fondent au

cœur d'un paysage bucolique, toute l'économie semble enfin au service de la vigne. Bien sûr, l'exportation des vins n'est plus ce qu'elle était depuis la crise phylloxérique, puisque la production, bien réduite, a amené les clients comme l'Australie ou le Chili à intensifier leur propre culture. L'espoir renaît, j'en suis témoin, et je ne saurais trouver meilleur lieu d'observation que les quais bordelais : celui des Chartrons, qui garde sa suprématie dans le mouvement maritime, mais également celui des Quinconces ou le quai Tourny, qui bordent avec élégance le cœur de la ville. Ma chère maman, nous sommes loin des exportations de 1870, je te l'accorde, mais heureusement, il reste la force motrice des capitaux. J'ai pu assister une fois au déchargement de masses considérables d'arachides en provenance de l'Afrique dans ces gros entrepôts, et, même si les arrivages de nos colonies ne sont plus ce qu'ils étaient à l'époque de père, ses explications prennent tout leur sens. Je l'imagine sur la passerelle de l'un de ces navires, prêt à m'encourager. Il me faudrait en écrire des pages pour te détailler d'autres raisons qui me poussent à l'optimisme, tel le tourbillon de la faculté qui m'emporte dans le sillon extraordinaire des connaissances et le bonheur qu'il me procure au quotidien, mais, au risque de passer pour un oiseau de mauvais augure, je dois, hélas, te faire part d'une nouvelle moins réjouissante : il s'agit du diagnostic du médecin que j'ai été amené à consulter en raison de douleurs aiguës à la jambe qui persistaient depuis des semaines. Le verdict du spécialiste fut sans appel. L'amputation partielle du pied est nécessaire, ce qui, selon lui, est tôt ou tard le lot de toute malformation congénitale. Si je n'ai pas recours à cette solution, mon pied restera toute ma vie un embarras qui ne fera que s'aggraver avec l'âge. Je dois me faire une raison : je souffre trop, ne serait-ce que pour parcourir la courte distance qui me sépare de la faculté.

J'espère, ma chère mère, que cette lettre ne t'attristera pas trop. Je reste confiant et motivé et je me languis de te revoir.

Cyprien, qui t'embrasse

Lorène n'était pas préparée à une nouvelle aussi brutale, et l'idée de penser aux conséquences de cette amputation sur la vie d'homme de son fils anéantissait tous ses espoirs de mère. Cyprien n'avait pas vécu la guerre, mais il devrait pourtant subir le même sort que tous ces fantassins mutilés d'un membre. Quelle injustice ! Elle aurait préféré que le châtiment lui incombe plutôt qu'à son unique enfant. Un flot de larmes lui monta à la gorge, mais elle essuya sèchement son visage sans un mot.

Malgré les paroles rassurantes de Syrius, la menace pointait comme un territoire peuplé d'ennemis. Finalement, il la serra dans ses bras pour chercher à la protéger, et ils restèrent longuement immobiles et silencieux, impuissants face à la cruauté de l'existence.

Le dimanche précédent, le couple avait poussé jusqu'à la colline charmante de Bergerac en Citroën Traction, l'une des premières sorties de la rutilante berline de Syrius depuis qu'il en avait fait acquisition. Sous le ronflement du moteur à chaque accélération, les berges de la Dordogne et ses villages coquets avaient pris une autre dimension, alors que les voix lointaines et les saluts se perdaient sur leur passage. En arrivant dans les vignes de Lembras, Lorène et Syrius, stupéfaits devant la rectitude et la densité des plantations qui commençaient à fleurir, n'en croyaient pas leurs yeux. D'ailleurs, Lorène fut impressionnée par la manière dont Louis ferrait ses journaliers d'une poigne ferme malgré son jeune âge. Elle en éprouva une certaine fierté, car, même s'il n'était pas son fils, elle avait activement participé à son éducation, et son affection pour lui était sincère. Le miracle que les garçons soient tombés d'accord représentait un si grand bonheur qu'elle eut une pensée pour Amaury, dont le souhait le plus cher était en train de s'exaucer.

Cela avait été un si beau dimanche où Lorène, épanouie, leur prédisait un bel avenir. Pour la première fois depuis le début de son veuvage, certaine qu'aucune critique n'aurait pu l'atteindre, elle avait rompu avec le charme monotone de ses habitudes entre Martel et Carennac sans se soucier de l'irraisonnable. Sur la route du retour, les tons mauves sur les vignobles au couchant avaient offert un panorama à couper le souffle, que son amant avait qualifié d'inoubliable, et voilà que, d'un seul coup, ce maigre édifice de bonheur fragile se fissurait déjà en raison de cette lettre qui assombrissait l'horizon…

19

Cyprien éprouvait des douleurs violentes que seules des injections de cocaïne sous la cicatrice du moignon soulageaient. Le chirurgien avait opéré la section du pied d'un seul coup d'instrument, mais son patient gardait depuis l'illusion d'avoir encore son membre, et il fallait apprendre à vivre avec cette curieuse sensation. Son regard intense livrait bataille avec lui-même.

Pendant le temps de sa récupération fonctionnelle, il refusa les visites pour s'exiger une sorte d'ascèse et se plia à la diète stricte qui lui avait été imposée par le médecin. Bien que perturbé par les signaux de son corps, les dérèglements de la machine ne l'empêchaient pas de travailler sans relâche sa force mentale, parfois jusqu'à l'épuisement. Communiquer à Louis les derniers conseils qu'il avait reçus de ses pygmalions de l'Académie des sciences à propos de la vinification le rendait heureux. Grâce à l'émulation de ses relations bordelaises, il avait également appris les façons de se comporter dans le négoce et il y réfléchissait beaucoup. Son admiration parfois teintée d'un peu de jalousie pour les sommités scientifiques, tels les ingénieurs agronomes, lui donnait confiance en l'avenir. Même si le vin de ses vignes n'aurait jamais l'envergure des grands crus prestigieux d'un lalande ou d'un pomerol, l'important était de s'inspirer de leurs méthodes de travail.

De son côté, Louis avait déjà réussi à adhérer au syndicat des vignerons de Bergerac, et cette bonne nouvelle avait ragaillardi Cyprien. Le comité régional de la main-d'œuvre lui avait même fourni quelques ouvriers immigrés italiens qui avaient récemment quitté leur pays en raison des difficultés économiques. Les lettres régulières de Lembras continuaient de le renseigner, mais il en reçut une toute particulière, qu'il relut maintes fois avec la même émotion.

Mon cher Cyprien,
Les premières vendanges se sont déroulées, et j'aurais tant aimé partager ces moments de fête en ta compagnie ! Cette effervescence joyeuse et impatiente sous le soleil, dans la chaîne ininterrompue du ramassage de ces belles grappes odorantes et gorgées de sucre, nous a fait vivre des moments inoubliables. En voyant nos hommes aux bras robustes transporter ces hottes aussi pleines, je n'ai pas pu retenir mes larmes de joie, je peux te l'avouer. Maintenant, il me reste à espérer que nous rendions un verdict favorable au vin de la première presse...

Cyprien interrompit sa lecture, troublé. Les images de ces évènements heureux inondaient son esprit. Puis, il éprouva une bouffée d'angoisse et de joie mêlées en raison de cette distance et de la solitude qui ne lui plaisaient guère. Pourtant, tout n'était plus qu'une question de temps et il le savait.

Cette récolte est encourageante et je suis optimiste pour notre vin. Les vignerons ont vérifié la teneur en sucre du moût. C'est toi-même qui m'as dit que la vinification devait faire l'objet d'une surveillance de tous les instants ; aussi, j'ai fait venir un homme de chai, Vilebon, formé par une société d'œnologie, qui applique des méthodes ayant déjà fait leurs preuves.
Reviens-nous vite, mon ami, mon frère, tu nous manques tant.

À la fin de sa lecture, non seulement il n'en revenait pas, mais un mot unique retint son attention : « nous ». De qui voulait-il parler ? Puis, inévitablement, une autre question lui vint à l'esprit : leur vin aurait-il un avenir ?

Sa mère lui avait aimablement proposé de venir en convalescence à Carennac, considérant qu'il serait plus commode qu'Evangelista fût à ses petits soins les premiers temps, ce dont il ne doutait pas. Toutefois, il mourait d'impatience de rentrer à Lembras et de voir ce que Louis avait réalisé pendant sa si longue absence. Au cours des derniers jours d'hospitalisation, le médecin, après avoir examiné ses cicatrices, considéra qu'il était apte à porter une bottine mécanique pour faciliter la flexion de la marche. Enfin, dans sa volonté de tout contrôler, il s'était abonné à *L'Économiste français* pour rester en phase avec la réalité économique de 1925, bien qu'il sût que dorénavant, l'avenir se jouerait à Bergerac.

Pendant son voyage en train, d'énigmatiques questions lui trottèrent dans la tête, tel un vertige que l'on ne maîtrise plus. Lembras, Carennac. Il y aurait des choix de vie à assumer, et son intelligence pétrie d'idéaux avait du mal à faire le tri. Plus il se rapprochait de Bergerac, plus il se sentait gagné par le trac.

Deux ouvriers de Louis le conduisirent à Lembras avec déférence, en lui précisant qu'ils avaient beaucoup entendu parler de lui. Quand il entra dans les vignes de sa démarche cahotante, ce fut comme une source fraîche. Cyprien n'eut pas assez de vue, d'odorat et de mots pour décrire ce qu'il ressentait dans sa frêle poitrine. La réalité dépassait presque ses rêves. Sous l'odeur des vignes et le flamboiement de l'air, il imaginait combien cette récolte avait dû être belle et bonne, et déjà les têtes se retournaient sur son passage pour effectuer un salut de rigueur. Les retrouvailles avec Louis furent si émouvantes, après une aussi longue séparation, que leurs yeux embués d'émotion les empêchèrent de parler durant un bon moment. Si une partie d'eux-mêmes demeurait en enfance, la seconde se souvenait qu'ils avaient débuté tels deux néophytes quelques années plus tôt et qu'ils avaient travaillé conjointement et à distance. Les diverses forces d'action s'étaient combinées avec brio. Après qu'ils eurent échangé quelques mots, Louis guida Cyprien vers le chai, où il flottait une odeur de marc. Liféri huma les arômes du vin nouveau de la barrique et le goûta à la manière d'un dégustateur.

— Que penses-tu de notre petite vinée nord ? demanda Louis, dont le regard pesait sur Cyprien.

— Bien sûr, il est un peu vert, mais ce n'est qu'un début, confessa celui-ci en hochant la tête avec respect.

— Je le prends comme un compliment !

— Je crois même que tu peux dormir sur tes deux oreilles.

Louis pouvait être fier et digne de la confiance qu'Amaury lui avait accordée. On lui avait attribué la responsabilité de ces trois hectares ; cela représentait pour lui une sorte de dette que seule la qualité de son vin aurait remboursée.

Soudain, la porte du chai s'ouvrit sur une jeune femme que Cyprien reconnut aussitôt : la longiligne Églantine Cornebuse aux yeux verts flamboyants, à la chevelure gonflée par le vent. À en juger son aisance, c'était une habituée des lieux.

— Cyprien Liféri ! Nous nous connaissons déjà, enchaîna-t-elle en lui adressant un large sourire suivi d'une poignée de main masculine. Le jour où nous nous étions rencontrés, j'ignorais que les vignes de mon père jouxtaient les vôtres… C'est que, voyez-vous, depuis tout ce temps, nous avons pris l'habitude de nous entraider.

Il se dégageait de sa féminité une puissance magnétique, un attrait rehaussé par la voie tracée par son père, ce que Cyprien avait déjà perçu dès leur première rencontre à Bergerac. S'il s'en souvenait comme si c'était hier, l'explication résidait dans le fait qu'il n'avait guère eu d'occasions de croiser des femmes aussi gracieuses et déterminées qu'Églantine dans le milieu estudiantin viticole à Bordeaux, où la présence féminine s'avérait quasiment inexistante.

— Que pensez-vous de cet effort collectif ?

— Ce n'est pas une mince affaire que de remanier trois hectares de plantation à bras-le-corps, et je n'en pense que du bien, approuva Cyprien.

— J'avoue que sans les Cornebuse… le chemin aurait été plus épineux, les obstacles, plus pénibles à éliminer, le coupa Louis en éternisant son regard vers celui d'Églantine, qui conclut la phrase par un éclat de rire.

Cette complicité n'échappa pas au nouveau venu. Le domaine de Haut-Montcourt était une référence au même titre que la chartreuse de Tiregant dans l'environnement proche des vignobles de pécharmant.

En tête-à-tête avec Louis dans le bureau, Cyprien n'y alla pas par quatre chemins :

— Tout de même, ce n'est pas que je veuille te demander des comptes, mais tu aurais pu me parler de cette influence des Cornebuse ! dit-il d'une voix qui trahissait sa contrariété.

— Écoute, Cyprien, nous sommes encore les étrangers de cette colline charmante, et j'ai bien compris que sans soutien nous n'aurions jamais la carrure nécessaire pour imposer un jour notre production, obtenir une appellation et prouver combien nous sommes soucieux d'élaborer une viticulture de qualité. Il y en a tant qui font du vin artificiel. Et puis, avec un peu d'aide, j'ai moins de pression sur mes épaules…

Les traits crispés, il hésita un instant avant d'ajouter :

— Églantine ressemble un peu à l'oiseau rare que je cherchais. On laissera persifler les jaloux, et je te dis que cela nous donne une assise dans nos affaires et que, tôt ou tard, ceux du cercle finiront par nous accepter.

— Il est certain que ton Églantine ne laisse pas une impression de fragilité, railla Cyprien. D'ailleurs, je présume que les Cornebuse fréquentent le gratin de Bergerac ?

— Tu as tout compris, et je crains qu'il ne soit difficile d'infléchir l'opinion du cercle en notre faveur sur nos seuls mérites, si tu vois ce que je veux dire.

— Tu as sans doute raison. Et donc…, toi et Églantine ?

— Non, enfin, je veux dire pas encore.

— Alors, qu'attends-tu pour lui déclarer ta flamme ?

— Il ne faut pas tout mélanger ! intervint Louis qui crut sentir un peu d'arrogance dans le propos de son ami.

— Il y a toujours moyen de s'arranger si tu décides de l'épouser, et tu le sais bien… Loin de moi l'idée de blâmer qu'une telle jouvencelle soit prompte à rouler avec toi ! conclut-il en lui donnant une tape amicale dans le dos.

Louis sourit, rassuré par ces marques d'amitié.

Il entraîna bientôt son complice vers la modeste maison de vigneron, où s'épanouissaient en façade de beaux rosiers grimpants. Le regard de Cyprien furetait un peu partout dans cette cuisine aux carrelages étincelants, tandis qu'ils prirent place face à leurs assiettes de faïence. Sylva, la servante que Louis avait engagée, leur servit un goûteux bouillon de poule.

— Ça, c'est pour vous remettre de vos émotions, m'sieur Cyprien !

L'air affable de celle qui mettait tant de cœur à la tâche incita Louis à faire le récit détaillé des spécialités gastronomiques dont Sylva était capable, ce qui avait été l'un des principaux critères de sélection de cette soubrette. Louis s'abstint de spécifier qu'elle lui avait été recommandée par les Cornebuse, de crainte d'ouvrir une polémique inutile. Les garçons trinquèrent à leurs retrouvailles tout en continuant de se confier leurs expériences respectives…

La chambre du rez-de-chaussée avait été aménagée pour Cyprien. Elle s'ouvrait sur le doux parfum des vignes. Le coquet guéridon, où trônait un portrait d'Amaury en tenue coloniale, le plongea un instant dans le passé. Toujours ces traits empreints de gravité et cette aisance qu'il enviait à son père...

Cyprien éprouvait un peu de mal à positionner ses nouvelles ambitions. Allait-il trouver sa place au sein de cet univers où tout semblait fonctionner à merveille sans lui ? Le soir, il vit passer les domestiques dociles, enveloppés dans leurs odeurs de sueur, des jeunes filles rieuses et courageuses, belles comme un chapelet de fleurs délicates, regagnant leurs pénates avec des fagots de sarments qui serviraient à faire des flambées. Il pensa à l'amour, celui que Louis éprouvait pour Églantine, et cela le troubla, lui qui n'avait encore jamais connu l'état de sérénité que procure l'extase amoureuse. D'un coup, cette sensation lui épuisa les nerfs, et son cœur soupira. Bien qu'il fût fatigué par cette première journée à Lembras, le sommeil se refusa. Alors, il réfléchit en contemplant le plafond et il écouta les bruits de la maison. Il était temps qu'il mette à l'épreuve son propre sens des affaires et des négociations. Il prenait cette responsabilité tellement au sérieux, estimant qu'il s'agissait d'une façon de contrôler sa vie pour éviter les problèmes affectifs dont il souffrait.

Les Cornebuse, de vieille souche bergeracoise, leur seraient indispensables au fil de cette quête. Il fallait donc marcher main dans la main… en poussant la belle Églantine dans les bras de Louis.

20

La rencontre de Léon Cornebuse avec Cyprien fut en soi une aventure. L'accueil cérémonieux que le propriétaire du Haut-Montcourt lui avait réservé laissait penser qu'il avait de toute évidence une idée derrière la tête. Il lui adressa quelques paroles affables, le reçut dans un salon intime et convivial, contaminé par l'odeur stagnante du tabac froid. Parmi sa riche collection d'eaux-fortes et ses portraits de l'école de Van Dyck exposés au mur, Léon l'invita à s'asseoir dans un fauteuil Directoire et tendit aimablement à Cyprien un verre de vin mis en bouteille au domaine, qu'il fit virer comme un connaisseur avant d'en servir un second qu'il se destina. Il leva son verre en désignant la cuvée grand millésime de Haut-Montcourt 1920 et en effectuant un léger signe de tête. Le merlot régala les papilles du jeune Liféri qui y alla de son compliment.

Cornebuse ne s'en émut pas outre mesure. Selon son habitude, il en vint directement à son propos :

— Au diable les artifices, Je vous dois la vérité, jeune homme. Financièrement, je me porte plutôt bien, ce qui n'a pas toujours été le cas. Si j'ai pu continuer de cultiver et vinifier sur mes terres, c'est en partie grâce à votre père. Nous nous sommes connus dans ce tournant du vingtième siècle. Mes fûts partaient du port de Bergerac pour Bordeaux, où les bateaux de haute mer les chargeaient pour la Hollande. Amaury, quant à lui, ne voyait que par le Sénégal, où il voyageait pour le compte d'une maison de négoces bordelaise, pour laquelle il réalisait toutes sortes d'affaires d'importation d'arachides et de résines. À la Belle Époque, la place de Bordeaux fourmillait d'activités commerciales ; elle était au centre d'une intense circulation de crédits. Votre père savait tisser les affaires et ne manquait pas de réseaux de relations, comme on dit ! Il n'est pas toujours nécessaire de faire partie des personnalités les plus en vue du monde des affaires pour se distinguer, surtout en cette période florissante. Les administrateurs qui habitent les beaux quartiers ne sont pas nécessairement les plus avisés. Votre père et moi faisions commerce dans des domaines différents, où ne peut régner la concurrence.

En réalité, nous avons éprouvé une sympathie immédiate, ce qui ne s'explique guère. Au moment de la crise du phylloxera, où la majeure partie de mes vignes ont été ravagées, il fréquentait suffisamment le quai des Chartrons pour être au fait des meilleures solutions pour reconstruire les vignobles par les greffages de plants américains. Pour être honnête, je n'y croyais guère, mais Amaury nous a déniché l'aide d'éminents pépiniéristes qui possédaient une telle vigueur à défendre cette méthode, que la vigne s'est mise à prospérer. La confiance tient parfois à si peu de chose ! Il soutenait mordicus que nous tenions là la solution, et il avait raison. Puis, forcément, il a eu l'opportunité de racheter vos parcelles aux propriétaires ruinés, et vous connaissez la suite. Des types comme lui, ça ne court pas les rues…

Cyprien s'accrochait à ses paroles stimulantes. Il n'avait jamais rien entendu de semblable sur son père. D'ordinaire, il s'était accoutumé au vent fort des critiques. Blâmé pour ses amoralités, en avance sur son temps, Amaury avait fait trop d'envieux dans son entourage, si bien que cet éloge s'avérait être un accélérateur de confiance. Cornebuse lui démontrait clairement qu'il était des leurs, davantage encore qu'il ne l'aurait pensé lorsqu'il lui dit :

— Cyprien, vous ne laissez pas ma fille indifférente, vous avez dû le remarquer ?

Le jeune homme tomba des nues. Hormis le fait qu'il eut destiné à Églantine un compliment désinvolte qui n'offrait rien d'une caresse, mais tout d'une simple politesse, ils ne s'étaient guère adressé la parole. À peine avaient-ils ri ensemble lorsque Cyprien lui avait avoué qu'il espérait voir un jour son estampe apposée sur le cul des barriques qui descendent la rivière…

Étant donné que cette soudaine déclaration ne semblait pas remporter d'écho, Cornebuse dit sur un ton conciliant :

— Ne me dites pas qu'Églantine vous déplaît ?

— Il faudrait être difficile. Votre fille est volontaire, douée et d'une grande beauté, ce qui ne gâche rien, dit Cyprien en soignant ses arguments pour ne pas vexer son hôte.

— Alors, qu'est-ce qui vous retient ?

Cyprien se sentit soudain désemparé. Il ne voulait pas gâcher la fête. D'un côté, il savait que Louis, profondément épris d'Églantine, s'apprêtait à faire sa demande en mariage sans tarder, de l'autre, il ne voulait pas troubler l'ordre établi et risquer de se mettre à dos son mentor.

— C'est un homme de votre envergure qu'il lui faut pour époux, afin d'endosser les charges et servitudes liées à ce domaine. L'instinct me trompe rarement ; j'ai confiance en vos brillantes études. Si votre père nous voit de là-haut, je suis certain qu'il nous donnera sa bénédiction…

Cyprien évitait son regard pour mieux rester en dehors de cela. Même s'il savait que les yeux de son hôte épousaient chacun de ses mouvements, il s'efforça de garder son self-control :

— Je vous rappelle que je ne jouis pas d'une très bonne santé. Il n'est rien de très glorieux pour une femme d'être amenée à pourvoir l'infirmité de son époux, car le spécialiste de Bordeaux a été clair là-dessus : je ne suis pas à l'abri d'une amputation de la jambe.

— Ne soyez pas si défaitiste. La partie n'est pas perdue. D'ailleurs, vous me semblez fort bien rétabli. En dépit de son pied-bot, Charles-Maurice de Talleyrand n'est-il pas devenu le fin stratège que l'on connaît ? railla-t-il en tirant une bouffée de sa pipe. Trêve de plaisanterie, vous êtes pour une France prospère ? Catholique ? Ordonnée ? Je le sais, ajouta Cornebuse tout bas, complice. Songez que vous pourriez me succéder…

Décidément, Léon disposait de bonnes sources d'information. Le visage de Cyprien se ferma, tant il avait peur de faire une gaffe, de manifester un mouvement d'humeur. Il aurait donné n'importe quoi pour ne pas vivre cette situation. S'il s'était pris de sympathie pour Cornebuse, c'était en partie pour asseoir la stratégie de Louis. Il n'aurait rien eu contre le principe d'épouser Églantine si Louis ne l'avait pas choisie. Or, leur amitié n'admettait pas de rivalité. Il décida soudain de mettre cartes sur table :

— J'ai grandi au cœur des rivalités familiales, et mon amitié pour Louis a tenu une place centrale au cours de mon existence. Il m'a aidé à lever les obstacles auxquels sont assujettis les enfants infirmes dans leur quotidien. Il faisait de son mieux pour m'épargner de la méchanceté des hommes. À ses côtés, j'ai appris à cultiver ma confiance. L'amitié n'est pas un vain mot, comme elle ne l'était pas dans l'esprit de mon père, qui a toujours voulu que nous restions unis tels les doigts de la main – peut-être en raison de ces querelles familiales qui lui ont trop longtemps causé du dépit. Mais là où je veux en venir, monsieur Cornebuse, est que Louis est profondément épris d'Églantine depuis le jour de leur première rencontre et qu'il faudrait être aveugle pour ne pas s'en rendre compte. Je serais doublement heureux de le savoir comblé. Quand il sera pris dans les rouages d'un époux, d'un père de famille, vous ne rencontrerez pas meilleur gendre que lui.

— Voilà au moins qui plaide en sa faveur… Mais j'avais d'autres ambitions pour Églantine, objecta Léon en fronçant les sourcils.

— Louis le mérite, croyez-moi. Il contribue amplement à notre réussite. Ne met-il pas toute la mesure de son talent à la disposition des vignobles ?

— Tu sais, mon garçon, je n'ai pas l'habitude que l'on m'impose des situations que je n'ai pas choisies. C'est un principe. Restons-en là pour l'instant.

Pourtant, Cyprien ne désespérait pas de fléchir Cornebuse. Même s'ils jouaient une difficile partie à trois, la négociation serait sans doute la seule manière de la dénouer.

Louis, tout autant que Cyprien, était sensible aux lumières changeantes de la terre, des brumes du matin jusqu'aux dernières clartés insinuées parmi les ombres du soir. Sous le doux miroitement du soleil, la vigne humide était devenue leur complice, où s'activaient les ouvriers avec sécateurs et sulfateuses. Les jours se succédaient dans l'harmonie, révélant peu à peu la nouvelle identité de leurs vignobles. Cyprien s'était abstenu de faire part à son ami des confidences de Cornebuse, d'autant plus qu'Églantine et Louis se cherchaient, se regardaient et se consultaient en adoptant un vocabulaire aussi gestuel qu'explicite. La passion ne demandait qu'à s'enflammer.

L'année suivante, en septembre, les fortes averses avaient assuré une sève abondante, promettant une récolte plantureuse, et ce furent de plus belles vendanges que les précédentes, que l'on fêta dignement sous les flonflons. On ripailla dans une étrange promiscuité avec les paysannes disposées à s'amuser, on dansa la polka au son du violon. Cyprien se rapprocha plus aisément de l'une de ces ramasseuses à la cuisse légère, dont il comprit tout juste le prénom. De gros bataillons de vendangeurs avaient entassé tant de belles grappes suscitant la jubilation, que le cœur du jeune Liféri se mit à battre plus fort dans une sorte d'euphorie. Il s'était senti emporté par un excès d'allégresse, comme si la folie l'avait gagné, tant et si bien que la sauvageonne à l'œil polisson avait conduit la manœuvre amoureuse sans se soucier de l'inexpérience du jeune éphèbe, qui n'était autre que son patron. Il n'y eut pourtant rien de sérieux entre eux, mais une simple attirance où Cyprien, par forfanterie, avait voulu prouver qu'il se montrait capable de franchir le pas. Pas de quoi heurter la pudeur ni la morale d'une petite qui s'en était retournée au fond de sa campagne à la fin des vendanges. Ce pied de nez au destin creuserait peut-être des sillons plus profonds, de ceux qui permettraient un jour de labourer le véritable amour…

La méthode de vinification par sulfatage et levurage fit ses preuves jour après jour, mais il fallut attendre encore une année pour que les premiers vins mis en barrique trois ans auparavant soient prêts pour la mise en bouteilles. Consulté pour un oui ou pour un non, Cornebuse était devenu l'oracle et, aussitôt que le connaisseur estima le moment venu d'introduire leur vin à la confrérie, Louis et Cyprien s'exécutèrent de bonne grâce.

— Bien sûr qu'ils ne vous aimeront pas, les marchands, avocats et autres notables qui composent la communauté agissante ! Mais vous savez bien qu'il vous faut en passer par là pour obtenir l'appellation ! Si votre vin est bon, ils ne vous tiendront pas longtemps la dragée haute. Pensez donc que le verdict des dégustateurs est infaillible.

Les hommes se rendirent à la chambre de commerce, où négociants et courtiers faisaient la pluie et le beau temps. Peu portés sur ces solennités et inquiets d'affronter ces experts en dégustation, Louis et Cyprien n'en menaient pas large en attendant les avis.

Les vins décantés étaient alignés à la suite sur une longue table, et, autour de l'analyse solennelle, les spécialistes se livraient au rituel, roulant en bouche leur gorgée sous une intense réflexion. Ce fut une cérémonie effarante, où subsista la crainte jusqu'à l'instant du verdict… Et il tomba dans une raideur pontificale :

— Doit faire ses preuves.

Léon fut le premier effaré. Ces critiques étaient selon lui incompréhensibles. Lui, d'ordinaire si pointilleux, pensait pourtant connaître les goûts et les tempéraments. Ce refus conduisait à une remise en question de sa capacité de jugement. Il faillit entrer dans une colère noire, mais se retint. Il serait volontiers parti en claquant la porte, mais il fallait ménager les susceptibilités du cercle, et d'aucuns savaient qu'il ne pouvait renier les convenances.

Malgré cela, même si ce vin n'avait pas remporté l'unanimité, certains experts en pensaient beaucoup de bien. C'était une question de principe qui touchait l'intérêt du public, une affaire de conscience…

Louis et Cyprien furent anéantis. La contrariété les vida de leurs mots. Cornebuse eut beau leur expliquer qu'il valait mieux savoir fermer les yeux, cette nouvelle avait pour eux le poids d'un désastre. La consécration leur aurait permis des projets de commercialisation tant attendus par Cyprien ! Même leur fraternité d'endurance eut du mal à les aider à reprendre le dessus.

— Ne soyez pas impatients, votre heure viendra, prétendit Léon en ravalant sa rancœur.

Le ciel était pourtant radieux, ce matin-là à Bergerac, et leur réflexion fut bientôt interrompue par le regain d'animation de la rue Sainte-Catherine.

— Tu ne vas tout de même pas céder au découragement ! maugréa Églantine qui, malgré sa déception, adressa à Louis un sourire malicieux.

Elle attendit que tous deux aient pris un peu de distance pour l'entraîner derrière l'église Notre-Dame. Depuis le temps que s'opérait ce manège de séduction entre eux, elle ne voulait plus attendre d'abolir les frontières. Prenant le jeune vigneron par le cou, elle serra fort son visage contre son épaule sans se préoccuper des regards indiscrets. Églantine ne sentit plus que les battements du cœur de Louis qui cognait à tout rompre, aussi affolé que le sien par l'amour impatient.

— Je souffre autant que toi…, murmura-t-elle.

Louis se mit à trembler de tout son corps.

De ses mains frémissantes, il enlaça Églantine fougueusement et l'embrassa avec volupté. Elle ferma les yeux et se laissa tanguer. Une tranquillité soudaine les apaisa. Ils s'aimaient depuis si longtemps sans oser se l'avouer. Il n'y avait plus l'ombre d'un doute, le même désir brûlant coulait dans leurs veines…

21

Un an et demi plus tard, un jour de février 1928, alors que les toitures du bourg étaient finement emprisonnées sous le givre, Evangelista trompait son ennui devant l'étal du boulanger au foirail de Carennac, lorsqu'elle croisa le regard du vieil Onésim Sely, descendu du causse.

— Je vous souhaite bien le bonjour, madame, dit-il en s'arrêtant net, prêt à se mettre au garde-à-vous devant la plantureuse rousse qui se protégeait de l'humidité grâce à la capuche de sa pèlerine étroitement ajustée autour de son visage.

Il la considéra longuement tout en portant une main dans sa vareuse à la Napoléon Bonaparte. À l'évidence, détecta-t-elle chez ce vieillard, une présence agréable en compagnie de laquelle elle aurait plaisir à rompre sa solitude. Toujours est-il qu'il faisait si froid que l'idée lui vint de l'inviter à prendre un bouillon gras de poule. Il ne se fit pas prier pour accepter sa proposition.

Sur le perron, il ôta ses sabots et son chapeau, comme pour éviter de profaner un lieu saint, et pénétra le dos légèrement courbé dans le salon coquet de chez les Liféri. Sous le crépitement de la flambée, dont les reflets ennoblissaient l'aspect des meubles bien encaustiqués, Onésim bredouilla d'une voix timide en patois du causse, les yeux émerveillés « C'est trop beau, tout ce luxe… » en marquant une longue minute d'arrêt, ébahi qu'il était par le décor.

Bien qu'elle l'invitât à s'asseoir dans le fauteuil d'Amaury, il ne se sentait pas à l'aise, car il craignait de salir. Evangelista se mit aussitôt à parler de Louis, un sujet sur lequel elle était intarissable. Dès que l'occasion se présentait, et pour le seul plaisir de prononcer son nom, elle disait de lui « Il a fait un beau mariage », ce qui voulait tout dire.

La seule pensée de cette cérémonie, où tous les sièges de l'église avaient été retenus, transfigurait la mère. Même si le beau-père Cornebuse n'avait pas voulu donner tant d'éclat à l'évènement en raison de l'état de grossesse déjà avancé d'Églantine, la mère n'en gardait pas moins les lampions de la fête dans les yeux. Cette union scellait le destin de son fils de manière inespérée. Elle devenait gaie, expansive, voire exubérante lorsque son cœur réchauffé par tant d'honneurs vibrait au seul souvenir des orgues et des costumes du jour de la noce.

Quand Evangelista eut établi la description détaillée du domaine de Haut-Montcourt, Onésim l'observa avec une avidité affamée, subjugué d'apprendre qu'une aussi belle alliance eût été consommée par Louis. Louis, son petit ! Il se reconnaissait tellement dans la fierté de sa mère, que ce débordement d'amour devenait communicatif. Et face à lui, cette superbe femme mûre et célibataire, qui n'avait rien d'une haridelle édentée…

Le vieil homme, qui en était resté là où il avait vu Louis pour la dernière fois, sur cette barque aux côtés de Cyprien, tremblait d'émotion. Il écoutait pieusement comme un enfant docile. Cette mère avait offert ses qualités solides et brillantes ; elle avait si bien accompli son devoir de mère, que ses yeux s'embuèrent de compassion paternelle.

La nuit tomberait tôt, et la route s'annonçait longue jusqu'au causse. L'homme au cœur hardi sentit qu'il n'aurait pas la force de parcourir ce long chemin en raison du brouillard malsain suivi du gel brutal qui tombe sur les poumons l'hiver. L'âge l'avait rendu si frêle que le moindre refroidissement pouvait s'avérer fatal. Aussi, lorsqu'elle le lui proposa, accepta-t-il de bon cœur de séjourner chez les Liféri jusqu'au lendemain matin.

Innocemment, Evangelista parla encore de Louis sous ce flottement d'odeurs de suint et de brebis mélangés émanant des vêtements d'Onésim. Il avait bu sa soupe en lampées généreuses, puis en avait repris. À force de sentir le poids de ce regard intense au visage immobile et crispé posé sur elle, la gouvernante détecta une frappante ressemblance avec Louis. Et là, la vérité lui éclata à la figure, comme le tonnerre… Une vérité qu'elle n'avait jamais cherchée, mais qui atteignait des sommets. Abasourdie, elle pressa sa main devant sa bouche pour retenir un cri. Des bouffées de chaleur lui montèrent au visage. Pour toute réponse, Onésim versa des larmes amères, incontrôlables. Il chuchota d'une voix grêle :

— J'avais pourtant décidé de me taire, mais les hasards de la vie en ont voulu autrement...

— Rassurez-vous, je ne vous fais aucun reproche…, dit-elle, submergée par tant de souvenirs qui mêlaient bonheur et nostalgie.

La mère adoptive n'avait pas oublié le plus infime détail du jour où Amaury avait découvert sur le seuil de sa porte le nouveau-né soigneusement emmailloté dans un panier en osier tressé, et la suite qui en avait découlé. La gorge nouée, elle ne put retenir plus longtemps la question qui lui brûlait les lèvres :

— Avez-vous des regrets ?

Il confessa que cela n'aurait pas été honnête de nourrir des regrets, car, s'il avait décidé d'assumer ce choix, ce n'était pas pour se perdre au fil de ses contradictions des années plus tard.

— Ce n'est pas si important, croyez-moi, dit-il encore en soupirant de fatigue, tandis que la tension retombait un peu. Vous êtes sa mère, Evangelista, sa mère, répéta-t-il pour confirmer cette évidence. Et je me sens dans le devoir de rester dans l'ombre vis-à-vis de Louis.

Au lever du jour, après qu'elle lui eut fait la promesse de garder ce secret, il repartit vers le causse.

Les arbres étaient encore plongés au fond de leur sommeil hivernal. Il marchait rapidement en surestimant ses forces, comme si le bonheur de savoir Louis comblé l'avait rendu invincible. Pourtant, si sa joie lui cachait sa faiblesse réelle, son cœur oppressé manifesta vite sa défaillance. Onésim sentit ses forces décliner. Il eut beau essayer de s'économiser en ralentissant le rythme de la marche, ce fut sans compter sur une douleur irradiante dans sa poitrine. Alors que d'horribles frissons saisissaient ses membres, il ploya sous l'effet « coup de poignard » de sa souffrance et s'effondra lourdement au bord d'un chemin glacé. Son haleine courte s'échappa en vapeur dans un râle de mourant vers la grande envolée céleste…

Même s'il en coûta à Léon Cornebuse qu'Églantine épouse Louis, le raisonnement logique de sa fille parvint à infléchir sa décision. En réalité, le simple fait de la savoir malheureuse l'aurait autant affligé que s'il avait lui-même subi une grave contrariété. Autant dire qu'Églantine avait su ôter le vernis que son père utilisait pour dissimuler sa nature autoritaire. Elle le prit par les sentiments en vantant le courage de Louis, leur amour, cet enfant à naître… Ce flot de paroles sous lequel le père avait été noyé par sa fille, avait fini par l'étourdir sans qu'il en éprouvât d'humiliation. Il avait également compris que Cyprien avait tout déchiffré de cet amour sincère qui unissait les tourtereaux. On ne lutte pas contre l'amour. Même si Cornebuse éprouvait un peu de déception à l'idée que son protégé ne devînt pas son gendre, cela ne remettait nullement en question l'estime qu'il lui portait. Non seulement Cyprien savait anticiper les transactions avec les maisons de négoces qu'il connaissait à Bordeaux afin d'établir de futurs débouchés pour les petits volumes de sa récolte avant même qu'elle ait obtenu l'appellation, mais il faisait aussi preuve de perspicacité, une qualité indispensable à la réussite de ce métier. Au cœur de ce monde des affaires, où tout était question de relations, le jeune homme soignait celles qu'il avait tissées à la faculté. Puis, à force de réfléchir obstinément à la question de l'appellation, une tactique avait brillamment germé dans son esprit : faire valoir ses nobles ascendances en tirant gloriole du blason des Desobières qu'il convenait de réhabiliter à sa juste valeur. Ce décryptage des paroles de son grand-père était susceptible d'influer sur son destin. Un ancêtre doyen, issu de la lignée des seigneurs du Quercy, représentait un argument de choc auprès des officiers supérieurs, notables et autres ingénieurs, qui appartenaient au cercle de Bergerac.

Le jour où il obtint la fameuse consécration de son vin, en partie grâce à cet argument, il eut une pensée pour son grand-père, fier que le nom de Desobières ne soit pas étranger à son succès, si bien qu'il se promit de lui rendre hommage. Ce sésame le menait également à la conquête de lui-même, c'est-à-dire d'un condensé de Liféri et de Desobières…

Les premiers pommiers en fleurs ruisselaient de soleil dans l'air vif du printemps, et les branches basses des saules rasaient les eaux de la rivière sous le gazouillis des oiseaux, lorsque Cyprien parcourut l'enceinte prieurale de Carennac ce matin-là. Bien qu'il eût laissé monter ses souvenirs d'enfance, considérant son village à l'instar d'un allié heureux et somnolent, l'idée qu'il avait en tête le fit soupirer de bonheur. Hélas, s'il s'était senti exalté par sa victoire, le choc n'en fut pas moins violent lorsqu'il apprit par sa mère que son grand-père était mourant. Lorène ne s'embarrassa pas de sensiblerie ni d'aimables réminiscences pour évoquer les rapports distants qu'elle avait toujours entretenus avec Gilles Desobières. Elle ne chercha pas à dire à son fils ce qu'il voulait entendre. Son expression prit soudain une telle intensité que Cyprien en ressentit un frisson :

— J'ai accompli mon devoir en lui rendant ce dernier hommage. Mais durant toute notre vie, il y aura eu ce gouffre d'incompréhension entre nous, et il arrive un moment où c'est trop tard. L'amour n'est pas si tenace qu'on le croit…

Lorène se vit soudain dans les yeux de son enfant, cela la désarçonna un instant, mais son jugement lui était égal.

— Ton histoire avec grand-père ne sera jamais la mienne.

— Je l'entends ainsi… Tu es libre, Cyprien. Et puis, certaines choses ne s'expliquent pas. Nous en avons déjà débattu à maintes reprises, argua la mère, à qui il revenait en tête une autre pensée obsédante qui tournait comme un insecte fou.

Bien que ce ne fût guère le moment propice pour se lancer dans une révélation de cette nature, Lorène ne pouvait plus attendre, car elle n'en dormait plus depuis des jours.

— Voilà, dit-elle après un raclement de gorge pour s'éclaircir la voix. J'envisage d'épouser Syrius Juniérat.

Il détailla de pied en cape la femme qui l'avait mis au monde. Elle ne lui avait jamais semblé aussi épanouie. Son chapeau de picot garni de rubans sur ses cheveux blonds lui concédait un air mutin de jeune fille ravissante dans son manteau droit d'une certaine ampleur. Seul l'amour donnait des ailes de cette manière !

— Décidément, dit-il en se forçant à mettre un sourire sur son masque de froideur. Toi, Louis… Je suis le seul à me complaire dans le statut de célibataire.

— Ne crois pas que je sois enchantée de scandaliser quiconque, mais cette union est assurément la dernière chance de ma vie de femme. D'aucuns diront : Madame Liféri est folle, ça ne tient pas debout ! Se remarier et faire la classe alors que rien ne l'oblige à s'épuiser… Mais c'est pourtant ainsi que j'aime la vie. Je resterai cette indomptable… Et… j'espère que tu n'as pas honte de moi ?

Comme piqué au vif, il alla se verser un verre d'eau de la carafe posée sur la table. Il le vida d'un trait.

— Cette différence ne constitue pas un crime, que je sache ! J'ai toujours vu mes parents exprimer clairement leurs projets et les accomplir. Ce bonheur d'aimer la vie, je vous le dois. Tu m'as donné tant d'amour qu'il déborde bien au-delà des conventions, dont je n'ai cure. Je suis fier de toi !

— File chez ton grand-père ! conclut-elle, les yeux brillants de larmes.

L'heure était aux messages d'amour et de fraternité lorsque la fidèle Madeleine accompagna Cyprien au chevet du vieil homme alité. Tandis que Louis se penchait vers son grand-père pour lui embrasser le front, il sentit l'atmosphère trouble et crépusculaire de la mort qui rôdait autour de cette chambre, où seule une lampe de chevet donnait un brin de clarté. À demi conscient de cette présence, le vieillard plissa les yeux, et Cyprien se laissa choir sur une chaise, le cœur écartelé. Ce qu'il avait à lui dire parut soudain dérisoire en regard de cette vie prête à s'éteindre. Ils avaient, hélas, si peu partagé de choses, s'étaient portés trop peu de considération, que quelques remords l'assaillirent. Même si un voile ténébreux embrumait déjà le cerveau de Gilles, son petit-fils lui prit sa main glacée où s'épuisait une énergie vacillante. Même si cela ne signifiait déjà plus rien dans l'esprit fuyant du mourant, la conscience de Cyprien lui dicta ce geste symbolique :

— Regarde, grand-père ! dit-il d'une voix à peine audible en hissant devant ses yeux la bouteille emblématique sertie de son étiquette au patronyme de la famille Desobières-Liféri.

Le blason familial ainsi que le nom de la paroisse Lembras et le cru furent doucement articulés, suivis d'un silence.

Gilles leva un regard absent. On eût dit qu'il effectuait un dernier salut de la tête avant de tirer sa révérence. Il faisait ses adieux avant d'emprunter cet étroit tunnel qui mène à la citadelle inconnue. Apercevait-il les vignobles réguliers ou bien sa vie défilait-elle une dernière fois dans une émergence de souvenirs ?

Cyprien n'en sut rien lorsqu'il posa sa main sur ses paupières pour lui fermer les yeux.

Achevé d'imprimer en novembre 2022
sur les presses de la Nouvelle Imprimerie Laballery
58500 Clamecy
Numéro d'impression : 211521

Imprimé en France

La Nouvelle Imprimerie Laballery est titulaire de la marque Imprim'Vert®